是否當最後一朵玫瑰凋零
你才會停止追逐遠方
發現已經錯過最美的花期

是否當最後一片雪花消逝
你才會停止抱怨寒冷
發現已經錯過冬日的美麗

是否只有流著淚離開後
才會想起歲月褪色的記憶
是否只有在永遠失去後
才會想起還沒有好好珍惜

散落星河的記憶

第四部 璀璨 上

桐華 著

目錄

Chapter 1

命運的選擇

這個女人不但決定著阿爾帝國的命運，還有可能決定著人類和異種的命運。

當黎明的曙光照亮長安宮，新的一天到來時，英仙皇室召開記者會，對全星際宣布——英仙葉玠病逝，第一順位繼承人英仙洛蘭即將登基為新的皇帝。

之前已經有媒體報導過葉玠陛下當眾暈倒，引發了大眾對陛下身體的擔憂，但誰都沒想到葉玠陛下會這麼快死亡，整個阿爾帝國都很震驚。

歷經風雨的英仙皇室卻似乎早有準備，在林堅的協助下，將一切處理得安穩妥當。

按照英仙皇室的慣例，舊皇帝的葬禮和新皇帝的登基典禮都在光明堂舉行。

只不過，葬禮私密低調，只允許收到邀請的人參加；登基典禮公開張揚，全星際直播，任由所有人觀看。

洛蘭詢問葬禮事宜時，才發現葉玠已經事無巨細地將一切都安排妥當，根本不需要她操心。

從葬禮布置到葬禮流程，甚至參加葬禮的賓客，葉玠都已經透過書面文件詳細規定好，由清初負責執行。

洛蘭想像不出一個人安排自己葬禮時的心情，但她知道葉玠做這些事並不是為自己，而是為了她，避免有人藉葬禮橫生枝節，指責為難她。

現在就算有人存心刁難，清初都可以立即拿出葉玠簽名的文件表明一切都是葉玠陛下的決定，讓所有人閉嘴。

✷ ✷ ✷

光明堂。

一排排座椅上，坐滿了正襟危坐的人。

軍人們穿著軍裝，其他男士穿黑色正裝，女士穿不露肩黑裙。

洛蘭是葉玠最親的親人，按照皇室傳統，頭上披著黑紗，胸前簪了白花。

林樓將軍做為皇帝的部下和好友發表悼詞。

「……我知道，很多人都把陛下被奧丁聯邦俘虜的事視為陛下一生的汙點，仇視他的政客經常用此事攻擊詆毀他，愛戴他的人就總是避而不談。做為親眼見證陛下被俘過程的人，今日我想當眾講述一遍當時的經過。」

所有參加葬禮的人本以為是歌功頌德的陳腔老調，沒想到還能聽到當年的祕聞，全都豎起耳朵，聚精會神地傾聽。

「因為兩艘星際太空母艦的爆炸，整個公主星地動山搖。火山爆發、洪水氾濫，就像世界末日。我們的戰艦被爆炸殘片擊毀，不得不四處逃生。我和幾個戰友身陷泥石流中，必死無疑。沒想到生死關頭，陛下竟然不顧危險地衝過來，將我們一個個從泥石流中救起，扔到救生船上。最後，我們活了下來，陛下自己卻錯失撤退時機，不幸被奧丁聯邦捉住。」

林樓將軍想起往事，眼眶發紅，聲音發顫：「那場戰爭，我們都竭盡全力了，因為沒有贏，我們也很難過抱歉，但是可對天地、無愧於心！戰爭後，所有人都在讚頌我哥哥林榭將軍，卻把怒火撒向陛下，明明陛下做了和我哥哥一樣的事。這麼多年，陛下一直沉默，從不為自己辯駁，一人背負所有罵名，將所有功勞和榮耀給了我們……」

林樓將軍聲音哽咽，難以繼續。

一個肩章上有兩顆金星的將軍站起來，紅著眼眶大聲說：「我就是當時被陛下從泥石流中救出來的人。」

他的話音剛落，幾個身穿軍服的人也陸陸續續站起來大聲說：「我也是！」

林樓將軍盡力控制情緒，含著淚說：「在我們眼裡，英仙葉玠不僅是一個英勇睿智的君王，還是一個孝順的兒子、可靠的兄長、可信的朋友，可惜天妒英才，陛下壯志未成、英年早逝。」

林樓轉身，面朝靈柩，抬手敬禮。

所有軍人不約而同，齊刷刷地站起，對著棺柩敬軍禮。有的官員跟著站起，默哀致敬。陸陸續續，站起來的人越來越多，到最後整個光明堂的人都站了起來。

主持葬禮的皇室長者發現這個自發的默哀儀式根本不在葬禮流程上，驚了一下後平靜下來，索性臨時增加一個流程，一起默哀一分鐘。

＊＊＊

默哀結束後，悠揚悲傷的音樂響起。

眾人一個個上前獻花，然後從側門依次離去。

洛蘭靜靜地坐著，看著葉玠的遺像。

遺像中的葉玠劍眉星目、意氣風發，似乎隨時都會走過來，笑嘻嘻地拽起她的手。

她悲痛地低下頭。不是天妒英才、英年早逝，而是她的錯……

「殿下。」清初的聲音突然響起。

洛蘭抬頭。

清初指指洛蘭身旁的座位，詢問：「可以嗎？」

洛蘭點點頭。

清初坐到洛蘭身旁，凝視著葉玠的遺像，唇畔含著一絲淡淡的笑，平靜地說：「陛下親手安排了自己的葬禮。」

洛蘭問：「我哥哥……什麼心情？」

「陛下在安排自己的後事時，害怕的不是死亡，而是害怕殿下不能平安歸來、繼承皇位，他的一切安排都沒有機會實施。現在，陛下所有的苦心安排都一一實現，他走得了無遺憾。既然陛下無憾，殿下又何必耿耿於懷，讓陛下生憾呢？」

洛蘭看著葉玠的遺像，沉默了一會兒，問：「妳是什麼時候到哥哥身邊的？」

「陛下回來後不久，喚我來詢問殿下在奧丁聯邦的事，知道我失業，還沒找到工作，就讓我留在長安宮工作。」

葉玠留清初在身邊工作，除了愛屋及烏外，應該還因為清初在奧丁聯邦生活了十多年，相對阿爾帝國的其他人而言，對異種的偏見最少，最能包容異種基因。

當洛蘭一個人在無人星球上掙扎求生時，葉玠也在為生存掙扎。

他身為阿爾帝國的皇帝，卻攜帶異種基因，肉體和心靈都要承受煎熬折磨。

不知道清初是如何知道葉玠的祕密，也許是葉玠告訴她的，也許是她偶然撞破的，反正幾十年來，清初是唯一和葉玠分擔祕密、承受壓力，陪伴、守護在他身邊的人。

洛蘭想到，漫漫黑夜裡，葉玠不是孤單一個人，清初一直默默站在他身後，對清初感激地說：「謝謝！」

清初搖搖頭，「是我要謝謝陛下和殿下。」

她只是一個資質普通的女人，本來應該平淡乏味地走完一生，可因緣際會，洛蘭替她打開了一扇窗戶，葉玠給了她整個世界。

林堅獻完花，走到洛蘭身畔，低聲說：「殿下，人已經都離開了。」

洛蘭攏了攏黑紗，站起來說：「回去吧！」葉玠不需要她在已經安排好的葬禮上悲痛難過，他需要她去做那些他已經沒機會安排完成的事。

＊　＊　＊

林堅送洛蘭回到葉玠生前居住的官邸。從今以後，這裡會是洛蘭的官邸。

林樓將軍、閔公明將軍等軍隊裡的幾個高級將領已經等在議事廳，悄聲低語著什麼。

洛蘭一走進去，幾個將軍都立即站起，等洛蘭坐下後，才又紛紛落座。

洛蘭切實地感受到葉玠的影響力。哥哥人雖然走了，可對她的庇護依舊無處不在。

閔公明說：「明天是登基典禮，事務繁多，不想占用殿下太多時間，我長話短說：不知殿下對帝國元帥的人選有什麼想法？」

洛蘭說：「我哥哥應該已經和你們交流過元帥的人選。」

「是，陛下和我們交流過，希望林堅出任，但不知殿下的意思。」

「同意。登基典禮後，我會立即簽名。」

確認事情沒有意外的變故，一屋子人都輕鬆下來。

林樓說：「如果林堅出任帝國元帥，皇室護衛軍的軍長，殿下有想要的人選嗎？」

洛蘭說：「請林堅將軍推薦吧！」

林樓看向林堅，本來以為他會婉言推辭，沒想到向來老成穩重、謹慎周到的林堅居然沒有避嫌，坦然大方地說：「副軍長譚孜遙可以出任。」

洛蘭爽快地接納了建議：「就他吧！」

一屋子老狐狸交換了個意味深長的眼神，覺得完全沒自己什麼事，紛紛起身告辭。

* * *

等所有人走後，林堅說：「陛下不喜歡有人跟進跟出，一直沒有安排貼身隨扈，但陛下是2A級體能，自己就是體能高手，能夠自保。」

洛蘭說：「我也不喜歡有人跟進跟出。」

林堅耐心地說服：「殿下的體能很好，但最好還是安排幾個貼身隨扈。我已經仔細挑選過，保證忠心可靠。」

洛蘭知道林堅是按規矩辦事，但她真的不想一舉一動都有人看著，想了想說：「外出時任由你們安排，但在官邸裡，我已經有貼身保鏢，不需要再安排隨扈。」

「誰？」

「小角。」

林堅想起昨晚無意間撞到的一幕：洛蘭連開三槍，小角卻只中一槍，的確身手不弱。

洛蘭說：「小角身手高、智商低，我和他朝夕相處十多年，經歷過很多次危機，這世上沒有任何一個人能比他對我更忠心。」

林堅不知道昨晚洛蘭為什麼會突然對小角開槍，但小角能毫不反抗，並且把槍抵在自己心口，心甘情願地受死，估計任何一個貼身隨扈都做不到這點。

「小角的體能是……」

「A級，但因為他是異種，有速度異能、聽覺異能、力量異能，堪比2A級，一般的A級體能者都打不過他。」

林堅看洛蘭很堅持，不想太違逆她的意思，「好吧！就讓小角暫時擔任殿下的貼身隨扈，如有任何不妥，我們再商量調整。」

✷　✷　✷

清晨。

光明堂。

和煦的陽光從透明的天頂灑下，映照在空蕩蕩的長方形大廳中，一排排咖啡色的座椅籠罩在融暖光中。

兩側牆壁上，懸掛著英仙皇室歷代皇帝的全螢幕肖像圖。

洛蘭站在長長的甬道中間，安靜地盯著一塊空白的牆壁。

林堅沉默地站在她身後。

過了一會兒，英仙葉玠的肖像漸漸浮現在牆壁上，洛蘭走到肖像圖前細看。

大部分皇帝的肖像圖都是他們登基那一日，頭戴皇冠、身著華麗冕服，可葉玠根本沒舉辦登基典禮，沒有這樣的照片。他為自己挑選的是一張穿著軍裝的照片，還不是阿爾帝國的軍裝，而是龍血兵團的軍裝。

這是他成為兵團團長龍頭那日，洛蘭為他拍的照片。

洛蘭不禁笑了笑，對跟在她身後的林堅說：「想到有朝一日，我的肖像也會出現在這裡，和葉玠並肩而立，突然覺得自己得打起精神好好做。否則，這座光明堂很有可能會被奧丁聯邦摧毀，我們就沒有並肩而立的機會了。」

林堅知道她根本不是真的在和他交流，知趣地保持沉默。

洛蘭盯著葉玠的肖像又看了一會兒，轉過身對林堅說：「走吧，登基典禮快開始了。」

＊　＊　＊

一個小時後。

光明堂內，已經座無虛席，半空中都是密密麻麻的媒體直播鏡頭。

各個星球時間不同，有的是白天，有的是黑夜，但整個星際，無論人類，還是異種，都在收看阿爾帝國女皇的登基大典。

因為這個女人不但決定著阿爾帝國的命運，還有可能決定著人類和異種的命運。

所有人都想知道，她在對待異種方面，是會像葉玠一樣強硬，還是會稍微軟化；她對待奧丁聯邦是敵對，還是議和。

星網上流傳著各式各樣的流言蜚語。

真假公主的剪輯影片再次瘋傳。

各大媒體鋪天蓋地地播放皇室晚宴上洛蘭橫眉怒目的照片——她身體前傾，一手緊摟昏迷的葉玠，擋住別人接近，一手護在葉玠頭部，防止記者拍照。整個人橫眉怒目、凶神惡煞般，葉玠為她精心打造的剛柔並濟的形象蕩然無存。

小阿爾的媒體質問大阿爾：「你們真的確定她是一位公主？」極盡所能地嘲諷洛蘭儀態醜陋，完全就是個假公主。

洛蘭在奧丁聯邦唯一一次公開露面的影片也被有心人翻出來，成為全星際點播率最高的影片。那時候，洛蘭還是駱尋，在參加約瑟將軍和假洛蘭公主的遺體轉交儀式時，發表了明顯傾向異種的言論。

當年，她就引起很多人的謾罵攻擊。如今，她身分特殊，更是引發瘋狂的指責和質疑。

雖然有人為洛蘭辯解「公主在當間諜，為了隱藏身分，當然要幫異種說話了」，但依舊有人指責阿爾帝國在撒謊，英仙洛蘭不是人類的戰士，而是背叛人類的叛徒。

因為巨大的爭議，讓英仙洛蘭的登基典禮成為雖不是英仙皇室歷史上最盛大的登基儀式，卻是英仙皇室歷史上最受關注的登基儀式。

✷ ✷ ✷

隨著登基儀式開始，光明堂內的氣氛越發莊嚴肅穆。

兩隊皇室護衛軍身穿筆挺的禮服，腳踏鋥亮的軍靴，站在甬道兩側。

甬道盡頭，一個女人出現。

她身材高眺、目光堅毅，穿著黑色的長裙，一步步走向皇位。

所有人都站起來，目不轉睛地盯著她，想要從她臉上窺測出一絲天機。

但是，她臉上無悲無喜，無憂懼也無希冀。

她只是平靜地走向她既定的命運。

洛蘭站定在加冕的皇座前，從容地轉身，面朝所有人坐下。

按照古老的禮儀，一位德高望重的皇室長者從兩位皇家侍從舉著的金色托盤裡拿起璀璨沉重的皇冠為洛蘭戴上。

林樓將軍拿起象徵帝國權力的金色權杖，雙手捧著，交給洛蘭。

白髮蒼蒼的阿爾帝國大法官拿起寓意行使帝國權力的皇印，交給洛蘭。

洛蘭頭戴皇冠，左手握權杖，右手握皇印，真正成為阿爾帝國的皇帝。

禮炮齊鳴，所有人歡呼喝采，但自始至終，洛蘭的表情沒有絲毫變化。

眾人猜不透，她到底是因大智大勇才不懼重任、不憂未來，還是因為缺智少慧才不懂得畏懼。

等鼓掌歡呼聲結束，洛蘭按照慣例，發表她身為女皇的第一次公開談話。

洛蘭的目光從眾人和鏡頭前掃過，淡然地說：

「頭戴皇冠，手握權杖，站在這裡，不是我想要的命運！

「我曾經堅信我會站在諸位中間，像你們看著我一樣看著哥哥，但是，他已經離開，只能由我去完成他沒有完成的遺願。

「在阿爾帝國，即使小學生也知道，阿麗卡塔星屬於阿爾帝國，是阿爾帝國中的一顆星球。阿爾帝國允許異種在上面生存，但沒允許他們獨立建國，可是七百年前，異種悍然發動戰爭，把阿麗卡塔星據為己有。七百年後的今天，我宣布，阿麗卡塔星一定會再次回到阿爾帝國的星圖中。」

聽到洛蘭遠超眾人預期的強硬表態，光明堂內的大部分人都鬆了口氣，質疑她心向異種的人也鬆了口氣，雷鳴般的歡呼掌聲響起。

因為英仙葉玠生病，蟄伏四十多年的阿爾帝國再次以強硬的姿態站在了人類面前。

從光明堂到皇宮外廣場上，從奧米尼斯星到人類聚居的各個星球，到處都是激動歡呼的人群。

＊ ＊ ＊

茫茫太空。

一艘大型私人探險飛船無聲無息地飛翔在無人星域。

船長尤利塞斯是近十年來聲名鵲起的探險家，發現了不少高價值礦藏和奇特物種。他的探險隊和他們裝備精良的幸運號探險飛船名揚星際，成為星際探險者的傳奇和夢想。

曾經的十一位老隊員現在都在飛船上擔任要職，獨當一面，除了在會議室，很難私下聚齊，現在卻齊聚一堂收看阿爾帝國皇帝的登基典禮。

薩拉查摸摸腦袋，感慨地說：「現在我們的神祕資助人變成女皇陛下了。」

「我覺得……」薇拉指著全螢幕影片裡的英仙洛蘭，「她才是我們最傑出的探險發現。」

眾人哄然大笑。

澤維爾打開香檳，為每個人倒酒。

尤利塞斯舉起酒杯，說：「為女皇乾杯！」

「為女皇乾杯！」眾人開心地齊聲大叫。

✷ ✷ ✷

曲雲星。

艾米兒表情詭異地盯著全螢幕影片裡的英仙洛蘭。

自從知道辛洛就是阿爾帝國皇位的第一順位繼承人時，她就覺得一切像做夢，事情匪夷所思到荒謬無稽。

她看不懂這個女人，完全看不懂這個女人！

雖然她早知道辛洛是個變態，可是英仙洛蘭不僅是變態，還是瘋子！

她竟想要收回阿麗卡塔星，把奧丁星域重新繪製進阿爾帝國的星圖。她當奧丁聯邦死了嗎？

她自己冒充異種，隨身帶著一個異種，認識的人是異種，卻立志要消滅異種?!

媽的，英仙洛蘭是精神分裂症患者嗎？

✷ ✷ ✷

艾斯號飛船。

清越和紅鳩盯著看似熟悉、實際完全陌生的英仙洛蘭，滿臉不敢置信。

「我不相信！」清越眼中淚光閃爍，「她講五十步笑百步的故事給我聽，說異種和我們一樣，要我嘗試著融入阿麗卡塔、喜歡阿麗卡塔，現在她卻認為阿麗卡塔不應該存在！」

紅鳩手放在清越的肩上，柔聲安慰：「她不是我認識的駱尋，也不是妳認識的洛蘭公主，她是阿爾帝國的女皇。」

清越撲到他懷裡，失聲痛哭起來。

如果阿爾帝國要徹底把奧丁聯邦從星際中抹殺，紅鳩他們即使不認可執政官楚墨，也不可能背棄奧丁聯邦，只要開戰，他們肯定會回到奧丁聯邦，為保衛聯邦而戰。

到時候，她該怎麼辦？

一邊是血脈相連的家園故國，一邊是情之所繫的戀人朋友，兩方決一死戰時，她該如何選擇？

＊　＊　＊

阿麗卡塔星，斯拜達宮。

執政官的官邸內，燈火通明。

楚墨、左丘白、棕離，三人各坐一個沙發，沉默地看著阿爾帝國女皇的登基大典。

楚墨笑著說：「最終證明棕離的判斷正確。殷南昭聰明一世，最終卻栽在一個女人手裡。」

左丘白淡淡地說：「真可惜他沒有向你學習。」

楚墨像是完全沒聽出左丘白的暗諷，笑容不變地說：「女皇陛下多年不在阿爾帝國，完全沒有根基，雖然有葉玠的餘蔭庇護，但護得了一時，護不了一世。我倒是好奇，連英仙葉玠都做不到的事，她要怎麼做到。」

棕離冷冷地說：「當年英仙葉玠做不到，是因為他的對手是殷南昭。」

楚墨溫和地問：「你想再要一個複製人來保護阿爾帝國？」

棕離立即閉嘴。

楚墨坦然地說：「我的確沒有作戰經驗，但英仙洛蘭也沒有。如果開戰，我會做好執政官該做的事。」

棕離不滿地盯著左丘白：「指揮官閣下，阿爾帝國女皇已經宣戰，你怎麼一點反應都沒有？」

左丘白表情淡然，「這最多算是挑釁，難道你要我挑釁回去?對不起，我丟不起那個臉。」說完，他直接站起來離開了。

「喂！你站住——」棕離氣得大叫。

楚墨無奈地安撫：「這事的確還輪不到左丘白處理，交給紫姍吧！」

左丘白走到會客廳外，和紫姍迎面相遇。

他微微欠身致意，紫姍禮貌地笑笑，兩人沉默地擦肩而過。

✷　✷　✷

登基典禮結束後，洛蘭以女皇名義，在會議室簽署第一份文件——委任林堅為阿爾帝國元帥。所有人都很滿意。

按照葉玠的計畫，下一步應該是收復藍茵星、統一小阿爾。

只要洛蘭按部就班地完成這件事，不但會慢慢瞭解、掌控阿爾帝國這臺龐大複雜的機器，還會有耀眼的政績，建立起自己的執政基礎。

林樓將軍和閔公明將軍一直在談論如何收復小阿爾，洛蘭只是沉默地聆聽。

等開完會，已經天色全黑。

洛蘭下意識地要離開皇宮回家，卻發現她已經是這個皇宮的主人，從今往後都要住在這裡。

她明白了，為什麼剛回來時，葉玠沒要她立即搬進皇宮。因為她將要住一輩子，有的是時間。

洛蘭站在辦公大樓外，遲遲未動。

林堅送完林樓和閔公明幾位將軍，返身回來，看到夜幕籠罩的辦公大樓前，洛蘭一個人怔怔地站著。燈光從一扇扇窗戶透出，柔和地傾瀉在她的肩頭。

林堅走到她面前，「陛下？」

洛蘭回過神來，「你怎麼還沒離開？」

「陛下不是也沒離開嗎？我送您回去。」

「你已經是元帥。」

「不是陛下的隨扈就不能護送陛下了嗎？」

洛蘭瞥了眼林堅，一言不發地往前走去。

林堅默默地跟隨在她身旁。

走到官邸前，洛蘭停住腳步，看著眼前三層樓高的建築物。

雖然昨天她就在這裡休息，但因為早上是葬禮，中午開了幾個會，之後就一直忙著準備登基典禮，最後倦極而睡，這裡更像一個工作地點，她還沒有真正意識到這會是她以後一生的家。

洛蘭突然轉身，說：「邵逸心還在宮外，我去接他過來。」

小角這幾天一直隨她待在宮裡，紫宴卻被她完全忘記了，幸好他的傷已經沒有大礙，只是昏迷未醒。

過一會兒，林堅才反應過來是那個一直昏迷在醫療艙裡的奴隸。

「我叫隨扈送醫療艙過來。」

「不用，我自己去。」

林堅明白了，洛蘭不過是找個藉口回去。

✷　✷　✷

十多分鐘後，飛車停在洛蘭家的屋頂停車坪上。

林堅善解人意，沒有隨行，體貼地說：「我在車裡等著，陛下有事再叫我，不用著急。」

洛蘭收下了他的好意，「謝謝。」

洛蘭走進屋子，脫去鞋子，疲憊地坐在樓梯上。

身上依舊穿著加冕時的黑色長裙；摘下皇冠，放下權杖和皇印，其實就是一條美麗的裙子。

屋裡沒有開燈，月光從窗戶灑落進客廳，溫柔如水的皎潔光芒籠罩著陳舊熟悉的家具。

曾經在這個屋子裡生活過的四人，只剩下她一個了。

洛蘭歪靠著牆壁，輕聲哼唱起記憶中的歌曲。

燈光搖曳，花香襲人。

爸爸在彈琴，媽媽在唱歌，葉玠帶著她跳舞。

笑語聲不絕於耳。

……

洛蘭提著裙擺，緩緩走下樓梯，就好像前面有位男士正在彎身邀請她跳舞。

她將手放在他的掌心，腳步輕旋，隨著他在客廳裡翩翩起舞。

月光下，洛蘭赤著腳，一邊柔聲哼唱，一邊蹁躚舞動。

空蕩蕩的客廳裡，除了她，只有月色在她指間繚繞，影子在她腳邊徘徊。

一曲完畢。

她站定，彎下身子，對著空氣屈膝致謝。

葉玠，這支舞你陪我跳完了。

我不說對不起，你也不要說對不起，因為我們是家人！

洛蘭身子將起未起時，忽然覺得不對勁。她正要回身，一個人已經從背後撲過來，一手掐著她的脖子，一手捂住她的嘴巴。

洛蘭抓住他的手腕，一個過肩摔，想要將對方摔到地上。

對方臨空翻轉，僅有的一隻腳狠狠踹在洛蘭腹部，將她也帶翻到地上。

洛蘭抬腳要踢，紫宴已經就地一滾，整個身子壓到她身上。

他一隻腿鎖住她的雙腿，一隻手重重壓向她的手腕，正好是被小角捏碎的那隻手腕，傷還沒有好，依舊戴著固定護腕。

被紫宴狠狠一擊，驟然間劇痛，洛蘭剛抬起的上身倒下去，紫宴另一隻手趁機鎖住她的咽喉。

兩人臉對著臉，咫尺間鼻息相聞。

洛蘭掙扎想擺脫禁錮，紫宴再次狠狠砸向洛蘭受傷的手腕，她痛得臉色慘白，全身驟然失力。

洛蘭喘著粗氣，譏諷：「別太用力，小心剩下的兩顆心罷工。」

紫宴的鼻息也格外沉重，眉峰輕揚，笑著說：「放心，掐死妳的力氣還有。」

洛蘭滿臉譏嘲：「被一群街頭小混混欺辱的時候怎麼沒這麼威風？哦，好像是我救了你！」

「不是妳刺我一刀，我需要妳救？」

「可惜沒刺死你。」

紫宴重重捏住洛蘭的脖子，洛蘭說不出來話。

紫宴放開了一點，「這是哪裡？」

洛蘭不說話。

紫宴抓著洛蘭受傷的手腕狠狠砸到地上，還未長好的腕骨再次斷裂。

洛蘭臉色發白，倒抽著冷氣說：「奧米尼斯。」

紫宴的表情倒是沒有多意外，「竟然真的在阿爾帝國。」

「看來你不是剛剛醒來。」

「送妳回來的男人為什麼叫妳陛下？」

「原來我進屋前你就在偷聽。」

「英仙葉玠是不是死了？」

洛蘭揚手，甩了紫宴一巴掌。

紫宴抓住她唯一能動的手，眼中殺機漸濃，「既然妳沒有研究出治癒基因異變的藥劑，那就沒有活著的價值了。」

洛蘭掙扎著想要擺脫他的鉗制，可始終沒有成功。

紫宴掐著她脖子的力量越來越大。

洛蘭呼吸艱難。因為缺氧，眼前的一切都變得模糊不清。

模模糊糊中，她看到紫宴臉色發青、眼神哀痛，似乎他才是那個即將窒息而亡的人。

突然，紫宴的手開始顫抖，力氣時斷時續，顯然心臟病突發了。

洛蘭猛地抬起上半身，用頭狠狠撞了紫宴的臉一下，撞得他鼻血直流。

她趁機一個翻轉，將紫宴壓到地上。

洛蘭譏嘲地笑，聲音嘶啞難聽：「看來你的心還捨不得我死呢！」

紫宴強撐著，揮拳擊向洛蘭的太陽穴。

洛蘭側頭避開的同時，狠狠給了他的臉一拳。

「哐噹」一聲，小角破窗而入。

林堅也聽到動靜，從二樓的樓梯急奔過來。

「不用你們管！」

洛蘭騎在紫宴身上，掄起拳頭就揍。

每一拳都狠狠砸在紫宴臉上，骨頭和肉相撞的聲音清晰可聞。

不一會兒，紫宴就被打得眼睛烏青、嘴巴腫起，滿臉青青紫紫，完全看不出本來模樣。

小角似乎早已習慣洛蘭的狠辣，袖手旁觀，十分淡定。

林堅卻是百聞不如一見，看得眼睛發直。

紫宴一動不動地攤在地上，只有手腳不停抽搐。

洛蘭站起來。

因為受傷的一隻手一動就痛，半邊身子僵硬，姿勢十分怪異。林堅下意識地想扶她，卻被她冷淡地推開。

小角拿來醫藥箱，遞給洛蘭。

洛蘭取出兩支藥劑，用嘴咬掉針筒蓋子，把藥劑注射到紫宴體內。

她的手搭在紫宴脖頸上。

等到紫宴心跳恢復正常、手腳不再抽搐後，她才開始處理自己的傷口。

小角蹲在她身前，幫她把斷裂的手腕再次接好，用接骨儀器固定住。

兩個人自始至終沒有說過一句話，卻一抬眼、一低頭就知道對方想要什麼，默契好得像是已經在一起生活了一輩子。

林堅發現自己完全插不上手，只能呆看著。

包紮好手腕，小角盯著洛蘭的額頭，「血。」

洛蘭不在意地抹了下額頭，「不是我的。」

小角看看紫宴，「邵逸心?」

林堅終於能插上話：「這個奴隸意圖攻擊主人，應該處死。」

「他是我的人，我會處理。」

洛蘭盯著紫宴，紫宴直勾勾地盯著小角，似乎想穿透他的面具看清楚他的臉。

「帶上邵逸心，我們回去。」

洛蘭轉身向屋外走去。

小角扛起紫宴，跟在洛蘭身後，「我們不住這裡嗎？」

「以後要住在皇宮。」

「這裡不是洛洛的家嗎？」

洛蘭回頭看了眼熟悉的屋子，面無表情地說：「我已經再也回不去了。」

小角似懂非懂，沒有再問。

林堅打開飛車門。

洛蘭坐到前座，小角把紫宴扔到後座，自己也鑽進後座。

林堅開著飛車，送洛蘭回女皇官邸。

不到十分鐘，飛車降落。

洛蘭下車後，對林堅說：「今天辛苦你了。」

「我沒什麼，陛下才是真的辛苦了，早點休息。」

洛蘭走在前面，小角扛起紫宴，跟在後面。

林堅站在車旁，目送著他們，突然揚聲說：「陛下，您還欠我一支舞。」

洛蘭回頭看了林堅一眼，什麼都沒說地走進屋子。

＊　＊　＊

會客廳。

小角把紫宴放到椅子上，剛要起身，紫宴突然伸手，想要摘下他的面具。

小角敏捷地躲開他的手，迅速後退，站到洛蘭身旁。

紫宴盯著小角，眼中滿是急切期待，「他是不是辰……」

洛蘭打斷他的話：「小角是變回了人，但不是你期待的那個人。他是小角，我的奴隸。」

紫宴冷笑。

就算小角記憶丟失、智商不高，可體能卓絕，是這個星際間最強悍的男人，並不是任人拿捏的軟柿子。

洛蘭拉著小角轉過身，把衣領往下拉，露出後脖子上的奴印。

紫宴憤怒地盯著緋紅的奴印，「妳又花言巧語地騙了他？」

洛蘭手臂搭在小角肩頭，身子半倚著他，輕佻地摸摸小角脖子上的印記，「告訴這位『少一心』先生，你是不是自願當我的奴隸？」

小角轉過頭，認真地看著紫宴，「我願意。」

「你根本不知道什麼是奴隸！」

「我知道，我是只屬於洛洛的私人財產。」

紫宴痛心疾首。

洛蘭不懷好意地笑：「你醒來後，還沒照過鏡子吧？」

紫宴盯著洛蘭，心中有了不好的預感。

洛蘭敲敲個人終端機，一個螢幕出現在紫宴面前，裡面映出他的頭像。他下意識地看向脖子，左耳根下方是一枚紅色的奴印。

洛蘭笑得像是個奸計得逞的惡魔，「你也是我的奴隸。」

紫宴氣得胸口都痛，怒吼：「英仙洛蘭！」

「我知道你不願意，但我就是喜歡你的不願意。若每個奴隸都像小角般溫馴，就沒意思了。」

「妳真是個變態！」

洛蘭毫不示弱：「恭喜你成了變態的玩物。」

嘀嘀。

洛蘭的個人終端機突然響起蜂鳴聲，來訊顯示是林堅。

洛蘭接通了音訊。

「什麼事？」

「奧丁聯邦正在開記者會。」

「知道了。」

洛蘭打開新聞頻道，一個穿著黑色套裝，頭髮一絲不苟地盤在腦後，打扮得精緻美麗的女子正在講話。

「……奧丁聯邦是得到星際人類聯盟承認的合法星國。當年的停戰協議上，不但有奧丁聯邦首任執政官的簽名，還有阿爾帝國皇帝的簽名。阿爾帝國的女皇陛下竟然無視協議，信口開河地說阿麗卡塔星屬於阿爾帝國，不但無視奧丁聯邦是主權獨立的星國，還完全不尊重英仙皇室……」

洛蘭覺得女子的面孔似曾相識，看了眼螢幕下方的字幕，才想起來她是誰。

紫姍，奧丁聯邦訊息安全部部長。

三十多年前，和楚墨訂婚，成為執政官的未婚妻。

當年，紫宴被扣上叛國罪名、「死」在飛船爆炸事故中後，紫姍接管了紫宴的勢力。楚墨為了方便掌控，索性把紫姍變成自己的女人。

洛蘭讚許地鼓掌，滿臉笑意地看著紫宴。

「你養大的女人倒是沒有辜負你的姓氏，已經是楚墨的得力幫手。」

紫宴眼神晦澀，沉默不語。

那個熱情衝動的少女已經變成了一個邏輯縝密、言辭犀利、獨當一面的女人了。

「陛下。」清初敲敲門，走進來，目不斜視，就好像完全沒看到紫宴和小角，「林樓將軍和閔公明將軍請求視訊通話。」

「接進來吧！」

清初將影像投影到洛蘭面前。

會議室內坐著十幾個人，有穿軍服的林堅元帥、林樓將軍、閔公明將軍，還有現任總理庫勒。

林樓將軍神情嚴肅，「陛下看到阿爾帝國的記者會了嗎？」

「看了。」

「必須趕在事情發酵前盡快處理。否則邵茄公主那邊會抓住此事大做文章，內閣也會攻擊陛下，我們正在開會商議對策……」

洛蘭截斷了他的話：「星際人類聯盟承認的奧丁聯邦是攜帶異種基因的人類建立的星國，不是會異變成野獸的異種。讓異種先證明自己還是人類，再來談協議是否合法吧！」

會議室裡的人全傻了，呆呆地看著面色淡定、眼神冷漠的洛蘭。

所有人都認為，剛登基的女皇貪功冒進、說錯話，卻不知她早已設好局，就等奧丁聯邦反駁。

會議室裡的人終於意識到，女皇陛下的野心比葉玠陛下更大。葉玠陛下只是想征服奧丁聯邦，洛蘭陛下卻是要從根本上粉碎奧丁聯邦存在的合法性，讓他們在星際中無法立足。

洛蘭看他們沒問題，直接關掉視訊。

紫宴冷冷地盯著洛蘭。

洛蘭一臉漠然：「阿爾帝國應該有不少人對你的臉印象深刻，小角那裡有面具，不想死的話以後就把面具戴上。」

她帶著小角往樓上走去，紫宴的聲音突然在身後響起：「英仙洛蘭，如果異種不是人，妳曾經愛過的千旭算什麼？」

洛蘭停住腳步，淡然地回過身，居高臨下地看著紫宴。

「你不是一直很清楚嗎？我是你想掐死的英仙洛蘭，不是那個送你培養箱的駱尋。請不要把那個白痴女人做的蠢事拿到我面前來問為什麼，我怎麼知道屎殼郎為什麼非要往糞堆裡鑽？」

紫宴一言不發。

洛蘭走了幾步又停下，回過身，脣畔含著一抹譏諷的笑，「哦，對了，那個培養箱我幫你帶回來了，放在你的房間裡。」

紫宴目光死寂。

洛蘭衝他笑了笑，「晚安，我的奴隸！」

Chapter 2

褪色的記憶

不管發生什麼事，他都不會拋下她，不會留下她獨自一人。
他想陪著她，一直陪著她，直到她心裡的傷口全部癒合。

議政廳。

一個中年男子正在慷慨激昂地陳述他的觀點。

洛蘭昏昏欲睡，靜音模式的個人終端機突然振動幾下，她才陡然清醒了一點。

來訊顯示上沒有名字，訊息是從她之前在曲雲星用的個人終端機上自動轉發過來的。

「找到阿晟和封小莞了，人已經平安帶回曲雲星。」

是艾米兒的消息，她應該已經知道辛洛的真實身分，這條訊息裡暗藏著疏離和試探。

洛蘭沒有回覆，關閉訊息框，看向正在說話的議員。

已經持續了三個小時，議員們依舊高談闊論著不應該對奧丁聯邦宣戰的各種理由。

洛蘭只是試探性地提了一下，結果就引來滔滔不絕的長篇大論。

大部分人都覺得阿爾帝國的當務之急是解決小阿爾的問題，唯有理順內政，才能談外事；只有極少部分人覺得應該先對奧丁聯邦宣戰，先解決人類和異種的問題。

洛蘭現在才明白治理一個星國和管理一個傭兵團完全不可同日而語。

尤其是她這種沒有根基，也沒有威望的皇帝，簡直每個大一點的決定都會遭遇重重質疑和阻撓，更何況是一場傷筋動骨的星際戰爭。

＊　＊　＊

會議結束後，洛蘭離開議政廳。

她沒有乘坐代步的飛車，沿著林蔭大道慢慢走著。

阿爾帝國的所有部門各司其職、相互制約，想要完成一件事，必須取得大多數人的支持，而如何獲得大多數人的支持就是政治了。

雖然還沒有投票表決，但毫無疑問，絕大部分人都不支持現在開戰。

葉玠當時步步為營，占盡天時地利人和，才因勢利導地發動了戰爭。

和葉玠相比，她在軍隊中沒有基礎，在民眾中沒有威望，想獲得大多數人的支持，只有兩條路——要麼慢慢建立根基和聲望，要麼走捷徑。

葉玠為了穩妥，把兩條路都給她鋪好了。

按照他的計畫，她應該先花幾年或十幾年時間，把小阿爾的問題解決，既可統一阿爾帝國，提升威望，又可趁機建立自己的根基。

等有了一定基礎，再考慮對奧丁聯邦宣戰的問題。

只要一步步來，總能成功。

但是，葉玠不知道曲雲星上的事。

每次想到楚天清的那個地下實驗室，洛蘭就隱隱不安。

她一回來就碰上葉玠的生命已經在倒數計時，所以沒有告訴葉玠這件事。

當年，洛蘭把楚天清想成一個利慾薰心的小人，沒有多想實驗室的事，可從葉玠口中知道楚天清所做的一切並不是為了爭權奪利，而是高瞻遠矚地意識到異種繁衍危機，才做了很多瘋狂的事。

如果從楚天清的實驗室裡洩露的一點殘渣，就讓她一個A級體能者高燒生病，會不會楚天清研究的東西專門針對人類基因？

如果安教授選擇的路是異種基因和人類基因融合，異種與人類和平共處，那麼楚天清選擇的路有沒有可能是強化異種基因、清除人類，與安教授截然相反？

人類覺得異種是人類進化的錯誤，應該被修正清除，可也許在楚天清眼裡，普通基因的人類早已在進化中落後，應該被淘汰清除。

從實驗室炸毀到現在已經過去四十多年，楚墨有沒有繼續楚天清的研究？

＊　＊　＊

洛蘭站在眾眇門上，眺望著遠處。

一棟棟屋宇連綿起伏，直到天際。

星際列車的軌道猶如巨龍穿梭盤繞在城市上空。

看似平凡普通的景致卻隨時有可能化為灰燼。

一瞬間，洛蘭做了決定——

楚墨這個魔鬼，不是他們兄妹放出來的，但他們曾與魔鬼合作，或多或少讓魔鬼變得更強大了。不管付出什麼代價，她都要把楚墨封回瓶子，再把瓶子砸成粉末。

林堅走到觀景臺上，看到洛蘭憑欄而立，獨自觀景。

「陛下，可以單獨說幾句話嗎？」

洛蘭回身看了眼一直跟在她身後的隨扈，示意他們可以退下。

林堅走到她身旁，和她並肩而立，「陛下想立即開戰？」

「是！」

「時機還不成熟。」

「因為我威望不足，既不能讓民眾信服，也沒辦法讓軍隊服從。」

「是。」

洛蘭側身倚在欄桿上，看著林堅，「聽說你的口碑非常好，被稱為『零負評男人』。」

林堅以拳掩嘴，笑著咳嗽了一聲，「因為我是林榭將軍的兒子，民眾移情厚愛而已。」

「太謙虛了。」

洛蘭很清楚有一位異常優秀的父親或母親意味著什麼。

眾人對你的期望會遠遠高於普通人，看你的目光格外苛刻。表現優秀是正常，因為你是某某的女兒。必須要表現得非常優秀，才有可能讓大家覺得你不愧是某某的女兒。林堅的父親是萬人敬仰的英雄，林堅在父親的光環下，依舊能讓大家交口稱讚，絕對付出了常人難以想像的努力。

林堅看洛蘭一直目光灼灼地盯著他，像是一隻蓄勢待發的豹子盯著志在必得的獵物，不禁微微紅了臉，「陛下！」

洛蘭終於把赤裸裸的目光收斂了幾分，「你家的廚子外借嗎？」

「……不外借。」

「如果今晚我想吃他做的菜，該怎麼辦？」

「……去我家。」

「還有其他客人嗎？」

「沒有。」

「所以你邀請單身的女皇去你家和你單獨共進晚餐？」

林堅雖然臉色發紅，卻迎著洛蘭的視線，沒有絲毫避讓：「是！」

洛蘭一言不發地轉身，徑直走向升降梯，打算離去。

林堅以為洛蘭生氣了，著急緊張地叫：「陛下！」

洛蘭回過頭，「我去換件衣服。元帥閣下，晚上見。」

林堅少年老成，向來喜怒不形於色，驟然間由驚轉喜，竟然像少年人一般傻笑起來。

＊　＊　＊

洛蘭回到女皇官邸。

四周靜悄悄，只有兩個機器人在花園裡打理花草。

洛蘭問清初：「小角和邵逸心呢？」

「在遊戲室。」

洛蘭點了下控制面板，遊戲室的監控畫面出現。

小角戴著白狐面具，正在專心致志地打「星際爭霸」遊戲，四周星辰閃耀。

紫宴坐在輪椅上，看著小角玩遊戲。

他臉上戴著一張淺紫色的面具。

造型華麗，像是鳳尾蝶展開的翅膀，兩隻蝶翼一直延伸到鬢角，把耳朵都遮蓋住。眼睛四周和臉頰上勾勒著色彩艷麗的彩色花紋，一顆顆細小的鑽石和珍珠像是散落的星辰般參差錯落地點綴其上，讓每一道花紋都散發著妖冶的光芒。

洛蘭無語。

真是個妖孽！叫他戴上面具是為了不引人注目，他倒好，竟然連面具都美得艷光四射。

洛蘭問：「哪裡來的面具？」

清初說：「邵逸心嫌小角的面具不好看，所以他自己畫草圖，我叫人製作。」

洛蘭看向清初，她曾在斯拜達宮住了十年，對辰砂和紫宴都很熟悉。

清初似乎猜到洛蘭在想什麼，平靜地說：「我是皇帝的管家，只忠於皇帝。」

洛蘭收回目光。不管清初察覺到什麼，她都會守口如瓶。

洛蘭關閉監視器畫面，對清初吩咐：「幫我準備裙子，我要出去吃晚餐。」

「什麼樣的晚餐？陛下有指定的樣式嗎？」

洛蘭言簡意賅：「和一個男人共進的晚餐，男人喜歡的樣式。」

清初愣了愣，說：「明白了。」

＊　＊　＊

洛蘭沖完澡，裹著浴袍走出來。

清初已經準備好衣服，一排架子上掛著長裙，一排架子上掛著中短裙。

小角興沖沖地推門進來，問：「晚上吃什麼？我和妳一起做飯。」

清初留意到小角壓根兒沒敲門，可洛蘭沒任何不悅，顯然，兩人都已經習慣這樣的相處方式。

洛蘭的手指從不同顏色、不同款式的衣服上滑過。

「我晚上要出去吃飯。你想吃什麼告訴廚子，我哥哥的御用廚子，做得不會比我差。」

「我也要和妳一起出去吃飯。」

「不行。我有正事，不能帶你。」

小角沉默了一會兒，說：「那我等妳回來一起吃水果。」

洛蘭漫不經心地答應：「好。」

小角安靜地看著她挑選衣服。幾十件衣裙，只是為了吃一頓飯？對方一定很重要吧！

洛蘭看向小角，「還有事嗎？」

小角搖搖頭，一言不發地離開了。

洛蘭實在懶得再花心思，問：「妳的建議是什麼？」

清初拿起一條深V露背長裙。

洛蘭搖搖頭，「我穿不了。」

「肯定適合，陛下的背部曲線很漂亮。」

洛蘭懶得廢話，直接轉身，拽下浴袍給清初看。

清初震驚地愣住。

從肩胛骨一直到腰臀部滿是猙獰的陳年舊傷。陛下每次說起她在無人星球上的經歷都輕描淡寫，幾句話帶過，似乎三十年彈指一揮間，可這些傷痕清楚地表明那段日子多麼艱難。

洛蘭把浴袍重新披好。

清初回過神來，「抱歉！」

她急忙把手裡的深Ｖ露背長裙放回衣架上，拿了一條水晶藍的吊帶抹胸小禮服。

洛蘭接過，去更衣室裡換好衣服。

清初幫她選好搭配的首飾和鞋子。

＊＊＊

洛蘭梳妝打扮完，在隨扈的陪同下，去林堅家吃晚餐。

洛蘭乘坐的飛車降落時，林堅已經等在門口。

隨扈幫洛蘭打開車門，洛蘭下車的一瞬間，林堅眼前一亮。

微捲的短髮，水晶藍吊帶抹胸小禮裙，耳上和腕上戴著簡單的寶石首飾，整個人俐落又嫵媚。

林堅彎身，吻了下洛蘭的手背。

「歡迎！」

洛蘭看著林家宅邸，臉上露出回憶的微笑，「我小時候來過你家，不過當時你還沒出生。」

林堅嘆了口氣，「您是我的童年陰影。」

洛蘭不解地看他。

「小時候不管我學會什麼，我爸總會打擊地說：『洛蘭這麼大時，早已經會什麼什麼了。』我一直被您的光芒壓制著。」

洛蘭笑了笑，坦然地接受了林堅變相的恭維。

✷ ✷ ✷

花園裡，燭光搖曳。

一張不大的餐桌，鋪著潔白的桌布，擺著兩套精美的餐具。

桌上的水晶瓶裡插著洛蘭小時候最喜歡的白色百合花，顏色皎潔、香氣馥郁。洛蘭隨手撥弄了一下，雖然她現在已經不喜歡了，不過林堅的確花了心思。

林堅幫洛蘭拉開椅子，等洛蘭坐好後，他才坐到對面。

因為桌子不大，兩人距離很近，能看到對方眼睛中映出的搖曳燭光。

侍者開始一道道上菜。

兩人一邊吃飯，一邊閒聊。

洛蘭實在不擅長和人聊天，經常不知道該說什麼。

幸好林堅總是主動提起話題，一直沒有讓氣氛冷場。

「……去奧丁聯邦當間諜前，您在哪裡？」

「有時候在龍血兵團，有時候在別的星球。」

「做什麼？」

「基因研究，幫人動手術，還有一些雜七雜八的行動。」

林堅發現，洛蘭不管說起什麼都很平淡尋常，似乎真的沒什麼，可葉玠給他的資料不是這樣。

這個女人長期披著盔甲作戰，已經和盔甲融為一體。如果不是因為她有所圖，只怕連這些話都不會說。

林堅喝了口酒，直白地說：「您剛剛登基，真的不適合立即對外宣戰。而且，最近奧丁聯邦沒有做任何事，我們突然宣戰，師出無名。」

洛蘭終於抬起頭，正眼看著他：「所以，我需要你的幫助。」

「請說服我！」

「距離上一次星際大戰已經四十多年過去，你不覺得奧丁聯邦太安靜了嗎？」

「上一次是兩敗俱傷，兩國都需要休養生息。」

「楚天清有一個祕密實驗室，在研製針對人類的基因武器。我擔心等奧丁聯邦準備好，對我們宣戰時，就會是毀滅性的戰爭。」

「證據呢？」

「我追查到一些蛛絲馬跡，但沒有蒐集到證據，都是我的推測。」

「您覺得這樣能說服軍部和內閣嗎？」

「不能。」

林堅看著洛蘭，洛蘭也看著林堅。

林堅自嘲地笑了笑，「但是，您說服了我。」

洛蘭伸出手，「謝謝！」

林堅和她握了握手。洛蘭想抽回手時，他卻沒有放，「一旦宣戰，我將為您死戰。」

洛蘭平靜地問：「你要什麼？」

「您。」

「成交。」

林堅無奈，「能換個詞嗎？至少聽起來不要那麼像交易。」

「喔……」洛蘭完全不解風情。

林堅輕輕吻了下她的手背，放開她的手。

「我送陛下回去。」他站起來。

洛蘭有點意外，本來以為還有飯後活動。

「你不是說我欠你一支舞嗎？」

「不著急，來日方長。」

下午在議政廳開會時，林堅看到她睏得打瞌睡。雖然會議很冗長無聊，可這段時間她也的確缺覺少眠。

＊　＊　＊

林堅送洛蘭回到女皇官邸。

洛蘭下飛車時，林堅也跟著走下飛車。

「明天見。」洛蘭說完就要走。

林堅叫住她，「您就這麼走了？」

洛蘭疑惑地看著他。

林堅走到她面前，「您今天晚上已經接受了我的求婚，我們已經是未婚夫妻。」

洛蘭無奈，像是看著一個要糖吃的小弟弟，「你想怎麼樣？吻別？」她爽快地仰起臉，一副完全配合的樣子。

林堅擁住她，想要吻她的唇，可她的眼睛太過清醒冷靜，似乎超脫於紅塵之外，波瀾不興。最終，他只是在她臉頰上親了一下，「晚安，早點休息。」

「晚安。」

洛蘭說完，頭也不回地走進屋子。

林堅暗暗嘆了口氣。

忽然間，他感覺到什麼，抬頭看向樓上——小角站在玻璃窗旁，身軀筆直如劍，冷冷地盯著他。

只是一個奴隸而已！林堅淡然地收回目光，進了飛車。

＊　＊　＊

洛蘭走進臥室，還沒來得及開燈，一個人突然從黑暗中竄出，把她撲倒在地，壓在她身上。

洛蘭心中一驚，正要拔槍，看到是小角，又放鬆下來。

她推推他，「別鬧了，我很累，想睡覺。」

小角卻更加用力地壓住她，在她臉頰、脖子上嗅來嗅去、蹭來蹭去，似乎急切地尋求著什麼。

洛蘭拍他的頭，「放開我！」

小角不但不聽，反而變本加厲，把她牢牢地抱在懷裡，像是怕她會不翼而飛、消失不見。

洛蘭忙了一天，已經疲憊不堪，小角卻莫名其妙地鬧個不停，她一下子被激怒了，又推又打，連踢帶蹬，想要從小角身下掙脫。

小角想到剛才從窗戶裡看到的一幕，喉嚨裡發出憤怒的嗚嗚。他雙腿纏住洛蘭的腿，阻止她亂踹，一手將洛蘭的兩隻手壓在她的頭頂，幾乎不費吹灰之力就將洛蘭束縛得完全動不了。

洛蘭不明白小角在發什麼瘋：「你究竟想幹什麼？」

小角悲傷憤怒地瞪著洛蘭。

他胸膛裡好像有一把鋒利的刀一下下扎他的心，又好像有熊熊烈火焚燒著他的心，他很痛苦、很煎熬，卻不知道自己究竟想要什麼。激烈的情緒像是澎湃的海潮，翻湧在胸膛內，無處可去，越積越多，像是要把他撐破、炸成碎末。最後他昂頭嘶吼，猛地低頭，狠狠一口咬在洛蘭裸露的肩膀上。

洛蘭痛得慘叫。

她不明白，小角的眼睛沒有變紅，身體也沒有任何異變症狀，為什麼會突然獸性大發。

小角重重地噬咬，像是要把洛蘭嚼碎了，吃進自己身體裡，又像是要把自己揉碎了，融進洛蘭身體裡。

洛蘭拚命掙扎，小角緊纏不放。

兩人激烈的肢體糾纏中，鮮血淋灕。

小角的鼻端、唇齒間，全是洛蘭的味道。

似乎有什麼東西衝破重重迷霧、層層屏障，從心裡直衝到大腦，轟然一聲炸開，幻化成億萬星辰，照亮他的大腦。

小角抬起頭，怔怔地看著洛蘭。

他眼前清晰地浮現出一幅畫面，就像是突然看到另一個時空的自己和洛蘭——

她黑髮披垂，眉目柔和，穿著白色的長裙子，手裡拿著一束捧花，看上去緊張不安，但笑得十分甜美。

他站在她身邊，穿著一襲軍裝，上身是鑲嵌著金色肩章和綬帶的紅色軍服，下身是筆挺的黑色軍褲，一直面無表情、眼神冷漠，像是很不情願和洛蘭站在一起。

洛蘭啪地甩了小角一巴掌。

「你現在沒有異變也要吃人嗎？」

小角回過神來，茫然地看著洛蘭雪白肩膀上血淋淋的傷口。

他咬的？

剛才究竟發生了什麼事？

好像出現了幻覺，看到一個不像洛蘭的洛蘭和一個不像他的他。

小角抱歉地低下頭，用舌頭溫柔地舔舐她的傷口。

洛蘭狠狠一腳踹開他，「我是人！有藥劑可以噴，不需要野獸的療傷方式！」

＊　＊　＊

洛蘭起身去找藥。

燈亮的一瞬間，她才看到紫宴單腿站在門口，冷眼看著她和小角，也不知道他究竟在那裡站了多久。

洛蘭一身狼狽，凶巴巴地問：「看什麼看？沒看過人打架嗎？」

紫宴一言不發。

洛蘭走進浴室，對著鏡子查看傷口，發現小角咬得還挺深。

她臉色鐵青地拿出消毒水，把傷口清洗乾淨，拿了一片止血帶貼在傷口上，再把染血的裙子脫下，擦去臉上和身上的血跡，換了件乾淨的家居服。

洛蘭走出浴室，看到小角站在屋子正中間，忐忑不安，似乎連手腳都不知該放哪裡。

紫宴依舊淡漠地立在門口，一副冷眼看戲的樣子。

洛蘭盯著小角，覺得自己是自作自受。

明知小角是頭猛獸，卻把他豢養在家裡。他整天無所事事，精力無處發洩，自然會亂咬亂抓。還有紫宴，這種妖孽如果反噬，可不會只在她肩膀上咬一口。

洛蘭坐到沙發上，對紫宴說：「我們需要談一談。」

小角立即坐到她對面，十分配合的樣子。

紫宴依舊靠牆而立，不言不語。

洛蘭對紫宴心平氣和地說：「楚墨已經知道你還活著，正在全星際追殺你。他不可能任由你活著，整個星際能保障你安全的人只有我。」

紫宴淡笑：「妳是建議，我為了不被虎吃，就來投靠妳這隻狼嗎？」

洛蘭靠著沙發，長腿交疊，雙臂搭在沙發背上，笑看著紫宴：「你又不是羊，怕什麼狼呢？」

紫宴譏諷地笑笑，沒有吭聲。

洛蘭說：「我在準備對奧丁聯邦宣戰。」

紫宴漠不關心：「妳不會指望我們幫妳吧？」

「楚墨和左丘白是我們共同的敵人。」

「我們和妳也不是朋友。」

「可以先合作幹掉他們，我們再翻臉。」

「如果我不同意呢？」

洛蘭抬起手，在脖子前劃過，做了個割喉的動作。

紫宴瞇著桃花眼笑，頭微微抬起，指指自己的脖子，示意她隨便割。

洛蘭打開個人終端機。

阿晟、封小莞、紅鳩、獵鷹、獨眼蜂……他們的頭像一一出現在螢幕上。

紫宴的目光驟然變得犀利。

洛蘭悠然地說：「阿晟和封小莞在曲雲星上。還有紅鳩他們的走私船，別告訴我你不知道他們在哪裡。」

紫宴逃到啤梨多星肯定不是毫無因由，應該是清楚艾斯號的走私航線，想搭乘他們的飛船前往下一個落腳點，只是沒想到自己會突然發病，被一幫地痞劫走。

「你想怎麼樣？」紫宴眼神森寒。

洛蘭笑吟吟地點擊虛擬螢幕，人像消失，屋子中央出現曲雲星和艾斯號太空飛船。

她彈彈手指，曲雲星轟然炸毀。

她又彈彈手指，艾斯號轟然炸毀。

紫宴眼神陰寒地盯著她。

洛蘭一臉漠然：「我可沒打算自己動手。只要讓楚墨知道他們的存在，即使我不毀滅曲雲星，楚墨也會毀滅；即使我不炸毀艾斯號，楚墨也會炸毀。」

紫宴從不敢低估這個女人的狠毒，但她總能比他估計的更狠毒。

用一個星球和一整艘飛船的人命來威脅他，要麼合作，要麼死，沒有第三種選擇。

紫宴只能妥協，無奈地問：「我已經是殘廢，能幫妳做什麼？」

「表面看紫姍繼承了你的爵位，接管了你的勢力，可你連心都比別人多準備了兩顆，怎麼可能不給自己留後手？」

紫宴一言不發，沒有否認。

洛蘭說：「我需要你的情報。做為回報，我會保障曲雲星和艾斯號的安全，以及你的安全。」

紫宴盯了一眼專注聆聽的小角，說：「好。」

洛蘭很清楚，和紫宴合作無異於與虎謀皮，他隨時有可能把她生吞活剝，但事有輕重緩急，必須要弄清楚奧丁聯邦和楚墨的動向。很多情報，除了同為異種的紫宴，沒有任何一個阿爾帝國的特工能探查到。

「晚安。」洛蘭抬抬手，示意紫宴可以消失。

紫宴看向小角，小角一直目不轉睛地盯著洛蘭，似乎他的世界除了洛蘭，再容不下其他。

紫宴心中難受，黯然地轉身離開。

✵ ✵ ✵

洛蘭沉默地瞅著小角，眉頭緊蹙。

小角想到她肩膀上的傷口，忐忑又難受，把自己的脖子湊到洛蘭面前，「妳也咬我一口吧！」

洛蘭推了他一下，冷著臉說：「咬一口怎麼能解氣？我想把你的心挖出來。」

「可以。」小角開始解衣服扣子。

洛蘭知道他是認真的，急忙拽住他，沒好氣地說：「白痴！我又不吃人，要你的心幹嘛？」

小角茫然地看著洛蘭。

洛蘭展顏一笑，不再刁難他：「我想到個辦法，保證你不會再悶到四處咬人。」

小角訥訥地為自己辯解：「我不會咬別人，我只……只……咬妳。」

洛蘭哭笑不得：「你什麼意思？我應該感激你對我的特殊照顧嗎？」

小角急忙搖頭。

洛蘭疲倦地嘆口氣，站起來拍拍他的頭，「去睡覺吧！明天我會帶你去一個好玩的地方。」

小角沒有受到預想的懲罰，稀里糊塗回到自己房間。

身為洛蘭的貼身隨扈，他的臥室就在洛蘭隔壁，有一個暗門和洛蘭的房間相通。

小角更喜歡打地鋪睡在洛蘭床畔，但洛蘭堅持他必須住自己的房間。小角已經約略明白一些人情世故，只能接受。

他平躺在床上，聽到洛蘭幾乎頭一挨枕頭就沉入睡鄉。

她的呼吸平穩悠長，像是某種安心寧神的樂曲。

小角專注地聆聽著，漸漸地，在洛蘭的呼吸聲中，他也迷迷糊糊睡了過去。

……

恢宏的禮堂內。

香花似海、樂聲悠揚。

他和洛蘭並肩而立，正在宣誓，舉行婚禮。

他一襲軍裝，上身是鑲嵌著金色肩章和綬帶的紅色軍服，下身是黑色軍褲，站得筆挺，眼中滿是不耐煩，一臉冷漠。

洛蘭穿著白色的婚紗，手裡拿著一束新娘捧花，眉目柔和，眼神緊張不安，卻努力地笑著，唇角彎著可愛的弧度。

婚禮十分冷清，賓客只有寥寥幾位，壁壘分明地各站兩側。每個人都嚴肅地板著臉，沒有一絲喜悅，像是對峙的兩方。

自始至終，他面無表情、一言不發，像一座冰山一樣渾身散發著冷氣；洛蘭笑容甜美，透著小心討好，亦步亦趨地跟隨著他，似乎生怕自己做錯什麼，惹來他的厭煩。

儀式剛結束，他就不耐煩地轉身，大步往前走。

洛蘭急急忙忙地去追他，卻因為裙擺太長，被絆了一下，整個人朝地上撲去。

……

太空港。

他穿著軍服，坐在一輛飛車裡。

洛蘭穿著一件小禮裙，急急忙忙地快步走過來，眼中滿是抱歉，臉上滿是討好的笑。

他卻面色冰冷，眼神不悅。

洛蘭走到飛車前，正要上車。

他冷冷地說：「請公主記住，我不會等妳。」

突然間，車門關閉。飛車拔地而起，呼嘯離去。

洛蘭仰起頭，呆呆地看著飛車，眼神中滿是難堪無措，卻依舊微笑著。

……

飛船裡。

他一襲軍服，肅容端坐在座位上。

監控螢幕上，洛蘭拚了命地朝飛船狂奔過來，一邊跑，一邊大叫「等等我」。

他的聽力非常好，明明聽得一清二楚，但是，依舊毫不留情地下令：「起飛。」

飛船拔地而起。

隨扈囁嚅地提醒：「夫人還沒……」

他冷聲糾正：「是公主！」

隨扈知道他心裡根本沒有認可洛蘭的夫人身分，不敢再多言。

飛船漸漸遠去，監控螢幕裡的女子變得越來越小。

樓宇環繞中，空蕩蕩的大地上，只有她一個人，佝僂著身子，低垂著頭。

孤零零的身影，滿是無助難過，像是被整個世界都遺棄了。

……

小角猛地睜開眼睛坐起來。

他怔怔發了一會兒呆，跳下床，衝到房間，見洛蘭安穩地睡在床上，劇烈的心跳才漸漸平復。

幸好！只是一個噩夢！

＊　＊　＊

小角捨不得離開，坐在床畔的地板上，安靜地凝視著洛蘭。

夜深人靜，噩夢的刺激，讓他回想起很多年前，當他還是一隻野獸時的事情。

洛蘭性格冷漠，脾氣乖戾，幾乎出口就傷人。

但也許因為他不會說話，自己從來不用語言表達，也就從來不像人一樣用語言去判斷一個人。

他只用自己的心去感受，透過表象看到本質。

她嘴裡罵著他，手下卻分外溫柔，幫他仔細地拔出扎進背上的金屬刺。

她對阿晟和封小莞冷言冷語，卻不允許任何人欺負他們，會懲治麥克、莉莉，也會為他們出頭去找曲雲星的總理艾米兒。

她會因為他身體疼痛，特意停止實驗，卻絲毫不肯讓他領情，一定要說是因為自己累了。

她會一邊惡狠狠地恐嚇他，一邊不睡覺地調配各種治療傷口的藥劑。

……

因為他智力低下，她做的事情，他都看不懂。

但她的喜怒哀樂，他都明白。

洛蘭看上去非常堅強，可實際上她的心一直沉浸在悲傷中。

他不知道她在悲傷什麼，但他知道，她一定經歷過很多很多不好的事情，就像她背上的恐怖傷疤，她心上一定有更加恐怖的傷疤。

他很心疼她，卻什麼都不會做，但至少，永遠的忠誠、永遠的陪伴他能做到。

小角輕輕握住洛蘭搭在床畔的手。

他一定不會讓夢裡那樣的事發生。不管發生什麼事，他都不會拋下她，不會留下她獨自一人。

他想陪著她，一直陪著她，直到她心裡的傷口全部癒合。

洛蘭突然睜開眼睛。

兩人目光相觸，在黑暗中交融。

小角問：「我吵醒妳了？」

「不是，恰好醒了。」洛蘭鼻音很重，聲音十分暗啞，「怎麼不睡覺？」

「我做了個夢。」

「什麼夢？」

小角搖搖頭，不肯說。

洛蘭沒有繼續追問，「我也做了個夢。」她眼神迷濛，語氣悵然，和白天的犀利截然不同。

「什麼夢？」

「夢到我小時候的事。爸爸的好朋友林榭叔叔結婚，我和哥哥去做花童。婚宴上，爸爸為大家彈奏舞曲時假公濟私，彈奏了他和媽媽的定情曲。爸爸是皇室王子，整天吃喝玩樂，過得很愜意，媽媽是傭兵，每天出生入死，活得一絲不苟。兩人的身分性格都天差地別，分分合合好幾次，卻始終放不下對方，最後媽媽為了和爸爸在一起，放棄一切，隱姓埋名地嫁進英仙皇室。」

洛蘭眯著眼睛，神情怔怔的，似乎還在回想夢境。

小角問：「妳爸爸和媽媽幸福嗎？」

「幸福！雖然認識我爸爸的人想不通風流倜儻的爸爸怎麼會娶了無趣的媽媽，認識我媽媽的人想不通能幹厲害的媽媽怎麼會嫁給沒用的爸爸，可其實，看似天差地別的兩個人，是天造地設的一對。只不過……」洛蘭突然住口，把後面「情深不壽」的話都吞了回去。

「只不過什麼？」

洛蘭微笑著說：「沒什麼。大概晚上去了林榭叔叔的家，舊地重遊，所以夜深忽夢少年事。」

小角雖然不知道下半句是「夢啼妝淚紅欄杆」，卻清楚地感受到她的心情和她臉上的表情截然相反。

洛蘭抽出手，拍拍小角，「去睡覺吧！」

她轉了個身，閉上眼睛，努力再次進入夢鄉。

小角默默離開洛蘭的房間。

他在屋子中間怔怔地站了會兒，突然想起什麼，匆匆拉開門，快步走下樓，看到落地玻璃窗前的平台鋼琴。

他坐到鋼琴前，打開琴蓋。

剛變成人不久時，他曾經聽到洛蘭在泉水邊哼過一首歌。

那一刻，她的心情就如陽光下的山澗泉水般輕鬆愉悅。

莫名其妙的直覺，讓小角認定洛蘭在夢裡聽到的曲子就是那首曲子。

他無法讓她重溫夢境裡的快樂，但至少可以讓她重溫夢境裡的歌。

小角雙手搭在琴鍵上，開始彈奏那首曲子。

洛蘭正在努力入睡，熟悉的樂曲聲傳來。

她徐徐睜開眼睛，屏息靜氣地聆聽，就好像稍不留神就會驚醒一個好不容易才來的美夢。

過一會兒，她輕手輕腳地下床，走出房間，循著樂曲的聲音，走到樓梯口。

居高臨下地望去——

月光如水，穿窗而入。

皎潔的光芒籠罩著窗前的小角。

他坐在鋼琴前，正在專心致志地彈琴。

彈奏技法和她幼時聽過的不同，琴曲裡傾訴的感情卻和她幼時感受到的一模一樣。

這首歌的歌詞其實有點悲傷，她不明白為什麼爸媽會用它做定情曲。

爸爸把她抱在膝頭，一邊彈奏，一邊告訴她，體會過悲傷，才會更珍惜幸福啊！

這首歌在爸爸的演繹下總是灑脫又快樂。

這點連葉玠都做不到，畢竟琴為心聲，爸爸是彈奏給自己歷經波折、最終完滿的愛情，葉玠卻是感傷懷念舊日時光。

洛蘭眼眶發酸，幾欲落淚，渾身失力地軟坐在樓梯上。

熟悉的樂曲聲中，她忍不住跟著琴曲低聲哼唱，就像當年媽媽常常做的一樣。

……

是否當最後一朵玫瑰凋零
你才會停止追逐遠方
發現已經錯過最美的花期
是否當最後一片雪花消逝
你才會停止抱怨寒冷
發現已經錯過冬日的美麗
是否只有流著淚離開後
才會想起歲月褪色的記憶
是否只有在永遠失去後
才會想起還沒有好好珍惜

……

Chapter 3

為妳而戰

我屬於妳，是妳的奴隸，只為妳而戰！

早上九點。

阿爾帝國英仙皇室召開記者會，宣布女皇陛下和元帥閣下訂婚。

皇室對外辦公室放出了幾張洛蘭去林堅家共進晚餐的照片，雖然照片上沒什麼親密動作，可看女皇和元帥的裝扮，就知道他們兩人不是在談公事。

隨著官方消息的公布，各種小道消息也滿天飛。

相較於洛蘭的爭議不斷、負面新聞纏身，林堅可以說是毫無瑕疵的國民好先生。

從林榭將軍陣亡，他第一次出現在媒體鏡頭下就表現得穩重得體，讓所有人交口稱讚。

對女皇陛下的婚事，媒體還有所顧忌，星網上的普通民眾就沒有那麼多避諱了，幾乎惡評如潮，一面倒地攻擊女皇利用元帥的溫柔善良，促成婚事。

「女皇不就是很善於利用自己的婚姻嗎？當年做間諜時，可是嫁過噁心的異種。」

「本世紀最勵志的故事，癩蛤蟆想吃天鵝肉怎麼辦？只要癩蛤蟆當上女皇，就能成功。」

還有人仿照洛蘭和林堅共進晚餐的照片，合成出邵茄公主和林堅元帥一起用餐的照片。

「是不是這樣才順眼多了？真的是公主和王子，而不是邪惡女巫和受詛咒的王子。」

……

清初按照慣例，把整理好的每日新聞彙報給洛蘭。

洛蘭聽到自己被叫作邪惡女巫，不在意地一笑而過。

清初擔憂地分析：「這種形勢下，陛下如果執意對奧丁聯邦宣戰，會對陛下很不利，不如按照葉玠陛下的安排，先收復小阿爾，統一阿爾帝國，再考慮對外戰爭。」

洛蘭盯了眼清初，清初立即閉嘴。

突然，小角門都沒敲地衝進辦公室，著急地問：「邵逸心說妳要和林堅元帥結婚？」

洛蘭正在簽署文件，頭也沒抬地「嗯」了一聲。

小角問：「什麼是結婚？」

「你不是會用智腦嗎？自己去查。」

「我查過了，婚姻就是兩個相愛的人締結法律關係，讓他們的親密關係被社會認可。」

「既然知道還問什麼？」

「妳愛林堅嗎？」

洛蘭被小角逗樂了，抬起頭，好笑地看著小角。

從清晨到現在，已經有無數人來問過她和林堅訂婚的事，各種擔心憂慮，卻沒有一個人問她愛不愛林堅。大概所有人都認定，在她這個位置上，男女之愛已經是最無關緊要的小事，無須在意。

小角固執地又問了一遍：「妳愛林堅嗎？」

洛蘭溫和地說：「我愛阿爾帝國，愛人類。」

「妳不愛林堅！」

「我和林堅的情況特殊，我們都愛阿爾帝國就夠了。」

小角在夢境裡聽到「結婚」的字眼，不知道什麼意思，就上星網查詢「什麼是結婚」，出現了很多影片和圖片。

他發現夢境中洛洛穿的那種白色長裙叫婚紗，是舉行婚禮的時候新娘穿的衣服。

他不明白為什麼會夢到自己和洛洛舉行婚禮，但突然明白了自己想要什麼——他愛洛洛，他想要和洛洛結婚，永遠在一起。

當他告訴邵逸心這個想法時，邵逸心滿臉譏嘲、大笑不止，笑得連眼淚都差點掉下來。

小角很惱火，不明白邵逸心究竟在笑什麼。邵逸心要他看今天的新聞，又要他去星網上查詢異種和人類。

小角瀏覽完所有網頁，明白了邵逸心的意思。

異種和人類是死敵，但他和洛洛不是敵對關係，異種和人類的關係不適用於他和洛洛。

小角期待地看著洛蘭，「妳和我是什麼關係？」

洛蘭歪著腦袋，用電子筆敲敲頭，「皇帝和奴隸的關係。」

小角閃身繞過辦公桌，站到洛蘭身旁。

他拽著洛蘭的辦公椅，把洛蘭轉向他，雙手撐在椅子的扶手上，上半身前傾，嚴肅地盯著洛蘭：「我願意只屬於妳，可妳也要只屬於我。」

洛蘭的視線掃向清初，清初立即帶著機器人祕書迅速離開。

洛蘭雙手推了下小角，沒有推開。

她無奈地說：「小角，你不屬於我，我也不屬於你。我是皇帝，一輩子都不會改變，但你的奴隸身分只是暫時的，方便你留在奧米尼斯。如果有一天，你想離開，我會送你離開。」

「我不想離開！」小角誤解了洛蘭的意思，眼中滿是悲傷，聲音都有點輕顫：「妳希望我離開？因為妳要和林堅結婚？」

洛蘭頭痛，不知道紫宴究竟和小角說了什麼，居然讓他這麼糾結她結婚的事。

「我結不結婚和你壓根兒沒關係，我也不想你離開！」

小角滿眼希冀地盯著洛蘭：「妳希望我留下？留在妳身邊？」

「當然！」

誰會不希望有一個4A級體能的保鏢？尤其是這個保鏢簡單、忠誠、可靠、強大。只要他在，她完全不用擔心任何危險。

小角如釋重負，猛地抱住洛蘭，頭輕輕地在洛蘭耳邊和臉頰邊挨蹭，用他唯一知道的央求方式，卑微地請求：「不要和林堅結婚。」

「為什麼？」

「因為……妳不愛他。」

小角想說「因為我愛妳，我想和妳結婚」，還想說他夢到他們結婚了，可是想到邵逸心譏諷地大笑，他終是沒有說出口。

他害怕看到洛蘭也譏諷地大笑。

洛蘭安撫地拍拍小角的背，「我的事不用你操心，不要胡思亂想了。我知道你在家裡待得很無聊，再給我一個小時，等我看完這幾份文件，我帶你去一個好玩的地方，保證你會喜歡。」

小角想了想，有了新的打算，「我等妳。」

＊　＊　＊

一個多小時後。

洛蘭走出辦公室，看到小角坐在走廊的長椅上，雙膝併攏，背脊挺得筆直，手裡拿著一個精緻小巧的點心盒。

他看到洛蘭立即站起來，把點心盒遞給洛蘭。

因為面具遮擋，洛蘭看不到他的表情，直覺他好像很緊張。

洛蘭看了眼四四方方的點心盒，就是皇宮裡最普通的點心盒，裡面只能裝一兩塊點心。清初知道她不喜歡營養劑，經常會放一大盒在她的臥室和辦公室，方便她餓時充飢。

洛蘭說：「我不餓。」想把點心盒還給小角。

小角訥訥地說：「我剛才做的薑餅。前面幾塊都失敗了，就這一塊成功。」

「你做的薑餅？」洛蘭十分詫異。因為小角對廚藝既無興趣，也無天賦，雖然做了她許多年的廚房助理，但也只能做頓早餐，烤麵包、煎蛋。

小角沒說話，只是點點頭。

洛蘭正要打開點心盒，小角擋住她，扭捏地說：「妳餓的時候再吃，最好是我不在的時候。」

「為什麼？」

小角眼神閃爍，不敢正眼看她，「也許做得不好，妳覺得很難吃。」

洛蘭覺得他古古怪怪，但沒有多想，笑著搖搖頭，把點心盒交給機器人，吩咐它放到她的臥室去。

小角的目光一直尾隨著機器人，似乎很不放心，想說什麼又不好說的樣子。

洛蘭拽著他的手臂往外走，「別看了，餅乾不會長腿跑掉，現在我要帶你去一個地方。」

✷ ✷ ✷

半個小時後。

洛蘭的私人飛船到達奧米尼斯軍事基地。

飛船著陸，小角卻依舊站在舷窗旁，專注地看著外面，眼睛里迸發出異樣的光彩——近處是一隊隊軍人，遠處是停泊著的各式戰艦，空中是起起落落的戰機。

洛蘭難得地開了個玩笑，「如果不喜歡，我們可以立即回去。」作勢欲轉身回去。

小角急忙抓住她的手，「洛洛！」

洛蘭眨眨眼睛，「騙你的！你口水都流下來了，怎麼可能不喜歡？」

小角竟然真的擦了下嘴，「沒有，妳又騙人。」

洛蘭忍俊不禁。

小角拍了一下洛蘭的頭，「騙子！」

洛蘭嘟囔：「那麼傻，不騙你騙誰？」

清初輕輕咳嗽一聲，提醒：「陛下，飛車到了。」

洛蘭看艙門已經打開，譚孜遙領著一隊隨扈等在外面。

她帶著小角走下飛船，坐上空陸兩用飛車。

小角一直盯著窗戶外面看，驚嘆地說：「比『星際爭霸』遊戲裡面的軍事基地還大。」

洛蘭微笑，「我記得，遊戲裡你的軍團是第一名。」

「妳知道？」小角驚喜。

他在遊戲中的軍團叫洛洛軍團。其實他很希望洛洛能和他一起玩，可洛洛太忙了，每天連睡覺時間都不夠。

洛蘭坦然地說：「你是我的奴隸，你的個人終端機在我的智腦監控下，我隨時可以查看你的上網紀錄，當然知道了。」

小角也沒覺得有什麼不妥，反而很開心洛洛會關心查看他做了什麼。

一路行去，小角看得目不轉睛。

就好像整個浩瀚蒼穹都突然向他打開，那些龐大的戰艦、纖巧的戰機，如同漫天閃爍的璀璨繁星，向他發出無聲的邀請。

下飛車時，小角聽到譚孜遙向洛蘭彙報：「元帥聽聞陛下在這裡，過一會兒要來。」

他突然明白洛蘭為什麼要和林堅結婚了。

洛蘭不是想要林堅，而是想要這些軍隊。如果他能擁有比林堅更好的軍隊，洛蘭就不用勉強自己和不愛的人結婚。

小角怔怔地望著眼前宏偉的軍事基地。

洛蘭停下腳步，回身看他，「小角？」

小角回過神來，快步走到洛蘭身邊，期待地問：「我可以駕駛真的戰機嗎？」

洛蘭瞥了小角一眼，抿著脣笑，「你以為我帶你來這裡是為什麼？只是讓你看看嗎？」

小角的心急跳。

他已經明白異種和人類敵對，所以在阿爾帝國，一個異種駕駛戰機絕不是一件容易的事，可洛蘭就打算這麼做。

「我真的可以駕駛戰機？」

「真的，不但可以駕駛戰機，將來你想指揮戰艦也沒問題。不過……」洛蘭的笑容消失，表情很嚴肅，「你是異種，我是人類，你明白這是什麼意思嗎？」

「明白，異種和人類敵對，奧丁聯邦和阿爾帝國敵對。」

「我是阿爾帝國的皇帝，正在準備對奧丁聯邦宣戰。你如果為我駕駛戰機、指揮戰艦，就意味著要和異種作戰。你必須考慮清楚。」

小角毫不遲疑地說：「我屬於妳，是妳的奴隸，只為妳而戰！」

洛蘭未置一詞，淡然地看向前方，眉梢眼角的冷意卻淡了幾分，脣角微微上翹。

＊　＊　＊

林堅一早上都在應付內閣的質疑，表明他和女皇的婚姻出自本心，絕沒有其他目的。

等到中午吃午餐時，林堅才知道阿爾帝國民眾對他和女皇婚事的反應比內閣還強烈。

他匆匆瀏覽了一遍網頁，肝火上升，簡直想罵髒話。

他擔心洛蘭受到影響，急忙聯絡清初，看看該怎麼安撫洛蘭的情緒，沒想到清初說陛下沒事。

洛蘭像是什麼都沒有發生一樣，去奧米尼斯軍事基地視察。

林堅再次意識到他的未婚妻不是一般女人，她經歷過太多大風大浪，既有足夠的堅強，也有足夠的智慧，根本不需要他的保護安撫。

他想了想，告訴譚孜遙，他會趕去陪同陛下視察。

＊　＊　＊

瞭望塔。

三百六十度的環繞觀察窗，視野一覽無餘。

小角穿著黑色的作戰服、頭戴作戰頭盔，站在監控螢幕前，全神貫注地看著高空中飛行的戰機。洛蘭穿著寶藍色的半袖及膝裙，戴著一頂同色系的帽子，打扮得莊重優雅，很符合女皇的身分。

她站在小角身後，唇畔含著一絲淺笑，看著小角痴迷的樣子。

林堅走出升降梯，一眼就看到洛蘭。

他走到洛蘭身旁，問好：「陛下。」

洛蘭側過頭，唇畔的笑自然而然地消失，「內閣怎麼說？」

「不反對我們的婚事了。」

「我是說打仗。」

「還需要時間。」

「盡快推進。」

「陛下……」林堅欲言又止。

洛蘭挑眉，「什麼事？」

「您看到星網上的議論了嗎？」

「看到了。」洛蘭不在意地笑笑，「對你造成困擾了？」

林堅覺得自己的臺詞被洛蘭搶了，不過，這事的確對他造成困擾，卻沒有對洛蘭造成困擾，「如果陛下不反對，我想發表一個公開聲明。」

「隨便。」洛蘭顯然對這個話題沒有興趣。

林堅不明白洛蘭為什麼會突然跑來軍事基地，根據葉玠陛下的介紹，洛蘭完全不懂行軍打仗，也對此沒什麼興趣。

「陛下來軍事基地有什麼事嗎？」

洛蘭沒有正面回答林堅的問題，反而問：「你介意我派一個人來基地工作，訓練特種戰鬥兵嗎？」

「誰？現在的教官都是阿爾帝國最優秀的軍人。」

「小角。」

林堅覺得荒謬，看了眼默不作聲的小角。

「他是異種。」

「我知道。我們的敵人也是異種。」

林堅明白了洛蘭的意思。因為葉玠陛下也曾反覆在他面前說過，想要打敗你的敵人，就必須先去瞭解他們。

林堅想了想，說：「我可以給他一次機會。」

＊　＊　＊

停機坪。

林堅穿著作戰服、戴著作戰頭盔，站在兩艘戰機前。

他對洛蘭說：「這是葉玠陛下生前私人撥款、投入研製的新型戰機，最近剛剛生產出來。我也是第一次駕駛。讓小角跟著我飛行一次，只要他能跟上我，我就能放心把我的士兵交給他訓練。」

「合情合理的要求。」洛蘭同意。

林堅先跳上戰機。

洛蘭對小角小聲叮囑：「跟上林堅的飛行動作就行了，不要引人注目，明白嗎？」

「不要輸，也不要贏，不能讓別人看透我的實力。」

洛蘭覺得小角變聰明了，居然可以理解人與人之間複雜微妙的關係。

她笑著拍拍小角的肩膀：「好好表現，回家後我做好吃的給你。」

洛蘭正要轉身離開，小角突然問：「為什麼妳覺得我不會輸？」

洛蘭笑看著他，「你會輸嗎？」

「不會。」小角看著眼前的戰機，覺得無比熟悉，似乎有什麼東西正在血液裡咆哮著要衝出來。

洛蘭衝小角揮揮手，示意他上戰機。

小角卻沒有動，盯著洛蘭，小聲說：「我會很努力，妳等等我。」

洛蘭不解：「等你什麼？」

「等我有能力做到妳想要林堅做的事，妳就可以嫁給妳愛的人。」

洛蘭既覺得荒謬可笑，又覺得心頭柔軟地牽動。她笑著嘆了口氣，轉身跟著隨扈離開。小角遲早會明白人性多麼複雜，雖然婚姻的釋義是「兩個相愛的人締結法律關係」，但那只是一個書面解釋而已。

＊　＊　＊

洛蘭看著全像監控螢幕上兩架戰機一前一後起飛。

雖然林堅沒有告訴任何人這次飛行的目的，但畢竟是元帥閣下的試飛，又是最受關注的新型戰機，消息就像長了翅膀，沒幾分鐘已經傳遍整個軍事基地。

沒有訓練任務的人幾乎都跑出來圍觀，連洛蘭所在的瞭望臺上也站滿了聞訊趕來的軍官。

譚孜遙看洛蘭沒有反對的意思，就沒採取任何行動，只是命隨扈站在洛蘭身後，隔開其他人。

兩架戰機不瘟不火地飛行了一會兒。

突然，林堅的戰機快速向上拔起，猶如一鶴沖天。

一個軍官點評：「基本飛行動作。看似簡單，可要做到標準不容易，元帥的這個動作可以打滿分。」

「咦，第二架戰機是誰在開？也是個滿分動作。」

林堅的戰機從快速上升毫無預兆地變成快速下降，像是一隻敏捷的海鷗，突然發現獵物，從高空飛掠而下，直擊水面。

「滿分！滿分！」

一連兩聲驚嘆，一聲是給林堅，一聲是給小角。

林堅的戰機變換著各種花樣飛行。

V字俯衝提升、三百六十度連續旋轉、螺旋形提升……

小角的戰機一直不疾不徐地跟著他的動作飛行，就像是兩輛並駕齊驅的賽車，一直未分勝負。

漸漸地，本來的試飛隱隱有了幾分較勁的味道。

林堅的戰機忽然一連串S形擺尾，就像是一條魚突然發現獵食者，為了甩脫敵人，採用了迷惑動作——看上去要向左，突然轉向右；看上去要向右，突然轉向左。

小角緊隨其後，也擺尾飛行。

兩架戰機如同兩條魚兒，在天空中疾速游弋。

外行看熱鬧，內行看門道。

洛蘭沒覺得有什麼，瞭望塔裡的人卻激動了，開始計數。

「十、十一……」

譚孜遙小聲為洛蘭解釋：「擺尾動作是戰機飛行中最常見的迷惑動作，只要是戰機駕駛人員就會學習。看上去不難，可飛行速度越快，連續擺尾次數越多，難度就會越高。對精微控制力、動作細膩度、力量精確度、體能的要求都極高。一般A級體能者在這樣的高速下能完成十次擺尾就已經不錯了。」

數到十六時，瞭望塔裡已經群情激昂。

所有軍官一塊大喊著計數，像是過新年時玩倒數計時敲鐘。

「二十、二十一……」

連譚孜遙都開始興奮，激動地說：「元帥有希望打破自己的最佳紀錄。」

兩架戰機一前一後，做著一模一樣的動作。

「二十六、二十七、二十八……」

林堅已經打破自己的最佳飛行紀錄，卻沒有人顧得上為他歡呼，因為飛行依舊在繼續。

整個軍事基地，關注這次飛行的人都聚精會神地盯著看。

「三十、三十一、三十二……」

過了三十，計數的人越來越少。很多人緊張得連呼吸都放輕了，似乎生怕自己呼吸重了就會影響到高空中的戰機。

瞭望塔裡，一片落針可聞的寂靜。

洛蘭頭痛地揉太陽穴。

本來只想讓小角混個教官資格，沒想到小角激起了林堅的好勝心，竟然超水準發揮。小角什麼都不懂，只知道傻呼呼地跟著照做，卻不知道他做到的事情意味著什麼。

終於，在連續完成三十八組擺尾後，林堅停止擺尾，小角緊跟著也停止。

瞭望塔裡靜默了一會兒，響起雷鳴般的鼓掌聲，喜悅的歡呼聲。

兩架戰機一前一後降落。

很多士兵圍聚在停機坪四周，歡欣鼓舞地高聲喝采鼓掌。

看到洛蘭走過來，他們才恭敬地讓開一條路。

洛蘭急速盤算著怎麼辦，一時間腦子裡一團亂麻，沒想到任何妥帖周到的解釋。

戰機艙門打開，林堅跳出戰機。

四周的士兵激動地高聲大喊「元帥」，林堅衝大家笑著揮揮手。

小角卻一直呆呆愣愣，坐在戰機裡沒有動。

林堅看了眼洛蘭，壓下心裡的疑惑，非常有風度地走過去，準備把小角介紹給大家。

「快出來，都等著見你呢！」

小角像是什麼都沒有聽到，依舊一動不動。

洛蘭叫：「小角！」

小角茫然地抬頭，看到洛蘭，似乎清醒了幾分。他跳下戰機，還沒有站穩，就直挺挺地栽倒，昏厥過去。

洛蘭急忙衝過去，查看他的脈搏心臟，發現一切正常，看來昏迷的原因不是身體不適。

林堅關切地問：「要叫醫生嗎？」

「不用，我就是醫生。」洛蘭念頭一轉，對林堅說：「小角雖然勉強完成了飛行動作，可因為太過勉強，身體受到了傷害。」

林堅心裡的疑惑淡了，「傷得厲害嗎？」

「不算輕，但沒有大礙，放醫療艙裡躺兩天就行了。」

林堅聽到要躺兩天，覺得小角的確是太勉強自己，對他的體能不再糾結，叫士兵送小角去醫療室。

洛蘭禮貌地拒絕：「你打破了之前的飛行紀錄，大家都在等著恭賀你，我就不打擾你，先回去了，正好帶小角一起走。」

林堅知道他必須去和關心他的長輩朋友們交代一聲，只能抱歉地說：「那我不送您了。」

「你去忙吧，譚軍長會護送我回去。」

洛蘭叫隨扈把小角放到移動床上，帶著小角一起離開。

林堅目送著洛蘭的背影，心中有一絲悵然。

他剛剛在飛行中體能晉級了，所有人都意識到了，才會那麼激動興奮，等著向他求證，可是他的未婚妻卻絲毫沒有注意到。

不過，葉玠早已經和他說過，「我的妹妹恐怕不會是個好戀人，但一定會是個好戰友。」他想要打敗奧丁聯邦、為父親復仇，需要的是戰友，不是戀人。

林堅收回目光時，已經一切恢復如常，笑著朝大家走去。

＊　＊　＊

洛蘭回到官邸，把昏迷的小角放進醫療艙。

她再次檢查小角的身體，確認不是身體的原因導致昏迷，而是精神受到刺激，導致昏迷。

洛蘭坐在醫療艙前，沉思地看著小角。

難道是她太激進？只想著時間緊迫，什麼都恨不得一蹴而就，忘記了循序漸進。

紫宴的聲音突然響起：「妳又對他做了什麼？」

洛蘭頭也沒回地說：「現在對付你們，還需要玩陰謀詭計嗎？」

紫宴默然。

他們現在是砧板上任人宰割的魚，的確不需要多費心思。

洛蘭的語氣中流露出一絲隱隱的擔憂：「小角駕駛完戰機就昏迷了，也許是因為大腦皮層突然接收到太多訊息，受到過度刺激。」

紫宴滿臉震驚、難以置信：「妳讓他駕駛戰機？」

「我想叫小角幫我訓練太空特種戰鬥兵。如果一切順利的話，也許將來可以讓他成為艦長，指揮軍艦作戰。」

紫宴啞然。

這個女人是瘋子！竟然會叫奧丁聯邦的前任指揮官去幫她訓練士兵，甚至指望他帶兵去攻打奧丁聯邦。她的腦子裡究竟長了什麼？

洛蘭猜到他在想什麼，回頭盯著他，警告地說：「不要把他們混為一談，小角是小角，辰砂是辰砂。」

紫宴譏諷地冷笑：「那妳就祈求小角永遠不要恢復記憶吧！」

「紫宴先生，你不用故意刺激我。」洛蘭對紫宴指指自己的大腦，「小角不是失憶，是因為長期注射鎮靜劑，神經元受到無法修復的毀損。丟失的東西還能找回來，可毀壞的東西，沒了就是沒了！」她攤攤手，做了個遺憾的表情。

＊ ＊ ＊

紫宴看著醫療艙裡昏迷的小角，眼中滿是哀傷。難道真的一點希望都沒有了嗎？

洛蘭回到臥室，沖了個澡。

她披著浴袍出來，去外間倒水喝時，看到清初放在飲料機旁的餅乾盒。她突然想起早上小角拿給她的點心，打開了餅乾盒。

一盒子五顏六色的小點心盒，根據不同口味，盒子的顏色花紋也不同。

洛蘭記得小角拿的是一個玫紅色的盒子。她把最上面的三個玫紅色的小點心盒都挑出來，一個個打開看。

第一盒是御用廚師做的點心，形狀像是一朵含苞待放的花，重重疊疊幾層顏色，洛蘭覺得挺好看，順手放進嘴裡。

第二盒一看就是小角做的，一塊薑黃色的圓餅乾，上面用紅色的果醬繪製一朵月季花，線條簡單，樸實得近乎笨拙。

洛蘭笑著搖搖頭。

「陛下。」

小角在廚藝上真的沒有絲毫天分，估計味道也就是勉強能吃。

她拿起餅乾，正準備嘗嘗味道，敲門聲響起。

洛蘭把餅乾放回點心盒，看向門口。

「請進。」

清初走進來，「陛下，元帥閣下正在發表公開聲明，您要看嗎？」

「好。」

洛蘭把小點心盒放回大餅乾盒，走到沙發旁坐下。

清初把影片投影到洛蘭面前。

林堅穿著黑色禮服、打著領帶，面對鏡頭在講話。

他從兩家父母輩的友情說起。

洛蘭的父母結婚時，林堅的父親是伴郎。林堅的父母結婚時，洛蘭是花童。

後來發生一連串變故，洛蘭跟隨母親離開奧米尼斯星，搬去藍茵星定居。

林堅並沒見過洛蘭，可因為林堅的父親每隔兩三年就會去藍茵星探望洛蘭一家，總會不停地在林堅耳邊提起洛蘭，以致他從很小就知道洛蘭的一切。

她喜歡吃什麼、喜歡做什麼……可以說，他們是一種另類的青梅竹馬。

對他而言，洛蘭公主美麗、聰慧、堅強、獨立、強大、可靠，像是天空中最亮的星星，是他從小一直仰慕的人。

現在，他終於鼓足勇氣才敢追求她，洛蘭能答應他的求婚，他非常開心。

林堅特意把星網上瘋傳的那張洛蘭的醜照拿了出來。

「你們看這張照片時，看到的是凶狠醜陋；我看這張照片時，看到的是可靠安心。我是軍人，我知道我的職責是什麼，也從不畏懼為自己的職責犧牲，但我也是人，也會軟弱害怕。我希望，如果有一天我受傷倒下時，能像葉玠陛下一樣幸運，有一個女人抱住我，用自己的凶悍守護住我。」

最後，他語重心長地說：「星際局勢動盪不安，戰爭隨時有可能爆發，請每個人捫心自問，我們需要的是一位溫柔的需要我們保護的女皇，還是一位強悍的來保護我們的女皇？」

洛蘭關掉影片，對林堅的溢美之詞，未置一詞。

清初把最新的民意調查傳送給洛蘭。

「數據顯示，林堅元帥發表公開聲明後，陛下的支持率陡然上升，對陛下想做的事有利。」

「幫我送一個花籃和一張感謝卡給林堅元帥。」

洛蘭覺得政治真是有意思。

先哲教導人們，看一個人要看他沒有說的是什麼，而不是看他說了什麼，政治卻恰恰相反，難怪葉玠要幫她搭配一個會說話的丈夫。

清初溫和地建議：「與其送花籃和感謝卡，不如送一份賀禮，恭喜元帥體能晉級。」

洛蘭愣了愣，反應過來。

「今天剛晉級？」

「在和小角的戰機試飛中。」

難怪軍事基地裡的軍人那麼激動興奮，當然不可能只為了一個飛行紀錄，是她大意了。

洛蘭讚許地看著清初：「難怪哥哥對妳信任有加，不僅僅是忠誠，還有妳本身的能力。」

清初垂下眼眸，掩去了眼內的哀傷，唇畔依舊保持著恰到好處的職業性微笑。

＊　＊　＊

半夜。

紫宴輾轉反側，遲遲不能入睡。

他覺得胸悶氣短，吩咐智腦打開窗戶、拉開窗簾，讓戶外的新鮮空氣流入室內。

夜色深沉、萬籟俱寂。

皎潔的月色，從窗戶灑落，將屋子裡的所有家具鍍上薄薄一層霜色。靠窗的桌上擺放著一個白色的培養箱，裡面沒有栽種任何東西，空空的一個白盆，月色映照下，像是玉石雕成。

紫宴坐起身，拿起培養箱，手指在底座上無意識地輕輕摩挲。

那枚東西究竟應不應該拿出來？殷南昭說合適的時機，可到底什麼是合適的時機？

四十多年了！

當年的記憶還栩栩如生、歷歷在目，可他已經在星際顛沛流離四十餘載。曾經朝夕相處、一起長大的朋友，封林、百里蒼[1]死了，辰砂傻了，楚墨、左丘白、棕離成了敵人，而他變成殘廢。

身為奧丁聯邦的前信息安全部部長，他竟然答應了阿爾帝國的皇帝去刺探奧丁聯邦的資訊。

四十多年前，如果有人告訴他，有一天他會洩露奧丁聯邦的機密資訊給阿爾帝國的皇帝，他一定會覺得對方瘋了。

現在他卻清醒地做著這些瘋狂的事。

真像是一場荒誕離奇的大夢，只不知夢的盡頭究竟在哪裡。

輕微的異響聲傳來，紫宴立即把培養箱放回桌上，若無其事地靠床坐好。

門打開，小角出現在門口。

1此系列第一部【迷失】、第二部【竊夢】因編輯疏失，誤植為百里藍。

不知是終年少見陽光，還是身體依舊不舒服，他臉色慘白，眼神看上去十分迷惘淒涼，就像是剛剛從一個漫長的美夢中驚醒，夢醒後，發現竟然樵柯爛盡、人事全非，一切和夢境中截然相反。

紫宴溫和地問：「怎麼沒戴面具？」

雖然他自己也沒戴面具，但他知道自己身分特殊，懂得迴避危險，小角卻傻呼呼，壓根兒不明白他的臉在阿爾帝國意味著什麼。

小角沒有回答，目光從紫宴的臉上落到他的斷腿上，定定看著，就像是不明白為什麼他一覺睡醒後，明明雙腿健全的人卻變成了殘廢。

皎潔的月光下，小角的身影看上去陌生又熟悉。

紫宴的心跳驟然加速，目不轉睛地盯著他：「你是誰？」

＊　＊　＊

清晨。

洛蘭起床後，去查看小角，發現醫療艙空著。

她嚇了一跳，急忙去找他，發現他在廚房。

小角戴著一個鉑金色的半臉面具，穿著白色的廚師圍裙，正在烤麵包、煎雞蛋，準備早餐。

洛蘭問：「什麼時候醒來的？」

「半夜。」小角倒了一杯洛蘭喜歡的熱茶，遞給她，「早安。」

洛蘭接過熱茶，坐在餐檯前，「有沒有哪裡不舒服？」

「沒有。」

「昨天為什麼會暈倒？」

「不知道。」小角的眼神中滿是困惑，似乎自己也不明白，「駕駛戰機的時候，腦子裡突然浮現很多和戰機有關的畫面，就好像以前飛行過很多次，覺得特別累，然後我就什麼都不知道了。」

洛蘭昨天就是這麼估計的。

應該像他以前看到戰艦時一樣，腦子裡會自然而然地浮現出戰艦的構造圖，只不過這次人正在高強度飛行中，沒時間慢慢消化突然湧出的大量資訊，大腦就罷工了。

洛蘭抿了口熱茶，問：「你還想駕駛戰機嗎？」

「想！」小角眼巴巴地看著洛蘭，似乎生怕她不帶他去。

洛蘭笑，「我和林堅說了你需要休息兩天。你先乖乖待在家裡休息，明天我帶你去軍事基地。不過，可不是讓你去玩的，是讓你去當教官，訓練士兵。」

「好。」小角把一碟烤好的麵包放到洛蘭面前。

洛蘭咬了一口，滿意地點點頭，兩隻眼睛愉悅地瞇成月牙形狀，「好吃！」

小角靜靜地看著她。

洛蘭疑惑地抬起頭，「怎麼了？」

小角搖搖頭，低頭拿起一塊麵包，咬了一大口。

洛蘭看著他的新面具，「怎麼不戴以前的動物面具了？」

「邵逸心給我的面具，說這個好看。妳要是不喜歡，我換回以前的面具。」

洛蘭不得不承認，紫宴的審美標準的確比小角優。

鉑金色的半臉面具，造型簡單，幾乎沒有任何修飾，只是在額頭和眼睛周圍有些凹凸刻紋，但和小角冷硬的氣質渾然一體，讓人覺得臉上的面具沒有絲毫突兀。

「你要去當教官了，需要點威嚴，戴這個更好。」洛蘭探過身，摸了下小角的面具。

不知道用什麼材料做的，看上去是金屬質感，可摸著很柔軟，十分輕薄，緊貼著臉部。訓練和飛行時，都可以直接在外面戴上頭盔，看來紫宴考慮的可不僅僅是美觀。

洛蘭叮囑：「無論遇到哪種情況，都不可摘下面具。」

「好。」小角答應了。

洛蘭吃完早餐，準備出門去開會。

小角像往常一樣，亦步亦趨地跟在她身後，把她送到門口。

洛蘭看到守候在飛車旁的隨扈，對小角說：「你回去吧！」

小角聽話地止步。

洛蘭往前走了幾步，突然又停住腳步，回頭對小角說：「再忍耐一天，明天開始就不用無所事事地待在房間裡了。」

小角溫馴地說：「好。」

Chapter 4

身不由己

那個曾經在月下縱酒高歌的他，做夢都想不到，有朝一日他竟然會坐在奧米尼斯星上，幫助他們的敵人去摧毀無數人用性命和鮮血守護的美景。

第二天。

洛蘭特意安排好時間，陪小角去軍事基地。

飛船到達後，林堅帶他們去訓練場。

「特種戰鬥兵都是層層選拔出來的兵王，一個兩個都心高氣傲，不肯服人。聽說新教官是前天駕駛新戰機的人，才願意接受。」

洛蘭十分敏銳，「你沒有告訴他們小角是異種？」

「我覺得還是不要說比較好。」林堅難得孩子氣地眨眨眼睛，狡黠地笑，「也不算欺騙，因為壓根兒沒人問我這個問題。」

洛蘭思索了一會兒，認可了林堅的做法。

她突然想起什麼，停住腳步，回頭看向一直跟在她和林堅身後的小角。

「小角！」

小角走到她身邊站定。

洛蘭繞到他身後，左右打量，拍拍他的肩膀示意他蹲下一點，讓她查看。
小角像是往常一樣，只是溫馴地配合，完全沒追問洛蘭究竟想做什麼。
林堅疑惑地看著。
洛蘭滿意地說：「看不到。」
林堅明白了，她指的是小角脖子後面的奴印。
「位置不顯眼，軍服都有衣領，只要小心一點，不要穿低領的衣服，應該沒有人會發現。」

＊　＊　＊

訓練場。
一百個軍人穿著訓練服，站得筆挺。
林堅向他們介紹身旁的小角，「這位是蕭郊，蕭教官。他的本事不用我多說，昨天和我一起試飛新戰機，你們應該都看到了。從今天開始，由蕭教官負責你們的特訓。」
小角面朝士兵，雙腿併攏，抬手敬軍禮。
看到他標準的軍姿和軍禮，一百個軍人不禁站得更直了，齊刷刷回禮。
林堅說：「介紹一下自己吧！」
士兵一個個出列，大聲報出自己的名字、體能級別。
「鄧尼斯，一等兵，A級體能！」
……
林堅走到洛蘭身旁，低聲說：「能不能讓這幫刺兒頭心服口服，只能靠小角自己，我們都幫不上忙。」

洛蘭淡淡一笑，「走吧！」

他們還沒走出訓練場，就聽到一個士兵介紹完自己後，挑釁地說：「報告教官，請您摘下頭盔，讓我們也認識一下您。」

洛蘭不知不覺腳步慢下來，卻強忍著沒有回頭。

小角不能永遠豢養在她身邊，他是頭猛獸，本來就應該去叢林裡縱橫，她能做的只有幫他指路，路卻要他自己走。

……

小角摘下頭盔，士兵看到他的臉，全部發出不滿的噓聲。

「報告教官，請問教官為什麼要戴面具？臉上有傷嗎？」

「傷痕是軍人的榮耀，請讓我們見證教官的榮耀！」

「藏頭露尾算什麼呀？」

小角平靜到淡漠的聲音：「想見證我的榮耀，自己動手。」

士兵們全都興奮起來，一個個摩拳擦掌、躍躍欲試。

洛蘭走到訓練場門口，終是忍不住回頭望去——

一個士兵猛虎下山般地朝著小角撲過去。

小角原地未動，一腳就把企圖摘下他面具的士兵踢飛出去。

小角問：「還有誰？」

又一個士兵殺氣騰騰地衝過去。

小角乾脆俐落一腳，那個士兵像斷線風箏一樣飛出去，四腳朝天摔在地上。

又一個士兵撲過去……

隨著小角一腳踢飛一個，士兵們怪叫聲連連，再顧不上順序，三三兩兩全撲上去，到後來甚至一擁而上。

小角的身影淹沒在人群裡，完全找不到他在哪裡，只看到士兵們一個接一個慘叫著飛出來。

看上去摔得非常狠，可一個個剛落地就又生龍活虎地站了起來。大概覺得自己什麼都還沒弄清楚就被一腳踢出來了，實在太憋屈，竟然一個個又大吼著往裡衝。

沒過一會兒，又被一腳踢出來。

被踢飛三四次後，漸漸地，有人被踢服帖了，再爬起來時，不往裡面衝了，笑嘻嘻地站在旁邊看戲，時不時還大叫著喝聲采。

洛蘭忍著笑回過頭，離開了訓練場。

✷ ✷ ✷

林堅滿腹狐疑，「小角以前究竟是什麼人？實戰經驗竟然這麼豐富！」

「怎麼了？哪裡不對嗎？」

「陛下別小看那一踢。既要把人踢出來，又不能真傷著人，踢一個兩個沒什麼，可這麼多人，每個人的體能有差別，進攻方式也不一樣，連著要踢幾百下，每一下都精準無比，需要強大的判斷力和控制力。」

洛蘭說：「你的判斷沒有錯，小角的確有很豐富的實戰經驗。他曾經是奧丁聯邦最優秀的戰士，在北晨號上服役。戰爭中被朋友陷害，受了重傷，腦神經受損，機緣巧合下被我救了，就一直跟在我身邊。」

「竟然是這樣，太可惜了！」林堅對小角很同情。身為軍人，在戰場上受傷，甚至死亡，都理所當然，但被朋友陷害變成傻子，卻讓人太憋屈了。

「過去的事情，小角忘得一乾二淨，但打打殺殺的本領卻已經融入身體，成為本能。」

林堅本來只是出於對洛蘭的盲目信任，才答應讓小角做教官，內心並沒有什麼期望。現在卻暗暗慶幸自己答應了。這種人才可遇不可求，他們真是撿到寶了。

林堅說：「先讓小角適應一下軍隊，如果沒問題，以後他的工作量恐怕會很大。」

洛蘭不得不為自己的哥哥驕傲。

葉玠非常有識人之明，給她推薦了一個好戰友。林堅的父親死在戰場上，他對異種卻沒有盲目地仇恨，更沒有隨意遷怒到異種個體，竟然願意重用小角，心胸和膽魄都非一般人能及。

洛蘭還有工作要處理，需要趕回長安宮。

上飛船前，洛蘭對林堅誠懇地說：「我知道，我做事經常不合規矩，讓你感到為難，但我只有一個目的，阿爾帝國必須鏟除奧丁聯邦，收復阿麗卡塔星。」

「我們目標一致。」林堅微笑著擁抱了一下洛蘭，「請相信我，我能接受您的不合規矩。」

「謝謝。」

林堅發現洛蘭對他的態度有所改變，雖然距離戀人還很遙遠，但至少已經算是朋友。

林堅凝視著洛蘭，真摯地說：「我在公開聲明中說的話都發自內心，不是應付公眾，我真的從小就仰慕您。」

洛蘭愣了愣，將一盒藥劑遞給林堅，「恭喜你體能晉級，成為2A級體能者。」

林堅接過藥劑盒打開。裡面放著三支不同顏色的注射劑，上面寫著「體能優化劑」。他禁不住驚喜地笑。

林堅聽說過這種藥劑。

在體能晉級後的一個月內注射，可以將身體潛能激發至最大極限，幫助體能達到同級別的最優狀態。可惜，因為原材料難得，它的發明者從沒有公開出售過，以致全星際的拍賣市場上，它常年處於高價求購的狀態，有錢都沒處買。

林堅完全沒辦法拒絕這份賀禮，真心實意地說：「謝謝！」

＊　＊　＊

在林堅的配合下，洛蘭幫小角做了一個新身分。

蕭郊，一個在皇室護衛軍服役的軍人。

很多年前，奉葉玠陛下的命令，去執行祕密任務。現在任務完成，他回到奧米尼斯星，進入奧米尼斯軍事基地工作，擔任特訓營的教官。

這份履歷幾乎將小角身上的所有疑點都掩蓋住。

因為一進入軍隊，就被派出去執行祕密任務，所以幾乎沒有人見過他。

即使有人起疑想追查，也只能看到全部加密的履歷，沒有皇帝或元帥授權，不能私自查閱。

洛蘭本來擔心小角臉上的面具會讓士兵無法接受，沒想到那幫學員被打服帖後，竟然把面具視作了小角的勳章。

小角的態度非常坦蕩磊落，誰想看他的臉就自己來摘下他的面具，他隨時歡迎。學員們正面圍攻、暗地偷襲，前赴後繼，各種方法一一嘗試過，都鎩羽而歸。面具在他們心中變成了一種象徵，不是代表著怪異，而是代表著強大。

洛蘭看小角在基地適應良好，簡直如魚得水，遂放下心來，開始考慮如何安排阿晟和封小莞。

＊　＊　＊

曲雲星。

夜色寧靜，晚風清涼。

臥室裡，時不時響起含糊不清的嬌喘呻吟聲。

艾米兒正在和一個精壯的男人翻雲覆雨，個人終端機突然響起。

艾米兒掙扎著去看來訊顯示。

男人正在興頭上，一邊挺動著身子，一邊舔吻著她的脖子，「親愛的，待會兒再回覆！」

艾米兒看到來訊顯示「辛洛」兩個字，抬起修長的玉腿，一腳把男人踹下床。

她披上睡袍，走進隔壁的書房。

等密碼門關閉後，下令：「接通。」

英仙洛蘭的全螢幕虛擬人像出現在她面前，一身俐落的套裝，坐在黑色的皮椅上，身後的牆壁上懸掛著英仙葉玠的照片。

艾米兒屈膝彎身，行了一個誇張的屈膝禮，臉上春色蕩漾，聲音沙啞撩人：「女皇陛下！」

洛蘭表情冷淡，掃了眼她脖子和胸上的吻痕，「想勾引人，先把身上的情慾痕跡遮蓋嚴實。」

「正常的生理需求。」艾米兒絲毫不以為恥，笑嘻嘻地把睡袍拉嚴實，坐到辦公椅上。

洛蘭說：「我已派飛船去接阿晟和封小莞。按照行程，一小時後到曲雲星，把人送上飛船。」

艾米兒柔媚地笑，聲音婉轉地說：「奧米尼斯星不歡迎異種，不如讓阿晟和封小莞待在我這邊，省得給陛下添麻煩。」

洛蘭沒有絲毫商榷餘地，冷漠地命令：「一個小時後，把人送上飛船。」

艾米兒只能妥協：「是。」

洛蘭的目光在艾米兒背後的牆壁上停留了一會兒，一言不發地切斷訊號，人影消失不見。

✵　✵　✵

艾米兒呆呆坐了會兒，轉身看向身後的牆壁。

風情萬種的笑容消失，一臉肅然。

淺藍色的牆壁上掛著一張素白的面具，材料普通，沒有任何裝飾，只額頭上手繪著紅色花紋。

艾米兒第一次見到時，不知道什麼意思，以為是普通的裝飾。

只是為了紀念，她買了張一模一樣的面具，用赤色的顏料複製出圖案。

後來遇到一個從泰藍星逃出來的異種，她才知道這種紅色的花紋由琉夢島上的奴隸獨創，叫同心連理紋，需要用鮮血繪製，沉心靜氣一筆畫成。

奴隸沒有人身自由、沒有私有財產，甚至連自己的身體都不屬於自己，命運任由他人掌控。很多奴隸戀人，今日相聚，明日也許就有一個被賣去別的星球，從此生死不明。

泰藍星的奴隸認為：雖然命運不自由，但靈魂自由；雖然身體不屬於自己，但鮮血屬於自己。心有所屬的奴隸用自己的血液在戀人額頭虔誠地繪製同心連理紋，寓意即使天各一方、永不相見，我的靈魂也會永遠跟隨你、守護你、祝福你。

艾米兒最後一次見到那位改變她命運的男人時，他就戴著一張這樣的面具。

當時她覺得怪異，禁不住多看幾眼，記住了圖案。

後來得知圖案的涵義才推測出他的出身，她肅然起敬的同時，心情豁然開朗，徹底放下過去。

他經歷過最慘重的黑暗，卻依舊行事頂天立地、磊落光明，能毫無偏見地救護她這個人類。

他不但打敗了自己的出身，還能惠及他人。

她就算沒有他的本事，至少也應該有他的態度，把苦難踩在腳下，把黑暗拋在身後。

艾米兒不知道他的名字，不知道他的身分，甚至不知道他的長相，每次見到他時，他不是戴著作戰頭盔，就是戴著面具，恰好遮住了臉。

她成為曲雲星總理後，為了紀念他，特意設立了假面節，但這麼多年過去，他再沒有出現過。

艾米兒隱隱約約感覺到他應該已經死了。

欠他的，無法回報給他，只能回報給他的同胞，但她還是太弱，心有餘而力不足。只希望那個精神分裂的女人能善待阿晟和封小莞，畢竟他們相識一場。

＊ ＊ ＊

阿晟和封小莞稀里糊塗被人送上飛船，又稀里糊塗被人接下飛船。

兩人走下舷梯，看到一個俐落幹練的女人，頭髮一絲不苟地盤在頭頂，穿著白襯衣和黑色鉛筆裙，身後跟著一個金色的機器人。

她對阿晟和小莞友好地伸出手，微笑著說：「歡迎你們來到奧米尼斯！我叫清初，是阿爾帝國皇帝的管家。將來不管遇到什麼事，你們都可以隨時找我。現在我帶你們去見陛下。」

阿晟和封小莞看著眼前恢宏美麗的宮殿，都猜不透阿爾帝國的皇帝為什麼要找他們，忐忑不安地相視一眼。

阿晟剛想安慰小莞「別怕」，小莞已經對他笑了笑，安撫地說：「別怕，不會有事。」

阿晟苦笑。

他這個長輩做得真是失敗，不過，他只有E級體能，小莞卻已經是A級體能，小莞的確比他更有資格安慰人。

阿晟和小莞隨清初走進一個三樓高的建築物，穿過寬敞安靜的大廳，走過一段長長的寂靜走廊，來到一間屋子前。

褐色的雕花木門自動打開。

一個短髮女子正站在窗邊欣賞風景，聞聲回頭看向他們。

「辛洛？」阿晟十分意外，表情驚疑不定。

封小莞卻沒有那麼多思慮，驚喜地歡呼一聲，像是飛鳥投林般撲向洛蘭，「洛洛阿姨！」

洛蘭向一旁閃避，沒想到小莞已經是A級體能，沒能躲開，被小莞抱了個滿懷。

「放開我！」洛蘭的聲音和身體一樣僵硬。

洛洛阿姨還是老樣子啊！小莞笑著做了個鬼臉，放開洛蘭。

「洛洛阿姨，妳怎麼在這裡？這些年妳過得好不好？有沒有看見我已經長大了？我們回曲雲星了，艾米兒阿姨說妳叫她去救我們。妳怎麼知道我們碰到大麻煩？哦，是不是邵逸心叔叔告訴妳的？邵逸心叔叔一直沒有回來找我們，我和阿晟都很擔心他。艾米兒阿姨說他很安全，但不肯告訴我們他究竟在哪裡……」

小莞的嘴巴就像機關槍，完全停不下來。洛蘭從水果盤裡拿起一個桃子塞到她嘴裡，世界終於恢復安靜。

小莞不好意思地吐吐舌頭，咬了口桃子，「好甜！」

洛蘭看向阿晟，「你們沒有看新聞嗎？」

「什麼新聞？」阿晟的表情很茫然，「我們莫名其妙被烏鴉海盜團追捕，後來又被龍血兵團追捕，邵逸心叫我們先走，他去引開追兵。沒想到我們乘坐的飛船竟然是販賣奴隸的黑船，幸虧小莞體能好，又隨身帶著不少小玩意兒，我們才能逃掉。可是，因為小莞把別的奴隸也放走，激怒了奴隸販子，他們竟然找傭兵團來追殺我們，危急時刻我們被另一個傭兵團救了。到曲雲星後，艾米兒總理才告訴我們，妳拜託她尋找我們。」

洛蘭發現阿晟和封小莞的日子過得還真是波瀾起伏、險象環生，「你們忙著逃命時，沒有時間看新聞，到曲雲星也沒有看嗎？」

封小莞著急地舉手，表示要說話。她嘴裡塞滿桃子，兩個腮幫子鼓鼓的，像隻鼴鼠。

阿晟縱容地笑笑，竟然真的閉嘴不言。

封小莞急忙嚥下桃子，趕著說：「艾米兒阿姨讓我和阿晟住在一棟長滿吸血藤的屋子裡，她說妳之前一直住在那裡。我看見裡面有好多只在圖片裡見過的實驗儀器，開心得不得了，就一直在裡面玩，阿晟也一直待在實驗室裡陪我。後來，半夜裡，我們突然被艾米兒阿姨拎出來，扔上飛船。她說阿爾帝國的皇帝要見我們，不知道那個皇帝腦子是不是被草履蟲侵襲了，智商有問題吧？竟然要見我們……」

阿晟已經察覺事情不太對勁，不停地咳嗽，示意封小莞閉嘴。

洛蘭恍惚了一會兒，淡淡地說：「我就是那位腦子被草履蟲侵襲了、智商有問題的皇帝。」

小莞目瞪口呆地看著洛蘭。

阿晟心慌意亂，正想道歉，小莞突然歡呼一聲，衝過去一把抱住洛蘭，「天哪！我找到大靠山了，哈哈哈……」

洛蘭推開她。

小莞一臉得意忘形，手舞足蹈地說：「皇帝是不是很厲害？是不是誰敢欺負我，洛洛阿姨就可以幫我打誰？」

阿晟和清初都額頭滴汗；第一次有人把皇帝當打手用。

洛蘭淡淡地說：「我不算厲害，但保護妳足夠了。」

「耶！」小莞握握拳頭，咧著嘴笑。竟然立即打開個人終端機，嘴裡念念有詞，開始羅列欺負過她的人的名單。

洛蘭拍了下她的虛擬螢幕，示意她先回答問題：「妳喜歡基因研究？」

小莞狂點頭。

阿晟說：「小莞長得快，為了避人耳目，我們不能在一個地方久留，一直在搬家，沒有機會讓她上學。體能是邵逸心教的，基礎知識是我教的，後來都是她自己在星網上註冊課程自學。等我和邵逸心發現時，她已經能鼓搗出很多藥劑。我們這次能逃出來，也多虧那些藥劑。」

洛蘭沉思地看著小莞。

基因真是宇宙中最神奇的小精靈，明明母女倆連面都沒見過，可小莞竟然遺傳了封林的喜好，自然而然地走上基因研究這條路。不過，小莞的天賦明顯遠勝封林，應該是左丘白的基因發揮作用，看來小莞繼承了楚天清的智商。

小莞困惑地歪著頭，「洛洛阿姨？」

洛蘭回過神來，掩飾地說：「英仙皇室有一個皇室資助的基因研究所，我是榮譽所長，妳來做我的助理吧！」

小莞驚喜，剛要歡呼又遲疑了。

「我……我……都是自己胡亂學的，沒有大學文憑，也沒有接受過正規訓練，真的可以嗎？」

「從現在開始學。」洛蘭睨著小莞，「不敢吃這個苦嗎？」

小莞瞪著眼睛，大聲說：「我不怕吃苦！」

洛蘭看了眼清初，清初會意，對小莞說：「小莞，我先帶妳去休息，洗個澡、吃點東西。如果妳不累，我們可以去參觀研究所，就在皇宮裡，不算遠。」

小莞高高興興地跟著清初離開了。

阿晟心事重重地看著洛蘭。

這一刻，他開始懷疑自己是不是做錯了，總是在小莞面前淡化異種和人類的衝突與對立，以致小莞對阿爾帝國的皇帝沒什麼概念，依舊把辛洛當作親人，沒有絲毫戒心，毫無保留地信任她。

洛蘭倚著辦公桌的桌沿，雙臂交叉環抱在胸前，開門見山地說：「我需要你的身體，交換條件是小莞可以得到她想要的一切。」

阿晟鬆了口氣，知道對方的企圖反倒不用胡思亂想、忐忑緊張了。

「我的身體到底有什麼特殊的地方？」

「很弱，正好幫我測試藥劑。」

直覺告訴阿晟洛蘭說的是實話，但不是全部的實話。

他想了想，說：「我可以答應妳。只有一個條件，妳必須發誓保證小莞的安全。」

洛蘭有點意外，問：「你自己的安全呢？」

阿晟笑了笑，眼中隱藏著苦澀，「小莞十分聰慧，每天都在進步。我已經是她的負擔，是時候讓她展翅高飛，去尋找自己的世界了，我怎麼樣都無所謂。」

洛蘭沉默地盯著阿晟，眼中暗影翻湧，似乎有無數悠悠時光，愴然掠過。

阿晟不解。

有時候，邵逸心看他時，也會流露出這種意味深長的複雜目光，他還曾經問邵逸心「是不是我長得像你認識的某個人」，邵逸心笑著搖頭，「不是。」

洛蘭說：「我發誓，保證小莞在阿爾帝國的安全。」

阿晟放心了，「只要妳說到做到，不管妳想做什麼，我都會全力配合。」

洛蘭轉過身，冷淡地吩咐：「你出去吧！機器人會帶你去你的房間，邵逸心住的地方離你不遠，你可以去和他打個招呼。」

阿晟的腳步聲漸漸遠去。

洛蘭看著窗外，任由紛雜的思緒沉入心底、慢慢寂滅。

春日將盡，已經綠肥紅瘦、花褪殘紅小。

不知道英仙皇室的哪一位皇帝或者皇后喜歡白茶花，窗外種了兩株茶樹。應該都有千年樹齡，樹幹筆挺、樹冠盛大。開花時，碗口大的花朵壓滿枝頭，一眼望去，皚皚雪色、皎潔如玉。

花謝時，其他的花是一瓣瓣飄落，像是對樹枝戀戀不捨，茶花卻是一整朵一整朵地從枝頭墜落，毫不留戀地歸於塵土。

朵朵白花，萎謝在地，疊雪堆霜，猶如花塚。

洛蘭覺得這茶花倒比很多人都烈性，開時馥郁穠麗，毫無保留地展現芳姿；去時毫不留戀，令人驚心動魄地決絕。

＊　＊　＊

傍晚。

小角從軍事基地回來，發現往日安靜冷清的屋子裡十分熱鬧。

邵逸心和阿晟坐在桌旁打牌。

一個小麥色皮膚、紮著高馬尾的少女在試穿衣服。

沙發上已經堆了一堆五顏六色的衣裙，屋子裡還有滿滿兩大衣架。地上攤開了無數盒子，有的盒子裡面裝著帽子，有的盒子裡面裝著鞋子。

清初和兩個服裝師站在一旁，幫少女選擇搭配衣服。

洛蘭端著一杯熱茶，站在靠近露臺的地方，冷眼看著，似乎和整個氣氛格格不入，又似乎她才是一切的中心。

馬尾少女又換了一套衣服，急匆匆地跑出來詢問：「這套怎麼樣？」

邵逸心和阿晟都捧場地說：「好看！」

馬尾少女視線轉向洛蘭，「洛洛阿姨？」

洛蘭搖搖頭，表示否決。

馬尾少女歡快地笑，「我也覺得這條裙子穿著有點彆扭。」

她飛快地從清初手裡又拿了一套衣服，像頭小鹿般衝進浴室去換衣服。

小角繞過地上的帽子盒和鞋盒，走到洛蘭身邊。

「我回來了。」

阿晟看小角的姿態不像是客人，緊張地看著邵逸心，捉摸不透小角是誰，和洛蘭又是什麼關係。

邵逸心指指阿晟，對小角說：「阿晟。」又指指小角，對阿晟說：「蕭郊。」

阿晟愣了下，一邊驚訝有人的名字居然和他走失的寵物發音相似，一邊禮貌地站起來打招呼：「您好。」

小角冷冰冰地說：「你好。」

阿晟摸不透他的喜怒，越發緊張。

邵逸心笑著說：「不用理會！蕭郊除了對他的女皇陛下有好臉色外，對別人都是一張臭臉。」

阿晟釋然了。

那隻高傲的寵物也是這副德行，看著臉臭，但只要別惹牠，不難相處。

小莞換好新的衣服，跑出來，衝著小角揮揮手，落落大方地說：「你好，我是封小莞。」

小角沒有任何反應。

洛蘭倒像是想起什麼，抿著脣微微一笑，瞅著小角說：「洛洛阿姨。」

小角唰一下扭過頭，臉上有面具看不到變化，耳朵卻有點發紅。

洛蘭禁不住伸手，想要捏捏他的耳朵，小角一下子躲開了。

洛蘭愣了一下，沒在意地收回手。

＊＊＊

封小莞終於挑好衣服。

滿滿一架子五顏六色的衣服，十幾雙鞋子和帽子，還有些雜七雜八的配飾。

她遲疑地問洛蘭：「這些我全都可以留下？每天都可以想怎麼穿就怎麼穿嗎？」

「嗯。」

封小莞眨巴了幾下眼睛，一言不發地衝過來，用力抱住洛蘭。

這一次，洛蘭沒有推開她，因為她感覺到濡濕的液體滴落在她的脖子上。

兩個男人帶孩子，再細緻也照顧不到少女的心思。而且，他們一直東躲西藏、顛沛流離，肯定怎麼不引人注目怎麼來。

阿晟親眼看見洛蘭被烈焰兵團的副團長帶走，有心理陰影，下意識地給小莞買的衣服都是灰撲撲的、沒有身形的。

小莞年少早慧，為了照顧阿晟的心情，怎麼粗糙怎麼來，連裙子都沒穿過，可豆蔻年華，怎麼可能不愛美？

洛蘭安撫地拍拍小莞的背。

封小莞把臉在洛蘭肩膀上蹭了蹭，抬起頭時已笑得沒心沒肺，「晚飯吃什麼？我想吃烤肉。」

洛蘭看了眼小角，「好，小角也喜歡吃烤肉。」

＊　＊　＊

花園裡。

阿晟和封小莞站在烤爐前，一個負責烤，一個負責搗亂。幸虧還有個烤爐廚師一直在兢兢業業地工作。

小角和清初端著盤子，在挑選自己愛吃的食物。

洛蘭坐在角落的花叢裡，一邊喝酒，一邊在看文件。

紫宴坐到她身旁，拿起洛蘭喝的酒，給自己倒了一杯。

洛蘭頭也沒抬地說：「普蘭提斯酒，專為A級體能者釀造，你最好別喝，會增加心臟負擔。」

紫宴笑著搖搖酒杯，看著紅色的酒漿均勻地從玻璃杯上往下流，「好酒！」仰頭把酒全喝了。

洛蘭瞥了他一眼，什麼都沒說。

紫宴又給自己倒一杯酒，「阿晟說妳要小莞做妳的研究助理？」

「你有意見？」

「神之右手願意親自教導小莞，我哪裡敢有意見？但研究所的人不會有意見嗎？」

洛蘭點擊了下螢幕，對紫宴勾勾手指。

紫宴探頭去看，是一份阿爾帝國公民的身分資料。

照片是封小莞，名字也是封小莞，出生地曲雲星。做為特殊人才，從曲雲星移民到奧米尼斯星，都是真實資料。只不過基因欄裡的標注不是攜帶異種基因，而是祖先曾經參照今鳥亞綱和頭足綱物種的基因編輯過自己的基因。

「妳要讓小莞冒充普通基因的人類？」

「不算是冒充。」

紫宴明白過來。

小莞本來應該是被死神收走的孩子，洛蘭編輯修改了她的基因，她才能活下來。基因編輯已經在全星際被禁了上萬年，沒有人知道經過神之右手的編輯，小莞現在的基因到底算什麼。

洛蘭端起酒杯，和紫宴的杯子碰了下，「只要你配合，我會保證小莞的安全。」

紫宴譏嘲：「我敢不配合嗎？」

洛蘭攤開手掌，示意他應該有所表示。

紫宴把一枚指甲蓋大小的記憶卡放到洛蘭掌心。

「楚天清在曲雲星進行祕密實驗的研究資料。」

洛蘭的手一下子握緊，身子不自禁地前傾。她盯著紫宴，似乎想看清楚紫宴眼睛裡面究竟還藏著什麼。

「實驗室早已炸毀，你怎麼能追查到四十多年前的資料？」

「妳不是很清楚實驗室是被誰炸毀的嗎？資料是他特意留下的。」

洛蘭沉默了一會兒，問：「我救你回來時，你遍體鱗傷、身無長物，這段時間你連這個屋子都沒離開過，所有活動都在監控中，根本無法和外界聯繫，怎麼拿到的資料？」

「妳給我的。」

洛蘭立即反應過來，「那個培養箱？」

「我在底座上做了夾層，放上土，再種吸血藤，沒人會想到裡面還藏著這麼重要的東西。」

「既然一直在你手裡，為什麼現在才給我？」

「因為……」紫宴的身子也向前傾，兩個人的臉幾乎碰在一起，已經能感受到對方的鼻息輕拂過自己的肌膚。

「因為什麼？」洛蘭全神貫注，專注傾聽。

紫宴對洛蘭的耳朵吹了口氣，「不告訴妳！」

他靠坐回椅子，笑吟吟地看著洛蘭，像是什麼事都沒發生過。

洛蘭愣了愣，不悅地警告：「別玩火！別忘記你現在是我的奴隸，我可以對你做任何事！」

紫宴慵懶地靠著椅背，意味深長地瞥了眼洛蘭，瞇著桃花眼看向樓上的臥室，「來啊！我倒是好奇到底誰才是玩物。妳玩我，還是我玩妳？」

洛蘭重重放下酒杯，甩袖離去。

紫宴一口氣喝盡杯中的酒，仰頭看向頭頂的天空。

雲疏星淡，一輪皎潔的月亮高掛在天空。

他想起那個他出生長大的星球，每天晚上都是兩輪月亮爭輝。

在阿麗卡塔星上生活的人，都知道這份安寧的美景來之不易。奧丁聯邦志願參軍的年輕人遠遠高於其他星國，能間接服務軍隊的職業也是一般人最崇尚的職業。

那個曾經在月下縱酒高歌的他，做夢都想不到，有朝一日他竟然會坐在奧米尼斯星上，幫助他們的敵人去摧毀無數人用性命和鮮血守護的美景。

✷ ✷ ✷

洛蘭把記憶卡放到智腦的讀取器上，一個個資料夾出現在螢幕上。

她沒有立即打開，怔怔地看著螢幕發起呆來。

楚天清的祕密實驗室被炸毀後，所有研究員被剿殺，楚天清自己也被誅殺。

眼前的這份資料應該是唯一的一份。

只有這樣，才能解釋為什麼這麼多年來楚墨都很安靜。

因為楚天清一輩子的心血被毀，楚墨不得不重新再來。

他……既然能追查到祕密實驗室，不可能不知道楚天清的目的。為什麼要毀掉楚天清的心血，幫人類爭取時間？

洛蘭眼前忽然浮現出很多年前的一幕景致——

火樹銀花、燈火輝煌的曲雲星街頭。

來自四面八方的人們，戴著五顏六色、千奇百怪的面具載歌載舞，歡慶一年一度的假面節。

在面具遮掩下，人們沒有了基因之比，沒有了美醜之分，沒有了貧富之差，沒有了貴賤之別。

不管是異種，還是人類，都在平等快樂地享受節日。

小角端著一碟烤肉走進來，「妳晚上幾乎什麼都沒吃。」

洛蘭如夢初醒，蒼白著臉對小角勉強地笑了笑，「我不餓，你自己吃吧！」

小角看她要工作，把烤肉放到桌上，準備離開。

「小角。」洛蘭叫。

小角停住腳步，回身看著洛蘭。

洛蘭指指房間裡空著的椅子，「陪我一會兒。」

小角聽話地坐到椅子上，安靜地看著她。

洛蘭問：「喜歡新工作嗎？」

「喜歡。」

「有人欺負你嗎？」

「他們打不過我。」小角的語氣很自負，似乎覺得洛蘭的話問得很沒道理。

「我也打不過你，可我常常欺負你啊！」

小角沉默地看著洛蘭，似乎被問懵了。

洛蘭逗他：「為什麼我打不過你也可以欺負你？」

小角垂眸思索了一會兒，抬眼看向洛蘭：「因為妳是洛洛。」

洛蘭笑嘆：「傻子！」

……

閒聊中，她的心情漸漸安定下來。

她把烤肉推給小角，「你吃東西，我工作。」然後打開文件，開始瀏覽研究資料。

小角凝視著洛蘭。

她漸漸沉入工作中，眉頭微蹙，一手撐著下巴，一手拿著電子筆，時不時在螢幕上寫寫畫畫做紀錄。

窗戶半開，晚風徐徐吹來。

隨著紗簾飄揚，一陣陣濃郁的烤肉香傳來。

阿晟和清初一問一答，輕言慢語地聊著天。

阿晟的問題瑣碎細緻，清初卻沒有絲毫不耐煩，似乎完全理解一個人初到一個陌生星球的惶恐不安，她用自己的善意和耐心盡量解答，安撫著阿晟的各種疑慮。

封小莞在和廚師講她以前吃過什麼樣的烤肉，邊說邊笑，銀鈴般的清脆笑聲裡毫無憂愁，洋溢著年輕的憧憬和飛揚。

Chapter 5

並肩作戰

這一別就是浩瀚星空、億萬星辰，也許一輩子都不會再見面，
也許再次聽到對方的消息時是對方的死亡訃聞，但是
我知道，你是我的戰友！星光閃耀處，我們在一起戰鬥！

一年後。

蕭郊教官成為奧米尼斯軍事基地最受歡迎的教官。

每個特種兵都以能進入他的特訓隊為榮，以致有限的名額爭奪得非常激烈，必須要夠優秀才能被選拔上。

因為訓練任務密集，還經常有夜間特訓，小角不得不搬到軍事基地宿舍，只能休假日回皇宮。

洛蘭早就料到會有這一天，只是沒想到這麼快。

小角的成長速度驚人，像是衝出籠子的蒼鷹，一旦振翅，就迎風而上、直擊長空。

封小莞也適應了研究所的生活。

她性格爽朗、愛說愛笑，做為年齡最小的研究員，很受其他研究員的照顧。

她頂著天才少女的名號，以特殊人才的身分背景被引進阿爾帝國，由皇帝特批加入研究所。本來大家還存幾分質疑，不過，相處下來後，所有人都覺得小莞雖然稚嫩、缺乏經驗，但勤奮好學、

聰慧敏銳，完全沒辜負皇帝的優待。

研究員們認可了小莞的天賦秉性，她年齡小的優勢就展現出來，每個人都把她當小妹妹，很樂意多指導她幾句。

封小莞知道這些基因學家都是行業內出類拔萃的人物，機會來之不易，如飢似渴地學習，進步神速，越發讓大家喜歡她。

阿晟做為洛蘭的實驗體，接受著一次又一次藥劑實驗。

感受絕對談不上愉快，甚至可以說很痛苦，有時候他都以為自己要死在藥劑實驗中了，但看到小莞像個普通女孩一樣過著正常的生活，就覺得任何痛苦都可以忍受。

第一次，小莞正大光明地享受生活，不用再刻意壓抑自己，不用再躲躲藏藏避人耳目，不用再時時刻刻準備搬家逃亡。

每天按照自己的心意，穿上漂亮衣服，高高興興地去上班。

有一起討論問題的同事，有一起看電影逛街的朋友，甚至有一位所有基因研究員夢寐以求的導師，指導著她在喜歡的事業上一日千里、突飛猛進。

阿晟既開心又酸楚。

他已經失去飛翔的能力，有機會看著小莞越飛越高，已是一生之幸。

＊　＊　＊

會議室。

洛蘭頭痛地看著來自小阿爾英仙邵靖的回執。

按照英仙葉玠的命令，每四年奧米尼斯軍事基地會聯合阿爾帝國其他幾個軍事基地舉行一次全軍軍事演習。

今年軍事演習前，洛蘭只是按照葉玠在位時的慣例，禮貌地發送了邀請函給英仙邵靖，表示藍茵星的軍隊依舊是阿爾帝國軍隊的一部分，阿爾帝國的全軍軍事演習他們也在其中。

英仙邵靖以前從來沒搭理過葉玠，這一次卻接受邀請，不但派出軍隊參加演習，還派邵茄公主隨軍隊一同前來。

洛蘭猜不透英仙邵靖在打什麼主意。

他看著病入膏肓就要死了，卻一直苟延殘喘地活著。

今年的軍事演習，林堅對外宣稱邀請了阿爾帝國的盟國格圖星國和魯茲雅理星國等七個星國的軍隊，是多國聯合軍事演習，規模大、要求嚴，全軍上下必須全力以赴。

但洛蘭和林堅都知道，這不僅僅是普通的軍事演習，還是在為星際大戰做最後的練兵。

借著這次軍事演習，不僅要磨練軍隊，還要說服內閣，讓他們明白阿爾帝國的軍隊已準備好。

因為有特殊目的，絕不能出任何差錯，洛蘭不希望在這個節骨眼上激化大阿爾和小阿爾的對立，希望維持目前的穩定狀態。

洛蘭劃拉了一下螢幕，把邵茄公主的資料扔到林堅面前，「你負責接待，務必讓她高興，不要給咱們添亂。」

林堅苦笑，但沒有拒絕。

邵靖陛下的父皇為了皇位，設計殺害了洛蘭的父親，洛蘭能這麼心平氣和地談論仇人之後已經不容易，再叫她去接待邵茄公主，還要笑臉相迎，以她的性子真的是太勉強。

＊　＊　＊

軍事演習開始的前一天，小阿爾的代表團抵達奧米尼斯星。

林堅去迎接邵茄公主。根據以前的新聞資料，本來以為會看到一個盛裝打扮的公主率先走下飛船，沒想到只看到一隊軍人。

他正用目光搜索疑似公主的人物，一個少尉軍銜的軍人站定在他面前，平視著他。

林堅這才認出軍帽下的那張臉是邵茄公主。他十分意外，愣了愣，急忙伸出手要握手。

邵茄公主卻站得筆挺，敬了個標準的軍禮，「元帥閣下。」

林堅只能縮回手，也敬軍禮回禮，「公主殿下。」

邵茄公主掃了眼四周，譏嘲：「看來皇帝陛下不打算見我。」

林堅笑得很謙和，一臉誠摯地說：「陛下有工作走不開，明天軍事演習殿下就能見到陛下。」

邵茄公主在林堅的陪同下，朝飛車走去。

林堅發揮長袖善舞的本事，親切地寒暄：「殿下第一次來奧米尼斯吧？有想去哪裡玩嗎？我可以提前安排。」

「烈士陵園。」

林堅語塞，實在不知該接著說什麼。難道打蛇隨棍上地介紹烈士陵園的風光嗎？

邵茄公主看了幾眼林堅，突然問：「你愛皇帝陛下嗎？」

林堅愣住。他也算心思玲瓏、機智多變的人，卻實在把握不住這位公主的談話思路。

邵茄公主似乎明白了什麼，抿著唇笑起來，笑容比新聞上的她少了一分端莊，多了一分嬌俏，更符合她的年齡。

兩人已經走到飛車旁。

林堅站在打開的車門旁，坦然地看著邵茄公主，「陛下是我從小一直仰慕愛戀的女人。」說完，他風度翩翩地做了個邀請邵茄公主上車的手勢。

邵茄公主的笑容淡去，眼睛一眨不眨地盯著林堅：「你是我從小一直仰慕愛戀的男人。」

林堅目瞪口呆。

邵茄公主的眼眶發紅，聲音發澀，帶著點喑啞的鼻音：「閣下，我是認真的，請你給我一個追求你的機會。」說完坐進了飛車。

林堅只能暗自慶幸，他和邵茄公主不坐同一輛飛車。

他摸不清公主是少女懷春、莽撞衝動，還是因為皇位，另有所圖，想要離間他和洛蘭的關係。

林堅一上飛車，立即聯繫洛蘭。

訊號接通時，洛蘭正在皇家基因研究所工作，裡面穿著卡其色的套裝，方便隨時接見官員開會，外面套著白大褂，方便做實驗。

她對封小莞叮囑了幾句，匆匆走進隔壁的辦公室，把門關上。

「邵茄公主不好應付？」

林堅沒有正面回答問題，「我只能送她到皇宮。軍隊裡有點急事，不能陪公主殿下吃晚餐。」

洛蘭想了想，說：「我找個皇室的長輩去招待她吃晚飯。」

「找個穩妥可靠、謹言慎行的，這位公主的心思十分……跳脫，我有點摸不準。」

「明白。」

林堅看著洛蘭，遲遲沒說話，卻又沒切斷訊號。

洛蘭挑眉，「你還有事？」

林堅笑著搖搖頭，「沒有，妳去忙吧！晚上不要通宵實驗，明天還要出席軍事演習開幕式。」

「知道了。」

洛蘭切斷訊號，虛擬人影消失。

林堅默默地看著螢幕上通訊錄裡「未婚妻」的暱稱。

他沒看過洛蘭的通訊錄，但不用多想也知道他肯定就是「林堅」。

已經訂婚一年多，兩個人的約會就是每個月單獨吃一次晚餐。

燭光鮮花下，兩人拿著酒杯，談的卻都是公事。

內閣裡誰可以拉攏，誰只能放棄；哪位將軍擅長進攻，哪位將軍適合防守；開戰後對經濟的影響……

他們倆都在盡力經營這段關係。只不過他很忙，她更忙，給彼此的時間和精力都非常有限。

洛蘭身兼數職，忙碌的程度讓林堅實在不忍對她苛求。

這個女人想要憑一己之力改變整個星際的局勢，想要重新定義人類和異種的格局，她已經把自己逼到懸崖邊上，踏錯一步，就會萬劫不復，是真的沒有精力去考慮私人感情。

＊＊＊

中午。

洛蘭匆匆離開皇家基因研究所，脫下白大褂，喝了罐營養劑，稍微整理一下儀容，就衝進議政廳，開始履行女皇的工作。

會議室裡，已經有十幾位官員在等她。

看到她進來，他們禮貌地站起，微笑著問好：「陛下。」

洛蘭絲毫不敢掉以輕心，也微笑著問好：「諸位午安，請坐。」

這幫人看上去文質彬彬，即使吵架都不忘保持紳士風度，可其實一個個全是食人鯊，不但對自己的利益毫不鬆口，還虎視眈眈地垂涎著別人的利益。一旦對手暴露出弱點，他們就會毫不猶豫地撲上來，狠狠咬掉對方一塊肉。

就算她是皇帝，他們下嘴時也絲毫不會客氣。

一份份提案審核商討，連續幾個小時脣槍舌劍。

直到傍晚，才結束會議。

洛蘭走出會議室。獨自一人時，緊繃的神經才略微放鬆幾分，並露出倦怠。

她寧可待在實驗室裡做三天三夜的實驗，也不願和一群食人鯊開會，進行博弈與暗戰。

洛蘭記掛著實驗，本來想回研究所看看，但想到林堅的提醒，最終還是放棄了。

她拖著疲憊的身軀回到官邸時，天色已經黑透。

＊ ＊ ＊

洛蘭沒胃口吃飯，倒了杯酒，坐在露臺上思索該怎麼辦。

隨著戰爭的臨近，困難和阻撓會越來越多。

她的執政經驗本來就少，又分了很多精力在實驗上，現在已經舉步維艱，如果局勢再複雜一點，一個處理不當，就會直接影響戰爭。

她丟掉皇位無所謂，但如果戰爭失敗，後果不堪設想。

葉玠不是沒給她留人。

人際關係、往來事務上有清初。

她跟在葉玠身邊四十多年，後面十來年葉玠一直在刻意訓練她，就是為了有朝一日能成為洛蘭的左膀右臂。現在她也沒有辜負葉玠的期望，將所有人際關係、往來事務處理得井井有條。

政務上有來自貴族的端木蘇梧和來自平民的翁童。

可以說葉玠考慮得很周到，兼顧了不同的利益階層。但是，他們是葉玠一手提拔培養的人，優點是忠心，缺點也是忠心。

他們認定，洛蘭應該按照葉玠的計畫一步步來，先統一阿爾帝國，憑借良好的政績，獲得內閣的信任，在民眾中建立威望，然後順理成章地對奧丁聯邦宣戰。

洛蘭的所作所為卻完全違背了葉玠的計畫。

不像清初，他們對洛蘭缺乏信任，又已經認定洛蘭貪功冒進，就越發不信任洛蘭。

人與人之間的關係十分微妙，一旦有了偏見，不管洛蘭做什麼，他們都會先入為主地認為洛蘭不對。現在他們不但幫不上洛蘭，反而對她常有掣肘。

洛蘭不是不能起用新人，可這個人不但要精通政務、善於平衡各方利益，還必須中立，和任何政黨的關係都不親近，才能為她所用，絕沒那麼容易找。

洛蘭正在喝悶酒，突然看到在花園裡散步的紫宴。

她眼睛一亮，這不就是現成的人才嗎？

不但懂得處理政務、擅長平衡利益，而且獨立於所有政黨關係外，不可能和任何人結黨營私，只服務於皇帝。

「邵逸心！」洛蘭直接躍下露臺，站在花叢旁叫。

紫宴轉頭看向洛蘭。

燈光映照下，他臉上的彩繪鑲鑽面具比花園裡盛開的鮮花更瑰麗。一般人只能在舞會上戴這麼妖冶張揚的面具，平常戴會顯得怪異惡俗，他戴著卻沒絲毫違和，反而有種遺世獨立的冷峻。

洛蘭心裡暗罵了聲妖孽，語氣卻十分溫和：「幫我個忙！」

「可以不幫嗎？」

「不可以！」

紫宴分花拂柳地走過來，「什麼事？」

洛蘭坐到樹蔭下的長椅上，拍拍身邊，示意紫宴也坐。

紫宴坐下。

洛蘭打開螢幕，讓紫宴看今天的會議紀錄。

紫宴一目十行地瀏覽完，還是沒明白洛蘭的意思。

「妳要我做什麼？」

「你的意見。」

「我的意見？」

洛蘭點點頭。

紫宴一時沒忍住，探手摸了下洛蘭的額頭。

洛蘭直視著他說：「我沒有發燒，沒有喝醉，沒有嗑藥，腦子正常。」

紫宴一言不發地拿過電子筆，痛快地寫出處理意見。

洛蘭邊看邊點頭，覺得正是她所想，不過她沒有紫宴的本事，在達成自己的目的時，把每個部門的利益都安排穩妥，把每個執行步驟都考慮周到，這一定要多年努力學習和實踐經驗才能做到。

紫宴寫完，看著洛蘭。

洛蘭在他的意見基礎上修改一些細枝末節，簽下生物簽名，點擊傳送，要各個部門遵照執行。

一瞬間，洛蘭心情大好。

那群食人鯊想要刁難她，卻沒想到她會這麼快就處理好，肯定很吃驚吧！

紫宴盯著洛蘭，喃喃自語：「不是妳瘋了，就是我瘋了。」

阿爾帝國的政務竟然由他這個奧丁聯邦的前任部長、現任逃犯去決定處理，真是瘋子都想不出來的事！

洛蘭伸出手，想要和紫宴握手慶賀，「你沒瘋，我也沒瘋，這叫合作愉快。」

紫宴沒搭理洛蘭，翻了個白眼，站起來要離開。

「喂，你很缺錢吧？現在異種到處受排擠，賺錢可不容易，屬下再忠心也需要錢吃飯。我開的薪資很高哦！」

紫宴腳步未停，不屑地譏嘲：「有多高？」

「隨你開價！」

紫宴停住腳步。雖然答應洛蘭感覺很打臉，但他的確缺錢。

他是孤家寡人，可他手下很多人都有父母兒女，他的臉面和他們的生活比起來一錢不值。

紫宴轉過身，開了個天價，「一天一百萬，阿爾帝國幣。」

「成交。」洛蘭眼皮都不眨。

「按天收費，概不拖欠。」

「妳看我像欠人薪資的小氣老闆嗎？」

紫宴忍不住爆粗口，「他媽的，早知道當年我也去學基因。」

洛蘭笑著伸手。

紫宴看到熟悉的笑顏，下意識就握住了她的手。

洛蘭說：「邵逸心，從現在開始你就是阿爾帝國皇帝的私人祕書了，請努力工作。除了剛才談好的薪資，你還享有其他福利，具體事項請找清初諮詢。」

紫宴回過神來，像觸電一樣甩掉洛蘭的手，「妳不怕將來我利用知道的一切對付妳嗎？」

洛蘭眉梢眼角露出幾絲疲憊，淡笑著說：「我得先渡過眼前的難關，才有將來讓你對付。」

* * *

清晨。

洛蘭打扮得端莊優雅，在林堅的陪同下，出席軍事演習的開幕儀式。

看到一身軍裝，留著短髮的邵茄公主，洛蘭笑容不變，禮貌地伸手，客氣地恭維：「公主穿軍裝很好看。」

邵茄公主沒有像別的女性皇室成員一樣行屈膝禮，而是彷如平級一般和洛蘭握了下手，毫不客氣地說：「穿軍裝可不是為了好看。」

洛蘭微笑，像是完全沒有脾氣，「公主說得有道理。」

等邵茄公主離開後，林堅寬慰她：「邵茄公主還是個小女孩，不必往心裡去。」

洛蘭沒有吭聲。她在邵茄公主這個年紀時是什麼樣子呢？哦，想起來了，她把自己弄失憶，送到敵國當間諜去了。

雄渾的軍樂聲中，各個軍事基地、各個星國的代表方隊在軍旗的引領下入場。

此次軍事演習採用混戰淘汰制。

每隊算一個分數，贏的一方得到輸掉一方的分數，分數可以累加。

比如，一隊打敗了另外三隊，加上自己的分數，總共四分。如果這時候有一隊打贏了它，就可以一次得到四分。所以混戰中不僅要贏，贏的時機也很重要。

最後，分數最高的兩隊進入決賽，其他演習部隊只能選擇一方參與作戰。

洛蘭發現邵茄公主沒有坐在觀禮臺上，而是站在小阿爾的代表方隊中，看上去竟然是要參加軍事演習。

她側過頭，臉上帶著笑，聲音卻冷如寒冰：「怎麼回事？」

林堅也很困惑：「不知道。」

洛蘭叮囑：「我記得邵茄公主是B級體能，注意她的安全。」

林堅笑容溫柔，聲音卻非常嚴肅，「明白！」如果這個節骨眼上邵茄公主在演習中受傷，後果不堪設想。

他們倆在談論正事，可看在外人眼裡，女皇和元帥笑容滿臉，頭緊挨著頭，在甜甜蜜蜜地講悄悄話。

最後入場的是奧米尼斯軍事基地的代表隊。他們經過觀禮臺時，都側頭向坐在上面的女皇陛下和元帥閣下敬軍禮。

洛蘭和林堅說完話，回過頭時才看到小角。

他站在隊伍正中間，正側頭看著洛蘭，表情被臉上的面具遮去，目光卻毫不遮掩地盯著洛蘭。

林堅忽然握住洛蘭的手，側頭在洛蘭耳畔低聲笑說：「蕭教官現在是基地內最受歡迎的單身男士，男人想扒下他的面具，女人想扒下他的衣服。」

洛蘭瞥了眼林堅。

林堅心裡懊惱，覺得自己失言了。可不知道為什麼，每次看到小角看洛蘭的目光，即使明知道他只是洛蘭的奴隸，根本不可能有什麼，卻依舊會激發雄性動物的本能。

林堅看著表情沒有絲毫變化的洛蘭，莫名其妙地就想起邵茄公主紅著眼眶的樣子，視線下意識地飄過去，沒想到邵茄公主正直勾勾地盯著他。

林堅立即移開目光，握緊洛蘭的手。

洛蘭沒有回握他，可也沒有抽掉自己的手，一直任由他握著。

林樓將軍做為此次軍事演習的總指揮，發表講話，然後和其他幾個星國的指揮官一起宣布演習正式開始。

✷ ✷ ✷

開幕式結束後，洛蘭立即離開，趕去研究所。

她坐在飛船上左思右想，總覺得不放心，正在猶豫要不要聯絡小角，個人終端機的蜂鳴音響起，來訊顯示是小角。

洛蘭立即接通：「什麼事？」

「馬上要上飛船了，個人終端機要上繳，在演習結束前都不能與外界聯繫。」

「知道了。」

「妳希望我怎麼表現？」

小角周圍應該有很多人，不停地有說話聲傳來，他的聲音壓得很低，幾不可聞，就好像他身上那個不能見光的字。

洛蘭沉默了一會兒，說：「把體能控制在A級，別的你自己決定。」

「明白了。」

洛蘭說：「還有一件事。」

小角安靜地等著。從個人終端機裡傳來軍人的喝令聲，催促還沒上繳個人終端機的人盡快上繳，他卻好像一點都不著急。

洛蘭說：「你留意一下邵茄公主，盡早把她淘汰掉，但不要讓她受傷，保護她的安全。」

「好。」

「注意安全。」洛蘭主動切斷訊號。

她凝視著小角身影消散的方向，表情怔怔的。

自從小角搬去軍事基地住，他們之間就好像沒有以前那麼親密了。

洛蘭知道自己太忙，但每天的時間就那麼多。實驗至關重要，不但不能停，反而應該盡力加快速度；皇帝的工作也不能有絲毫懈怠，必須處理妥當；還有只許贏不許輸的戰爭……

胃部一下下痙攣抽痛，神經性胃病又犯了。

洛蘭一手按壓在胃部，一手點擊個人終端機，打開了需要處理的文件。

在飛船到達皇宮前，她還能看完一份文件。

＊　＊　＊

軍事演習持續十五天。

洛蘭有權觀看全過程，但她實在沒時間關注，囑託林堅有什麼事就通知她。她相信林堅明白「有什麼事」包括小角。

洛蘭已經把從紫宴那裡得來的楚天清的研究資料全部整理完畢，有了大致的猜測和方向，她把專案交給封小莞去做。

封小莞沒想到自己進研究所才一年多，就能獨立做專案，又是驚喜又是惶恐，卻不敢表露出絲毫退縮。

在洛洛阿姨的字典裡沒有「不行」兩個字，如果這一刻不行就努力讓下一刻行，如果今天不行就努力讓明天行。

封小莞暗下決心，一定會拚盡全力，讓洛洛阿姨滿意。

洛蘭自己繼續在阿晟身上做藥劑實驗。

幫助異種基因和人類基因穩定融合的藥劑已經在小角身上證明有效果，但小角是4A級體能，體質強悍，非常人能比，他能承受的藥效，換成其他人卻是催命毒藥。

如果當初的藥效能溫和一些，就算不能徹底挽留住葉玠的生命，也至少能延長他的生命。

洛蘭希望最終研究出的藥劑，不僅僅適合A級以上的體能者，還能適合普通人，連E級、F級體能的人也可以使用；不僅僅適合異種，還能適合其他非純種基因的人類。

很多基因病都是體內基因相斥不融導致的先天性基因缺陷或者病變。如果藥劑能幫助不同基因的穩定融合，不但能治療很多基因病，還有可能提高人類的繁衍出生率。

雖然研究已經初具成果，明確了方向，但現在的研究依舊絲毫不輕鬆。如果說以前的研究像是大海撈針，那麼現在的研究就像是在針尖上雕刻出一個大千世界。

洛蘭必須反覆實驗調整，反覆計算測試，才能分毫不差地把那個世界的勃勃生機呈現出來。

✻ ✻ ✻

阿晟昏迷了四天三夜後甦醒。

過一會兒，他才明白自己在哪裡，看著洛蘭，不停地眨巴眼睛。

洛蘭不耐煩地拍拍醫療艙，「醒來了就趕緊起來，還有事要你做。」

阿晟嚷：「妳不讓開，我怎麼起來？裸奔嗎？」

「真麻煩！」洛蘭轉過身。

「我知道妳不介意看男人裸體，可我很介意被妳看耶！」阿晟從醫療艙裡鑽出來，抓起淡藍色的病人服，背對著洛蘭匆匆穿上。

「好了。」

洛蘭轉身。

阿晟穿著淡藍色病人服的背影映入眼簾，和鎖在記憶深處的另一個身影重疊，一瞬間心像是被什麼東西猛擊了一下，大腦頓時一片空白，呆愣在當地。

阿晟恰好回身，看到她表情怪異，「怎麼了？」

洛蘭立即恢復正常，仔細盯了一眼他的臉，若無其事地說：「傷疤淡了。」

「是嗎？」阿晟急忙對著醫療艙上的金屬面，打量自己，「好像淡很多。」

他的傷疤是當年和人打架時，被人砍的，一條刀疤從左眼角直到右耳根，斜穿過整張臉。因為當年沒有錢好好治療，就找了個便宜的小診所，隨便處理一下。傷疤長好後，肌肉糾結，整張臉都有點變形。

洛蘭問：「身體還有其他變化嗎？」

阿晟活動手腳，仔細感受一下說：「覺得身子很輕，好像充滿了力量。哦，對了！」他拍拍自己的左腿，「我年輕的時候，過得很頹廢墮落，酗酒、打架、嗑藥、賭博，什麼都做。有一次和人打架，整條腿被剁掉。我沒錢做斷肢再生手術，就成了殘廢，差點餓死街頭。後來碰到一個好心人，強迫我戒酒戒毒，又帶我去做斷肢再生手術，還借錢給我讓我去學獸醫，有了一技之長養活自己……」

阿晟似乎覺得自己扯遠了，急忙收住話頭，「這條腿看上去好了，但耽誤的時間太久，總是不太對勁，體能也從C級降到E級。現在卻沒有不對勁的感覺，就像是兩個一直不能完全融合的部件終於完全融合。」

他突然意識到什麼，激動地問洛蘭：「我會不會體能也變好了？」

洛蘭沒理會他的問題，走到一臺儀器前，示意他過去，「測試一下腿部機能，看看前後的數據差異。」

阿晟站到一個圓檯上，按照智腦的指令，又蹦又跳、又跑又踢。

洛蘭一邊盯著監控螢幕上的數據，一邊看似漫不經心地閒聊：「那個好心人叫什麼名字？」

「千旭。千山連綿的千，旭日初升的旭。」

洛蘭沉默地看著一組組數據閃過螢幕。

「我問他為什麼要幫我，他說我們有緣，因為我的名字裡也有個日字。我開玩笑地說看名字像兄弟，他笑說我們也許就是失散的親兄弟。」阿晟想到往事，又是緬懷，又是黯然，「小角就是他的寵物。星際大戰結束後，他叫我移民到曲雲星，說那裡應該比別的星球太平，拜託我好好照顧小角，我卻把小角弄丟了。他還說……」

洛蘭冷斥：「少說廢話、專心測試！」

阿晟心裡嘟囔「神經病，明明是妳在問我」，表面上卻不敢招惹洛蘭這個煞神，乖乖閉上嘴巴。

洛蘭比對完數據，眼內閃過詫異，「你的感覺沒有錯，這條腿的數據變好了。去做個體能測試，也許體能真的變好也說不定。」

阿晟滿臉震驚，「妳給我注射的到底是什麼藥劑？」本來以為會把他的身體搞垮，沒想到居然讓身體變好。

洛蘭沒有回答他的問題，冷淡地說：「再做一次全面詳細的身體檢查，你的工作就完成了。」

「之後呢？」

洛蘭一邊低著頭記錄，一邊說：「之後我會找普通人測試藥劑，如果藥效沒有偏差，副作用可控制，這個藥劑就算研究成功了。」

阿晟暗自咋舌，居然還需要測試！

以後他再也不抱怨藥貴了，原來一個藥劑的誕生竟然要做這麼多研究和測試。

✷ ✷ ✷

一天的繁重工作結束後，洛蘭疲憊地回到官邸。

她沒有胃口吃飯，一個人坐在露臺上，端著杯酒，一邊喝酒，一邊望著頭頂的星空怔怔發呆。

她完全沒想到，這個還沒有命名的藥劑在促進異種基因和人類基因穩定融合時，其中一個副作用竟然是能修復受損的身體組織。

如果它能修復身體，讓阿晟臉上的傷疤變淡、腿變好，是不是也能修復受損的大腦？

洛蘭發訊息給助理刺玫：「阿晟的身體檢查報告出來後，盡快發給我。」

「阿晟的身體依舊在恢復期。根據今天的血液檢查和細胞活性測定，需要再等幾天，才能出報告。」

洛蘭閉上眼睛，無聲地輕嘆口氣。

嘀嘀。

個人終端機的蜂鳴音突然響起。

來訊顯示是林堅，洛蘭立即接通音訊。

「邵茄公主和蕭郊出事了。」

洛蘭立即站起，一邊快步往屋外走，一邊下令：「封鎖消息，我會盡快趕到。」

＊　＊　＊

哈牧特星，一顆地形複雜、氣候多變的原始星。

挑中這顆星球做軍事演習就是因為環境複雜多變，有挑戰性。

趕去哈牧特星的路上，洛蘭和林樓將軍視訊通話，瞭解事件經過。

「究竟怎麼回事？」

「軍事演習的第三天，邵茄公主的戰機被擊中，跳傘逃生時，遇到獸群，幸虧蕭郊救了她。我擔心公主出事，叫林堅去遊說公主退出軍事演習。結果不知發生什麼事，公主不但沒有退出演習，反而更加激進，深夜帶兵偷襲另一支軍隊，大獲全勝，引起所有人關注，我想做點手腳把公主弄出來都不方便。昨天，邵茄公主的軍隊和蕭郊的軍隊狹路相逢，展開激戰，明明公主這方已經戰敗，公主卻一直不肯認輸，竟然飛到死亡大峽谷，想利用死亡大峽谷的複雜地勢反敗為勝，最終戰機撞毀，蕭郊和公主都失蹤了。」

林樓將軍傳來最後的監視器畫面——

綿延幾千里，一眼看不到底的大峽谷。

因為地處活火山口，峽谷下方不是奔湧的滔滔江河，而是翻湧的熾熱岩漿。峽谷兩側壁立千仞，沒有任何生物。

峽谷內到處都是火山噴發、岩漿冷卻後形成的高低起伏、形狀各異的石柱、石筍、石塊。白色的煙霧一年四季繚繞不散，讓造型奇特的石塊岩峰若隱若現，看上去仙氣縹緲，可實際上這些煙霧都是劇毒，以致這個綿延幾千里的峽谷內寸草不生，被叫作死亡大峽谷。

邵茄公主不服輸，駕駛戰機闖入死亡大峽谷，企圖借助死亡大峽谷的複雜地勢甩脫後面的追兵。她的計策的確奏效了，大部分的戰機都沒有再繼續追擊，只有三架戰機跟進來。而且都不是追擊的姿態，顯然是想勸邵茄公主返航，邵茄公主卻沒有理會。

她應該有死亡大峽谷的地圖，戰機在白色的煙霧中靈活自如，眼見著就能徹底逃脫。

可是，死亡大峽谷下是活火山，時不時就會有小規模的岩漿噴發。噴發地點、噴發時間都不定。邵茄公主非常不幸地碰到了一次小型噴發。

火紅的岩漿像是人工噴泉般突然衝出來，截斷了邵茄公主的去路，戰機緊急閃避，撞向白霧中隱藏的石柱，尾翼碎裂。

邵茄公主剛勉力維持住戰機平穩，又一波岩漿噴發。

受到地底熱氣的影響，周圍的白霧越發濃密，視線所及，幾乎什麼都看不見。

這一次邵茄公主再也控制不住戰機，一頭撞向峽谷側面的山壁，戰機爆炸，公主被彈射出來。

地磁活動導致訊號受到干擾，監視器影像戛然而止。

只看到最後一瞬間，白霧瀰漫中，另外一架戰機正急速飛來，應該就是失蹤的蕭郊的戰機。

……

洛蘭捂住臉，長出口氣。

白痴！我是說了要保護邵茄公主的安全，可是沒叫你用命去保護！

清初把一段影音資料傳送給洛蘭，表情嚴肅地說：「和邵茄公主有關。」

洛蘭打開影片。

戰艦上，邵茄公主正在穿戴作戰服和準備武器，準備上戰機，隨軍記者提問：「殿下為什麼會參加這次的軍事演習？」

「我想證明，我不但有能力保護自己，也有能力保護別人。」

「向誰證明？阿爾帝國的民眾嗎？」

邵茄公主側頭看向記者，露出了一個自嘲的笑容，「我喜歡的男人。」

記者意外地愣了愣，驚訝地問：「公主殿下有心儀的對象了，能透露名字嗎？」

「不能！」

「那能透露他是一個什麼樣的人嗎？」

「聰明、優雅、仁慈、堅毅、勇敢，還很英俊。」

記者激動地還想再問，邵茄公主的隨扈禮貌地說：「採訪時間結束。」把記者請走了。

洛蘭皺眉沉思，手無意識地輕敲著椅子扶手。

清初說：「我查過邵茄公主參軍的時間，是陛下宣布和林堅元帥訂婚的第二天。」

「林堅發表公開聲明的第二天？」

「是。」清初想了想，又補充：「邵茄公主本來是一頭長髮，參軍的時候剪掉了。」

「林堅去遊說邵茄公主退出演習，公主不但沒有退出，反而行為更加激烈？」

「是。」

洛蘭輕敲著扶手，一言不發。

✵　✵　✵

洛蘭趕到哈牧特星時，林堅在臨時搭建的搜救指揮營地指揮搜救工作，已經四十多個小時未睡，臉色憔悴、神情焦躁。

「我來盯著吧，你去休息一會兒。」洛蘭一臉平靜地看著搜救隊的搜救畫面。

林堅像是什麼都沒有聽到一樣，失神地看著玻璃窗外翻滾的白色煙霧，「就算他們在戰機失事後，身體沒有受到任何損害，作戰服也沒有受到任何損毀，作戰頭盔的防毒過濾系統也只能支撐四十四個小時。」

洛蘭瞟了眼螢幕上的時鐘，距離邵茄公主出事已經過去四十六個小時，超出兩個小時。其實，已經可以判定他們死亡了，只不過因為林堅沒有下令停止搜救，所有搜救隊還在繼續工作。

洛蘭說：「你去休息一會兒，還有很多事要處理。」

林堅突然脾氣爆發，憤怒地質問：「妳沒有任何感覺嗎？就算邵茄公主的生死妳毫不關心，可蕭教官好歹跟著妳很多年……」

洛蘭聲音冰冷，毫不客氣地打斷他：「你希望我是什麼反應？不吃不喝不睡，還是大吼大叫、遷怒發洩？」

林堅冷靜下來，難堪地說：「抱歉！我失態了。」

他拿起頭盔走出搜救營房，卻不是去休息，而是戴上頭盔，加入搜救工作隊。

洛蘭看著林堅的身影漸漸消失在白霧中。

清初試探地問：「要不我去找元帥談一下……」

「不用了。既然他這樣做能安心，就讓他做吧！」

洛蘭打開智腦，仔細地看著搜救工作組的專家們模擬的當時狀況。

第一種可能，也就是最壞的可能，蕭郊企圖去救即將身陷岩漿的邵茄公主，自己也被岩漿吞沒了。

第二種可能，蕭郊的戰機恰好幫邵茄公主擋住噴發的岩漿，蕭郊不幸身亡，邵茄公主僥倖逃脫，為了躲避流動的岩漿，慌不擇路，進入死亡大峽谷深處。

第三種可能，也就是最好的可能，蕭郊靠著精確的控制，利用戰機擋住噴發的岩漿，自己和邵茄公主都僥倖逃脫，為了躲避流動的岩漿，慌不擇路，進入死亡大峽谷深處。

洛蘭直接把第一種和第二種可能劃掉，在第三種可能中又把慌不擇路刪除，改成鎮靜應對，然後對智腦下令：「模擬逃生路線。」

過一會兒，智腦給出三條路線。

洛蘭盯著路線圖思索。

清初對比了一下搜救隊的搜救路線，「前面兩條路線都有人搜查，第三條路線沒有，需要派人去嗎？」

「如果還有機器人，就派幾臺去。」

洛蘭揮手抹去智腦模擬的逃生路線圖，俯瞰著死亡大峽谷的實景地形圖——

一條綿延幾千里、深不見底的大峽谷，兩側懸崖陡峭、壁立千仞，中間白霧浩蕩、怪石聳立。

其實生路很明顯，只不過一般人做不到，所以想都不敢想，可小角不是一般人。

洛蘭拿起頭盔，走出營房，鑽進一輛醫療車。

旁邊正在休息的醫療兵急忙衝過來大喊：「妳是誰？不要亂動！」

清初打了個手勢，兩個隨扈走過去和醫療兵交涉。

沒等他們交涉出結果，洛蘭已經駕著醫療車離開。

✷ ✷ ✷

峽谷內，邵茄公主的戰機墜毀地點。

四周白霧繚繞。

洛蘭的目視距離不超過兩公尺，她對自己的駕駛技術沒有信心，已經調整成自動駕駛。

因為峽谷內的地磁場紊亂，幾乎所有探測儀器都沒辦法使用，只能靠著人力一點點搜索。

飛車用蝸牛的速度飛著「Z」字，一邊來回飛，一邊慢慢上升。

一百公尺、兩百公尺、三百公尺……

隨著高度的上升，白霧變得越來越淡，洛蘭從窗戶望出去的距離越來越遠。

飛到五千多公尺時，洛蘭看到崖壁上的一個人影。

小角背著昏迷的邵茄公主，正在向上攀緣。

陡峭的石壁猶如用刀斧劈過，筆直光滑，完全沒有立腳之地。上面不知道還有多高，下面卻是萬丈懸崖、滾滾岩漿。

小角完全靠著雙手雙腳，帶著一個人慢慢向上攀緣，已經爬了四十七個小時。

洛蘭駕駛著飛車慢慢靠近。

「小角！」洛蘭不敢大聲呼喊，怕驚嚇到他，盡量讓聲音平靜柔和。

小角沒吭聲，但向上攀爬的動作停止了。

洛蘭不知他現在是否神志清醒，雖然越向上毒氣越淡，作戰頭盔裡的防毒過濾裝置堅持的時間也會變長，可小角背負著一個人在絕壁上攀緣，對氧氣的需求會變大。

洛蘭盡量溫和地說：「小角，我是洛洛。我會操控機械臂抓住你，你不要動，越配合越安全。」說罷她操控著機械臂去抓取小角和邵茄公主，「對，就這樣，不要動，馬上就好，馬上！」

機械臂抓取成功，緩緩縮回，把小角和邵茄公主帶進車廂。

洛蘭立即撲過去，一把摘下小角的頭盔，把氧氣面罩按到他臉上。

小角看著洛蘭，抬起手無力地指了下邵茄公主。

洛蘭沒理會，檢查完他的身體數據，確定一切正常後，才把邵茄公主的頭盔摘下，給她套上氧氣面罩。

＊ ＊ ＊

醫療車回到搜救營地。

醫療兵早已嚴陣以待，把邵茄公主接下醫療車，帶入營房去做身體檢查。

小阿爾的官員想過來詢問洛蘭究竟怎麼回事，被隨扈擋在外面。

沒多久，林樓和林堅一前一後趕來。

洛蘭把事情經過簡單說了一下。

林樓和林堅聽到小角竟然背著邵茄公主沿著峭壁攀緣而上，完全不是他們任何人猜想的逃生路線，都很震驚。

可仔細想，如果剔除救援因素，往上走才是那種險惡絕境中唯一的生路，雖然這條生路看上去更像是一條死路。

小角看向洛蘭。

在眾人各種目光中，林樓將軍對小角溫和地說：「雖然演習還沒結束，但你可以提前退出。」

洛蘭說：「你自己決定。」

小角對林樓將軍敬了一個軍禮，說：「我想立即歸隊。」

林樓將軍讚許地點頭，「好！」

他對副官說：「派人送蕭郊歸隊。」

小角跟著副官正要上飛船，邵茄公主從營房裡衝出來，手臂上還掛著治療儀，大聲喊：「我也要歸隊！」

林樓將軍不悅地皺眉，轉頭間卻已經換上笑臉，「殿下還是休息一下，等全面檢查完身體再說。」

邵茄公主指著小角，咄咄逼人地質問：「為什麼他不用檢查身體、不用休息就能歸隊？」

沒有人回答得出來。

邵茄公主用力推開醫護人員，朝飛船跑去。

洛蘭大步流星地走過去，抓住她的手腕，一個過肩摔將她狠狠摔到地上，「這就是妳不能歸隊的原因。」

邵茄公主不服氣地站起來，朝洛蘭狠狠撲過去。

洛蘭乾脆俐落，又是一個過肩摔，把她摔倒在地。

邵茄公主再次爬起來，不服氣地又朝著洛蘭撲過去。

洛蘭輕輕鬆鬆，又是一個過肩摔，把她摔到地上。

連摔三次，第一次還可以說是邵茄公主沒有準備，可後面兩次，洛蘭連動作都沒有換，邵茄公主卻依舊躲不開。

一直不肯服輸的邵茄公主也意識到洛蘭是近身搏鬥的高手，她再挑釁下去，只會自取其辱。

她又嫉又恨、又羞又惱，氣鼓鼓地瞪著洛蘭，「妳竟然敢摔我……」

洛蘭喝斥：「用敬語！」

「憑什麼？別忘記皇兄還沒承認妳是皇帝！」

「憑我是英仙洛蘭，你是英仙邵茄。」

邵茄公主想起來，就算英仙洛蘭不是皇帝，也是年長的姊姊，按照皇室規矩，未經對方允許，她說話時必須用敬語。

邵茄公主理智上知道自己應該立即道歉，不該讓洛蘭當眾抓住她的痛腳，但看到站在洛蘭身後的林堅，她不知為什麼就是沒辦法服軟，倔強地咬著唇，一聲不吭。

洛蘭冷笑：「真是百聞不如一見，最有修養禮貌的公主！」

邵茄公主的眼淚直在眼眶裡打轉。

洛蘭吩咐邵茄公主的隨扈：「護送公主回指揮艦檢查身體，沒我的允許，她哪都不能去。」

幾個隨扈感激地對洛蘭敬軍禮，急忙圍住邵茄公主。

林樓對林堅打了個眼色，示意他陪陪女皇，自己帶著邵茄公主和她的隨扈一起離開了。

林堅走到洛蘭身邊，溫和地說：「這事的確是邵茄公主不對，任性衝動，為了證明自己，天真地用生命去冒險，但妳當眾動手摔她，還是不太妥當。」

「英仙邵靖他父親害死了我爸爸，我只是摔一下他妹妹，他應該不至於為這個和我開戰。」

林堅暗嘆口氣，「我送妳回奧米尼斯星。」

「不用了，我自己回去。你去看看邵茄公主，想辦法盡早把她帶回奧米尼斯星。」

林堅目送洛蘭，她頭也不回地走上飛船。

艙門關閉前，他突然叫：「陛下！」

洛蘭回身，看著林堅。

林堅欲言又止，最終放肆地問了出來：「為什麼蕭教官寧可走一條死路求生，也不肯寄希望於有人去救他？」

洛蘭沒有回答。

林堅問：「如果是妳，妳也是這樣的選擇吧？」

「是。」

「妳有沒有想過，不是沒有人去救妳，而是妳壓根兒不給對方機會？」

洛蘭笑了笑，說：「抱歉，我就是這樣的人。」

她轉身走進船艙，飛船門在她身後合攏。

清初瞅一眼依舊站在外面的林堅，忍不住建議：「陛下，我覺得還是請元帥閣下和我們……」

洛蘭抬了下手，示意她噤聲。

清初只能收聲，凝視著她的背影，沉默地跟隨。

獨自一人走在自己選擇的路上，不知道是因為強大才不需要陪伴，還是因為沒有人陪伴才不得不變得強大。

＊＊＊

經過十五天的針鋒相對、奮力搏殺，多國聯合軍事演習結束。

奧米尼斯軍事基地以團隊積分第一，再次獲得第一名。

蕭郊以個人積分第一備受矚目，尤其是他還因為救邵茄公主耽誤了兩天半的時間。

小阿爾的邵靖陛下特意發來感謝信，謝謝他勇救公主。

林樓將軍為了表彰他解救邵茄公主的行為，授予金盾勳章給蕭郊。

一時間，蕭郊鋒頭無兩，人人都知道他的名字，成為所有軍人羨慕的對象。

閉幕儀式結束後，所有軍人開始狂歡。

酒酣耳熱之際，一起摸爬滾打、縱橫飛翔了十幾天的隊友一哄而上，把小角扛起來，在營地裡邊走邊喊「蕭郊」的名字，四處耀武揚威。

其他軍人都善意地笑著起哄，尤其小阿爾藍茵星的軍人，因為小角救了邵茄公主，完全把蕭郊當自己人，簡直恨不得直接把他拐帶到藍茵星去。

軍人之間的友誼很簡單，也很直接。

不論出身、不論背景、不論資歷，只要在戰場上的那刻，你守護過我的後背，和我並肩作戰過，那就是過命的交情。

小角被大家抬著走了一圈，不知道怎麼回事，又變成了扒面具大賽。

人人爭先恐後地往上衝，想要扒下小角的面具。

不僅是奧米尼斯軍事基地的軍人，其他軍事基地和星國的軍人也來湊熱鬧，大家一團混戰，到最後都忘記了究竟要做什麼，只是打得酣暢淋漓。

他們或多或少都感覺到戰爭不遠了！

這一別就是浩瀚星空、億萬星辰，也許一輩子都不會再見面，也許再次聽到對方的消息時是對方的死亡訃聞，但是——

我知道，你是我的戰友！星光閃耀處，我們在一起戰鬥！

✷ ✷ ✷

會議室。

幾個將軍向洛蘭彙報各個軍事基地的軍事演習成績和演習中暴露的問題。

等討論總結完軍事演習，幾個將軍都開始打聽小角。

因為成績太耀眼，想低調也低調不了，幾乎所有將軍都盯上了小角，想找林堅要人。林堅只能暗示他們小角是女皇的人，必須要先問過女皇的意見。

這會兒剛說完軍事演習，大家就按捺不住地跟洛蘭要人，一個個完全不顧風度。

千軍易得，一將難求。

蕭郊既懂得結盟，又懂得分化；既會光明磊落的正面作戰，又會不要臉的偷襲；既懂得暫避鋒芒、示敵以弱，又懂得義不容辭、勇救公主，這樣的人才不搶才是傻子！

洛蘭完全沒預料到這樣的情況，一時反應不過來，只能傻看著一群將軍臉紅脖子粗地吵架。

如果不是因為是視訊會議，彼此不在同一個星球，洛蘭覺得他們肯定會大打出手。

林樓將軍衝她笑著搖搖頭，示意她不要吭聲。

等幾個將軍吵累了，林樓將軍咳嗽一聲，慢條斯理地說：「林榭號戰艦上缺一個副艦長，我覺得蕭郊很適合。」

幾個將軍本來摩拳擦掌、鬥志昂揚，聽完林樓將軍的安排，立即偃旗息鼓。

以林榭將軍命名的戰艦不但直屬元帥閣下統轄，而且是阿爾帝國裝備最好的戰艦之一，如果開戰的話，肯定會是英仙號太空母艦的主力戰艦，的確很適合蕭郊。

林樓將軍徵詢地看洛蘭。

洛蘭說：「如果元帥閣下沒有意見，我也沒有意見。」

一群將軍都善意地偷笑，女皇看上去很強勢，可不管人前人後，都給足林堅面子。

林堅暗自苦笑。洛蘭以他的意見為準只是因為小角身分特殊，需要他的支持，其實洛蘭早已表明態度。

林堅仔細回想了一遍蕭郊這一年多的表現，鄭重地說：「我沒有意見。」

林樓將軍是真心喜歡蕭郊，開心地說：「那我就下調令了，等蕭郊回奧米尼斯休整幾天後，就可以直接去赴職，艦隊正等著用人。」

眾人都聽懂了林樓將軍的言外之意，整個會議室內沉默下來。

女皇自從登基，就一直態度強硬地想要對奧丁聯邦宣戰。

林堅元帥和女皇訂婚後，林家也漸漸站在女皇一邊。現在林樓將軍的調令等於正大光明地開始部署戰爭了。

雖然每個人都有心理準備，人類和異種之間，阿爾帝國和奧丁聯邦之間，必定要決一死戰，但是，當戰爭真到眼前時，沒有一個人感覺輕鬆。

上一次星際大戰才過去四十多年，在座的軍人，要麼親身經歷過那場戰爭，要麼就有親人、朋友死在那場戰爭中，沒有人比他們更明白戰爭的殘酷。

閔公明將軍渾厚蒼鬱的聲音響起：「四十多年前，葉玠陛下回來時就告訴過我們，戰爭才剛開始，還沒有結束。我們身為軍人，絲毫不敢懈怠，一直在為這一天做準備，但是，陛下，您真的準備好了嗎？」

洛蘭明白閔公明將軍的意思。

從戰爭開始的一刻起，她的皇位就架在了刀尖上。如果戰爭結果讓民眾不滿意，皇室內部很可能再起風波，內閣也很有可能支持邵茄公主或者第二順位繼承人。

到時候，她不但皇位保不住，連性命都可能有危險。

洛蘭目光堅毅地從所有將軍的臉上掃過，沒有絲毫猶疑地說：「我準備好了！」

閔公明將軍點點頭，肅容說：「好！」

林樓將軍站起來，對所有將軍說：「上一次星際大戰，很多戰友死在戰場上，包括我哥哥林榭將軍。我僥倖逃生，保住一條命，但這條命已經不屬於我自己。說句心裡話，我很慶幸陛下想要開戰時我還未老。我想回到戰場上，為我自己、為我哥哥、為所有亡故的戰友再次戰鬥！如果死，我死而無憾；如果生，我想在阿麗卡塔星祭奠他們！」

所有將軍齊刷刷站起，對洛蘭敬禮，異口同聲地說：「願為帝國死戰！」

一瞬間，洛蘭覺得自己的心在戰慄、血在發燙。

她的一個決定就是無數軍人的性命。他們不畏懼犧牲，但他們的犧牲必須要有意義！
洛蘭站起，對所有將軍承諾：「從現在開始，我和諸位並肩作戰，直至勝利！」

Chapter 6

華爾滋

其實，選誰做舞伴都無所謂，因為這是華爾滋，總會相遇，也總會分開。

洛蘭和內閣開完會，離開議政廳。

想到已萬事俱備，只要等內閣同意，就可以正式對奧丁聯邦宣戰，洛蘭的心情略微輕鬆幾分。

雖然現在依舊困難重重，但相較於她剛登基時的處處碰壁，一切都在按照她的計畫進展。她有信心一年內獲得內閣的同意。

突然，個人終端機振動了幾下。

是助理刺玫傳來的文件，阿晟的身體檢查報告。

洛蘭立即打開檢查報告，仔細看完結論，本來還不錯的心情，驟然跌到谷底。

隨扈詢問：「要準備飛車嗎？」洛蘭做了個「不要打擾我」的手勢，示意她想一個人走一走。

她沿著林蔭道，走到眾眇門。

站在眾眇門的觀景臺上，極目遠望。

玄之又玄，眾眇之門。

人類已經可以借助各種望遠鏡看到遙遠的無數個光年外，但是依舊沒有一臺儀器能讓人類看清楚自己近在咫尺的未來。

那個六歲的女孩，依偎在父親懷裡，和哥哥爭搶望遠鏡看向遠處時，絕不會想到，有一日她會以皇帝的身分，站在這裡登高望遠，孤獨一個人，父親和哥哥已經都不在了。

洛蘭走到觀景臺上唯一的望遠鏡前，打開控制面板，用望遠鏡看向四處。

通過望遠鏡的鏡頭，能看到皇宮外她曾經的家。

綠樹掩映中，兩層高的小樓安靜地矗立在陽光下。

洛蘭調整望遠鏡的放大倍數，看到了露臺上的花。

白白紫紫、粉粉藍藍的朝顏花開滿露臺四周，如果是晚上，盛開的花就是夕顏花。

她和葉玠小時候常種朝顏花和夕顏花，一個清晨盛開，黃昏凋謝；一個黃昏盛開，清晨凋謝。

兩人種它們的原因沒什麼特別，就是好養。撒把種子到土裡就能活，開出一大片一大片的花，很能滿足小孩子的成就感。

望遠鏡的螢幕裡，一朵朵朝顏花隨著微風輕顫，似乎就盛開在她眼前。

依稀有兩個孩子站在露臺上數花朵，「一、二、三……」每天比較是朝顏花開得多，還是夕顏花開得多。

洛蘭禁不住微笑。

葉玠也曾站在這裡眺望過他們的家吧！

雖然回不去了，但那些快樂溫暖都真實存在過，像是美麗的朝顏花和夕顏花般，盛開在命運的旅途上。

洛蘭調整望遠鏡，繼續四處亂看。

無意中掠過一個屋子時，看到一對男女在窗戶前緊緊相擁，像是正在擁吻。

她惡作劇發作，立即點擊控制面板，鎖定他們。

隨著鏡頭一點點拉近放大，洛蘭看清楚了那對男女的面貌，男子是林堅，女子是英仙邵茄。

洛蘭含一絲若有若無的笑，平靜地看著。

林堅還穿著軍服，連頭上的軍帽都沒摘下，一手扶著英仙邵茄的背，一手摟著英仙邵茄的腰。

英仙邵茄穿著粉白色的細肩裙，纖細的手臂像是朝顏花的藤蔓一樣，柔弱無骨地繞在林堅的脖子上。

當英仙邵茄意亂情迷地去解林堅軍服的扣子時，林堅好像終於從激情中清醒了一點，抬手碰了下控制螢幕，玻璃窗漸漸變色，將一切隱去。

洛蘭關閉鏡頭，把目光投向天空盡頭。

眾眇之門，玄之又玄。

＊　＊　＊

洛蘭離開眾眇門，慢慢走回官邸。

清初急匆匆迎上來，臉色非常難看。

「邵茄公主本來應該今天乘飛船離開，但飛船起飛後，才發現她竟然私自溜下飛船，去向不明。現在到處都找不到人，想要定位她的個人終端機，訊號也被遮蔽了……」

洛蘭把望遠鏡裡錄下的影片傳給清初。

清初看完影片，眼睛驚駭地瞪大，氣急敗壞地說：「陛下，必須……」

洛蘭食指搭在脣前，做了個噤聲的手勢，示意她不要多言。

「如果妳是擔心我的皇位，沒必要；如果妳是擔心我，更加沒必要。」

洛蘭從小就知道自己是個怪物，從來不招男孩子喜歡。男人對她的態度不是畏懼地敬而遠之，就是尊敬地俯首稱臣，林堅不喜歡她很正常，只不過沒想到會是英仙邵茄。牽涉到皇位，有點麻煩而已。

清初只能閉嘴，卻越想越難受。

現在的局勢，戰爭一觸即發，陛下為了大局，肯定不但不能發作，還要幫他們仔細遮掩。

洛蘭拍拍清初的肩膀，淡然地說：「本來就是各取所需，結果最重要，不要在乎細枝末節。」

清初深吸口氣，打起精神，故作開心地說：「小莞那丫頭嚷嚷著要為小角舉辦慶祝舞會，恭喜他在軍事演習中得了全軍第一。這會兒她正在屋裡四處製造地雷，陛下走路時小心點。」

洛蘭已經看到了——

飄來盪去的彩色氣泡、繽紛艷麗的鮮花、五顏六色的錦帶、一閃一閃亮晶晶的彩燈……

洛蘭覺得小莞不是為了歡迎小角載譽歸來，而是為了滿足自己成長中沒有滿足過的少女心。她完全理解，因為她就是一個完全沒有少女期的怪物。

洛蘭拿了瓶酒，坐在露臺上，自斟自飲。

紫宴按照小莞的吩咐，到露臺上掛彩燈。

他瞥了眼洛蘭，「發生什麼事了？」

「為什麼這麼問？」

「直覺。」

洛蘭望著遠處淡笑，「人生不就是一直在遭遇事情嗎？好事、壞事、不好不壞的事。」

紫宴掛好彩燈，坐到洛蘭身旁，順手拿過她手中的酒杯，一口飲盡杯裡剩下的酒，咂吧了下嘴，「比上次的酒烈。」

「你在找死！」洛蘭說。

紫宴又給自己倒了一杯，「人生不就是一直在朝著死亡前進嗎？你永遠不知道明天和死亡究竟哪個會先來。」

他對著空氣舉舉杯，喝了一大口，像是對躲在暗中窺伺的死神致敬。

洛蘭的酒杯被他搶去，只能拿起酒瓶，直接對著酒瓶喝。

紫宴凝視著洛蘭，眼內掠過各種情緒。

明明是一樣的身體、一樣的臉，卻脾氣秉性截然不同，像是兩個獨立的靈魂。

洛蘭察覺到他在看她，驀然回首，捕捉到他眼內未及藏起的溫柔和哀傷。

洛蘭當然不會自作多情地以為紫宴在看她，「你喜歡那個女人？」

紫宴裝沒有聽見。

洛蘭覺得有趣，「我是說那個傻呼呼，一直把你當普通朋友，敷衍地把一株藤蔓當禮物送給你的女人……」

紫宴粗暴地打斷她，「我知道妳在說誰！」

洛蘭舉起酒瓶，和紫宴碰了下酒杯，笑說：「真沒想到長了三顆心的男人，不但沒有三心二意，反而這麼純情，當年不敢表白，現在捨不得觸碰。」

「英仙洛蘭！」紫宴警告地叫。

洛蘭依舊不怕死地逗他，笑睨著他，把臉往他面前湊去，「我和她可是長得一模一樣，你對她那麼溫柔，對我怎麼就這麼凶？」

紫宴一把掐住洛蘭的下巴，強迫她的臉轉向屋內。

阿晟正在幫小莞布置彩帶，起身抬頭時，恰好看到洛蘭和紫宴親暱怪異的樣子。他驚訝地愣了愣，急忙掩飾地擠出個尷尬的笑。

他臉上的傷疤只剩下淡淡一條痕，只是膚色比其他地方略微深一些，肌肉不再糾結扭曲，五官露出了本來面目。

紫宴譏諷地問：「阿晟現在像誰？」

洛蘭表情僵冷，一言不發。

因為實驗結束，這段時間她一直沒有見到阿晟，沒想到他的身體竟然恢復到了這種程度。

紫宴冷嘲：「阿晟何止長得像千旭，每個細胞都一模一樣！妳會把他當成千旭嗎？」

洛蘭掙扎著想要擺脫紫宴的鉗制，卻始終沒有擺脫，一怒之下，直接拿起酒杯，把剩下的酒潑到他臉上。

紫宴不在意地抹了把臉，用染了酒液的手指輕佻地點點洛蘭的唇，「我是愛駱尋，我有多愛她，就有多恨妳！如果殺了妳，她就能回來，我早已經宰了妳！」

洛蘭抬手想搧他耳光，他卻已放開她，飄然離去。

洛蘭的胸膛劇烈起伏，猛地拿起酒瓶，咕咚咕咚地大口灌酒。

日薄西山，夕陽慢慢收攏最後的餘暉。
暮色四合，一切都漸漸被黑暗吞噬。

✷ ✷ ✷

小角到家時，看到整棟屋子五彩繽紛、閃閃發亮。
他下意識地掃了眼四周，確定自己沒走錯。
他疑惑地走進大廳。
突然，四周響起激越歡快的音樂聲，五顏六色的彩帶和閃閃發亮的雪花從空中飄落。
阿晟和封小莞戴著誇張的小丑面具，從左右兩邊的樓梯上跳下來，隨著音樂又扭又跳，揮舞著雙手高聲唱「恭喜、恭喜」。
小角覺得他們的舞姿簡直比敵人的進攻還可怕，下意識用目光搜尋洛蘭，不明白她為什麼會允許這種事情發生在她的屋子裡。
半月形的露臺上，彩燈閃爍。
迷離變幻的燈光中，洛蘭獨自一人坐在扶手椅裡，背對著明亮的大廳，面朝著漆黑的夜色。
小角從載歌載舞的封小莞和阿晟中間徑直穿過，走到露臺上，「我回來了。」
洛蘭沒有回頭，只是舉舉酒杯，表示聽到了。
小角看到桌上有一瓶酒，地上有一個空酒瓶。
自從洛蘭當了皇帝後，就喜歡上一個人自斟自飲，似乎飯可以不吃，酒卻不可不喝。但像今天這樣，天才剛黑就已經喝完一瓶酒的狀況，依舊很罕見。

小角問：「發生什麼事了？」

洛蘭淡笑：「你是第二個問我這個問題的人，我臉上寫滿了事故嗎？」

✷ ✷ ✷

封小莞停止了跳舞，把滑稽誇張的小丑面具掀到頭頂，沮喪地問阿晟：「我的歌舞編排得很糟糕嗎？」

阿晟搖搖頭，「我覺得很好笑、很好玩。」

紫宴笑嘲：「小莞，阿晟看妳向來只用他那顆長偏的心、完全不用眼睛，妳以後少問這種問題。」

小莞衝紫宴做了個鬼臉，表示「才不要聽你的」。

她衝到露臺上，張牙舞爪地嚷：「我精心布置的慶功舞會，你們賞點光好不好？」

小角沒理她，小莞對他也有點發怵，不敢招惹他。

她探身去拉洛蘭，「洛洛阿姨，每個人都必須跳舞慶賀！」

洛蘭被小莞硬拽到大廳，配合地問：「跳什麼舞？」

「清初！」小莞衝躲在角落裡吃東西的清初用力招手，示意她趕緊過來，「六個人，三男、三女，正好可以跳華爾滋。」

呵，華爾滋！洛蘭微笑。

封小莞毫不遲疑地選定阿晟做舞伴，清初在笑瞇瞇的邵逸心和冷冰冰的小角之間，毫不猶豫地站到邵逸心面前，把小角留給洛蘭。

洛蘭主動握住小角的手，笑著說：「其實，選誰做舞伴都無所謂，因為這是華爾滋，總會相遇，也總會分開。」

小角沉默地握緊洛蘭的手，摟住洛蘭的腰，等別人開始跳後，他才模仿著別人的舞步，帶著洛蘭跳起舞。

洛蘭目不轉睛地盯著小角，似乎想要透過他的面具看清楚他究竟是誰。

小角困惑地看她，「洛洛？」

洛蘭問：「這是我們第幾次一起跳舞？」

「第一次。」小角無比肯定，「只要和洛洛做過的事，我都記得。」

是嗎？洛蘭微笑著移開了目光。

隨著音樂，大家跳了一會兒，轉個圈，交換舞伴，繼續跳。

紫宴成為洛蘭的舞伴。

他一直覺得英仙洛蘭不像是喜歡跳舞的人，但她的舞跳得非常好。

「妳以前跳過華爾滋？」

洛蘭含著笑，慢悠悠地說：「我媽媽性格孤僻，不喜歡一切人多的活動，唯獨喜歡華爾滋，因為她就是在跳華爾滋時遇到了爸爸。」

紫宴專注地凝視著洛蘭，清晰地表達出想要繼續聽下文。

「當時，我媽媽在執行任務，為了躲避敵人，哪裡人多就往哪裡鑽，結果無意中闖進一個舞會。她為了不露餡，只能跟隨大家一起跳舞，可她壓根兒不會跳舞，身體僵硬、不停地踩舞伴的腳，男士們都躲著她走，沒有人願意做她的舞伴，陪她出醜。危急時刻，我爸爸挺身而出，主動拉起她的手，帶著她跳舞，幫她躲過追殺。」

「妳父親擅長跳舞？」

「何止擅長！」洛蘭微笑，眉梢眼角盡是溫柔，「我爸爸仗著有個皇室身分，不用為生計奔波，一輩子專攻吃喝玩樂，葉玠不過學了點皮毛就已經足夠他招蜂引蝶、浪跡花叢了。」

紫宴剛想說什麼，音樂聲變換，又到了要交換舞伴的時間。

洛蘭轉了個圈，成為阿晟的舞伴。

紫宴看到洛蘭握住阿晟的手時，身子明顯僵了一下。

她脣畔含著一絲譏笑，眼神放空，不知在想什麼。

和阿晟跳完舞，洛蘭本來應該繼續和小角跳，她卻突然停下來。

「我累了，你們繼續玩。」

她徑直走上樓梯，回到臥室。

洛蘭坐在臥室的露臺上，一邊喝酒，一邊仔細閱讀阿晟的體檢報告。

小角走過來，坐到她旁邊，把一碟她喜歡的水果放到桌上。

「死亡大峽谷的事，謝謝！」

洛蘭冷淡地說：「不用！當時你距離懸崖頂只差兩百多公尺，即使我沒去，你也能自救。倒是我應該謝謝你救了邵茄公主，否則英仙邵靖不會善罷甘休。」

小角把果碟往洛蘭手邊推了推，「妳晚上沒怎麼吃東西。」

洛蘭瞥了眼疊放得整整齊齊的水果，抬眸看向小角，突然笑叫：「辰砂！」

「什麼？」小角正在低頭幫洛蘭剝水果，沒聽清楚。

洛蘭盯著他，冷聲問：「你是誰？」

「我是小角。」小角把剝好的葡萄遞到洛蘭嘴邊，平靜坦然地看著洛蘭。

「是嗎？」洛蘭笑著挑挑眉。

「是！」小角的目光堅定坦誠。

洛蘭淡笑，「一覺睡醒，發現整個世界天翻地覆。親朋好友死的死、殘的殘，高高在上的指揮官閣下變成了沒有人身自由的奴隸，罪魁禍首卻成了自己的主人，滋味很不好受吧？」洛蘭伸手，溫柔地撫過小角臉上的面具，挑起小角的下巴，端詳著他，「明明恨不得立即殺了我，卻要假裝很關心我，逼著自己和我親近，很難受吧？」

「洛洛？」小角眨了眨眼睛，十分困惑，完全不明白洛蘭究竟在說什麼。

洛蘭凝視著小角。他的眼睛依舊如同仲夏夜的星空般清澈明亮、乾淨純粹，只是不知道究竟是真還是假。

阿晟的體檢報告已經證實了她的擔心。

她耗費十幾年心血研製出的藥劑，在促進異種基因和人類基因穩定融合的同時，副作用竟然是能修復受損的身體組織。

不過，相較於手臂、腿、內臟器官這種身體組織，人類的大腦神祕莫測。可以說，即使人類科技進步到現在，人類曾經面對的兩個無窮也依舊存在——人類依舊沒有探索到宇宙的盡頭，也依舊沒有探索到自己大腦的盡頭。

在進行反覆實驗測試前，洛蘭不確定這種藥劑是否對腦神經也具有修復作用。

也許是她想多了，小角依舊是小角，可也許藥劑已經修復了小角被鎮靜劑毒害的腦神經，眼前的這個男人，根本不是小角，而是辰砂偽裝的小角。

洛蘭輕輕張嘴，含住小角遞到她嘴邊的葡萄，舌尖從小角手指上慢慢捲過，小角紋絲不動。

等洛蘭抬頭，他才縮手，想要幫洛蘭再繼續剝水果。

洛蘭握住他的手，一根根把玩著他的手指。

手指修長、掌心溫暖，這隻手給了她十多年的陪伴，保護了她無數次，但也是一隻隨時能置她於死地的手。

小角沉默溫馴，任由洛蘭把玩，就好像不管洛蘭對他做什麼都可以。

洛蘭撓撓他的掌心，命令：「把面具摘掉。」

小角看著她，沒有動。

「摘掉！」洛蘭命令。

小角抬手，摘下面具。

那張冰雪雕成的臉露在了漫天星光下。

洛蘭放開他的手，盯著他的臉告訴自己，他是辰砂，不是小角！

「脫衣服！」洛蘭命令。

小角毫不遲疑地站起，一顆顆解開軍服的扣子，把外衣脫掉，扔到自己剛坐過的椅子上。

洛蘭目不轉睛地看著。

「繼續！」

小角一顆顆解開襯衣的扣子，把襯衫也脫掉，露出強健結實的上半身。

他安靜地看著洛蘭。

洛蘭慵懶地靠坐在椅子裡，右腿交疊到左腿上，端起酒杯喝了口酒，看著小角，面無表情地命令：「繼續！」

小角開始解皮帶，把長褲緩緩脫下。

洛蘭醉意上湧，眼前似乎出現了幻覺——

一個長髮女子慌慌張張地衝進男子的房間。

男子正在穿襯衫，不好意思讓女子看到自己裸露的上身，立即羞澀地轉身。

女子卻絲毫沒察覺，一邊嘰嘰喳喳地說話，一邊繞著男子轉圈，男子急速地扣著扭扣。

小角全身上下僅穿著內褲，站在洛蘭面前。

洛蘭表情淡漠，長眉微挑，冷冷問：「我有說停下嗎？」

小角盯著洛蘭，沒有動。

「怎麼不脫了？」洛蘭慢慢地啜著酒，似笑非笑地看著他，眼睛內沒有一絲溫度。

小角慢慢彎下身，緩緩脫下內褲，赤身裸體地站在洛蘭面前。

4A級體能，人類力量的極致，身體的每一條曲線都是力與美的完美結合，像是一尊由藝術大師精心雕刻成的大理石雕像，全身上下沒有一點瑕疵。

洛蘭一口喝盡杯中酒，放下酒杯，笑著鼓掌：「你已經不是當年的辰砂，能屈能伸，很能忍，對自己也夠狠！可是，演技還是不過關，已經露餡了。」

小角低垂著頭，淡漠地說：「我是小角，我不知道妳不停提到的辰砂是誰。」

洛蘭譏笑，興致盎然地看著他：「你不覺得，如果真是小角，根本不應該停下來盯著我嗎？還有，這會兒為什麼不看我呢？覺得難堪？窘迫？屈辱？」

小角霍然抬頭，一雙眼睛亮如寒星，「因為我已經知道，妳是女人，我是男人，赤身裸體意味著什麼。這應該是最親密溫柔的事，但是妳……」小角臉上露出委屈和痛苦，「妳不是想要我，妳是想羞辱我！我做錯了什麼？」

洛蘭愣然地愣了一愣。

眼前的人的確有可能是小角。如果是小角，他的確什麼都沒有做錯，卻要承受她的羞辱。一瞬間，洛蘭竟不敢和小角明亮的眼睛對視，借著側身倒酒，避開他的目光。

她默默地喝完杯中酒，還想再倒時，發現酒瓶已經空了。

洛蘭起身進屋。

出來時，她一手拿著瓶酒，一手拿著件睡袍。

小角依舊赤身裸體地站在露臺上。

洛蘭把睡袍扔給小角，背對著小角，打開剛拿的酒，先給自己倒了半杯，一邊喝酒，一邊思索。等酒喝完時，她像是下定了決心，把酒杯重重放下。

她打開藥劑箱，從裡面拿出七支精緻的藥劑，排成一排放到桌上。

洛蘭轉身看著小角，「這是從吸血藤裡最新提取研製的鎮靜劑，目前整個星際已知的最強鎮靜劑，對3A級和4A級體能的人非常有效，兩到三支的劑量就已經足夠，使用過量會對腦神經有破壞作用。」

小角問：「如果我喝了它，妳就相信我不是那個什麼辰砂？」

洛蘭盯著他，沒有說話。

小角拿起一支藥劑，眼睛看著洛蘭，一口氣喝完。

洛蘭冷眼看著，一言不發。

小角拿起第二支藥劑，毫不遲疑地一口氣喝完。

小角拿起第三支藥劑，毫不遲疑地一口氣喝完。

洛蘭俯下身給自己倒酒。

小角看著低頭倒酒的洛蘭，拿起第四支，扭開蓋子，正要倒進嘴裡。

洛蘭的動作快於自己的理智，突然轉身抓住小角的手臂，不讓他繼續喝。

小角問：「妳相信我是小角了？」

洛蘭沒說「相信」，卻也沒有放手。

雖然小角的一舉一動都沒問題，看上去和以前一樣赤誠忠誠，但她依舊沒辦法完全放下懷疑。

她很想告訴自己，是她想多了。

畢竟這一年多來，小角訓練士兵盡心盡力、毫不藏私，是士兵們最尊敬崇拜的教官。軍事演習中，小角也完全按照她的指令，冒著生命危險救了邵茄公主。

如果他真是辰砂，他完全可以不救，任由她和英仙邵靖打起來。

但是，如果她判斷錯誤了呢？

如果是一個可以忍受羞辱、可以偽裝溫馴、可以拿自己的命做賭注的辰砂呢？

辰砂忍人所不能忍，處人所不能處，必然圖謀巨大。

洛蘭的大腦裡充斥著截然對立的兩個聲音，一個說著「殺了他」，一個說著「不能殺」。殺了他？

萬一殺錯了呢？如果他真的是小角呢？

不殺他？

萬一他是辰砂呢？

洛蘭內心天人交戰，感覺身體在不受控制地輕顫。

只要讓他把七支藥劑全部喝完，不管他是小角，還是辰砂，都會失去所有記憶，變成白痴，並且永不能再修復。

但小角就永遠消失了！

那個朝夕陪伴她十多載，在危險時保護她，在沮喪時安慰她，在難過時陪伴她的人就沒了！

小角看著洛蘭握著他手臂的手，「妳的手在發抖。」

洛蘭像是觸電一樣，猛地放開他，端起酒杯一口氣喝完，拿起酒瓶還想再倒一杯。

小角從她手裡拿過酒瓶，看了眼瓶子的標注，說：「別喝了，這是2A體能的人才能喝的。」

洛蘭想要奪回酒瓶，「還給我！」

這是葉玠留下的酒，疲憊孤獨時喝一杯，感覺像是葉玠仍然在她身邊。這個時候，她尤其需要，也許再喝一杯，她就能狠下心做決斷。

小角躲開她，「不要再喝了！」

洛蘭伸出手，氣勢洶洶地命令：「還給我！」

「不給！」

洛蘭看小角目光渙散，沒有焦距，知道鎮靜劑的藥效開始發揮作用。她覺得眼前的小角晃來晃去，好像有無數虛影。

「你醉了。」

「我沒有！」

像是為了證明自己沒有醉，小角拿起酒瓶，湊到唇邊，喝給洛蘭看。

洛蘭趁機一把奪過酒瓶，往屋裡逃，可頭重腳輕，竟然在門口絆了一下，整個人朝地上撲去。

小角急忙攬住她的腰，但自己雙腿虛軟，也沒有比她更好，兩個人一起摔在地上。

酒瓶傾倒，酒液潑灑在兩人身上。

洛蘭惱怒地踢小角，「都是你的錯！」

「都是我的錯。」

小角語氣溫馴，目光卻灼熱，滿是侵略性，像是一隻準備要捕獲獵物的野獸。

洛蘭隱隱覺得危險，可是暈沉沉的腦子似乎罷工了，拒絕思考、拒絕行動，渾身發熱，只想懶洋洋地躺著休息。

小角呆呆盯了一會兒洛蘭，突然俯下頭，輕輕地在洛蘭臉頰邊、耳邊挨蹭。

洛蘭感覺小角很久沒有這樣親暱了。

似乎自從他去基地當教官，就很少有獸化時的行為。當時她覺得煩不勝煩，現在失而復得，卻讓人分外欣喜。

「小……角。」

「洛洛……洛洛……」

小角親吻著洛蘭的脖子，從脖子一點點親吻到臉頰邊。每一下觸碰都極盡溫柔，訴說著無盡的眷戀，就像是在膜拜他渴望已久的珍寶。

洛蘭昏昏沉沉，感覺自己在一點點融化。

當小角吻到她的嘴唇時，她略微清醒了一點，覺得哪裡不對，用力推小角，掙扎著想要逃離。

小角卻用絕對的力量，霸道地壓制住她，將她禁錮在自己懷裡。

他狠狠吻住她，毫不猶豫地撬開她的嘴唇，長驅直入，宣示著自己占領她、擁有她。

洛蘭剛開始不肯配合，企圖推開他，可小角長期以來一直壓抑的渴望好不容易才衝破重重阻礙釋放出來，像是噴發的火山，滾燙灼熱的岩漿噴湧而出，勢不可當、摧枯拉朽，帶著點燃萬物、焚毀一切的決然。

洛蘭在一波又一波的熱烈索求前，漸漸消融，終於放棄抵抗，俯首臣服，隨著本能沉淪。

地上的酒瓶不知被誰踢了一腳，骨碌碌滾動著，從屋裡滾到露臺上，殘餘的酒液滴滴答答、蜿蜒落下。

夜幕低垂、繁星閃爍。

濃郁的酒香，在晚風中纏綿繚繞。

Chapter 7

小角愛洛洛

他早已明白男女之情，清楚地表達出心意，她卻一直沒有回應。

夜裡。

洛蘭半夢半醒間，覺得身體又重又痠，下意識動了動，想要翻個身，卻像是被藤蔓纏住了，一動都動不了。

她掙扎了半晌，終於清醒過來。

睜開眼睛時，發現自己在小角懷裡，那張輪廓分明，猶如冰雪雕成的臉正緊挨著她的臉。

洛蘭嚇得立即又閉上眼睛。

兩人肢體糾纏的畫面斷斷續續從腦海裡閃過，讓人覺得像是一場荒唐的春夢，可耳畔傳來小角平穩綿長的呼吸，提醒著她這一切不是夢。

洛蘭緩緩睜開眼睛。

鎮靜劑的藥效還沒有過去，小角依舊在沉睡。

眉梢眼角沒有清醒時的冷峻，如同被四月春風吹拂過的大地，冰雪消融、山水含情。

嘴角微微上翹，帶著一絲笑意，應該正在做一個好夢。

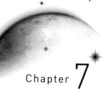

洛蘭用指尖輕觸他的唇角，又像是受到驚嚇般立即收回手。

她心如擂鼓，小心翼翼地觀察著小角，看他沒有醒來的跡象，才終於放下心來。

她輕輕拿開小角的手臂，從他懷裡鑽了出去。

洛蘭隨手拿了件衣袍披上，雙腿發瘓、腳步虛軟地離開臥室，躲到外間的屋子。

昨晚明明只是想查出小角現在究竟是誰，想著要不要鏟除後患，怎麼就變成了這樣？

洛蘭覺得應該靜下心來好好分析一下前因後果，可腦子像是宿醉未醒，依舊昏昏沉沉、一片空白。

她覺得胃一陣陣抽痛，才想起昨晚幾乎什麼都沒吃，胃病又犯了。

她走到吧檯旁，輕手輕腳地泡了杯熱茶，從餅乾盒裡拿幾塊點心，坐在角落的沙發裡，安靜地吃著。

洛蘭告訴自己，不過是兩個喝醉的人一夜縱慾，沒什麼可多想的，就當什麼都沒有發生過！

連吃了三塊點心，又喝了些熱茶，胃痛略微緩解。

洛蘭打開最後一個玫紅色的點心盒，突然發現裡面的點心和之前吃的都不一樣。

一枚樸實的薑餅，上面繪著一朵紅色的月季花，造型樸實到拙劣。

洛蘭想起來，這是小角親手做的點心。

當時，他叮囑她不要當著他的面吃，等餓時再吃，結果她放到餅乾盒裡後就完全忘記了。

時光匆匆，竟然已經一年多。

洛蘭怔怔發了會兒呆，拿起薑餅細看，才發現背面居然還有字。

圓圓的薑餅上面，上下三行，寫了五個玫紅色的字。

小角
愛
洛洛

洛蘭如同不識字一樣呆呆看著。
已經消逝的時光，在五個字的牽引下，像是呼嘯的列車，從她心頭轟然駛過。
無數被她忽略的瑣碎細節一一浮現。
她說自己不是騙子時，小角縱容地對她笑。
漆黑的礦洞裡，小角抱著她奔跑，把她緊緊地護在懷裡。
實驗失敗，她絕望痛苦時，小角憐惜地凝視著她，笨拙地安慰她。
她做完手術，手抽筋時，小角愛憐地親吻她的手。
她和林堅吃完晚飯，擁抱告別後，小角悲傷憤怒地咬她。
她宣布訂婚時，小角懇求她不要和林堅結婚。
……
洛蘭翻過薑餅，後知後覺地意識到薑餅上繪製的不是月季花，而是玫瑰花。
一朵表達愛意的花。
她一直覺得小角不通人情，把他當傻子，可其實真正傻的人是她！
聽而不聞，視而不見。
難怪小角會迫不及待地搬去軍事基地住，難怪他會不再像以前一樣親近她。
他早已明白男女之情，清楚地表達出心意，她卻一直沒有回應。

他肯定當作了拒絕。

……

洛蘭猛地站起，快步走到門前，手已經搭到門把上，卻沒有勇氣推開門。

她呆呆站了會兒，轉身離開。

✵ ✵ ✵

洛蘭去書房，沖了個澡，穿上長袖高領的衣服，把身上殘留的痕跡遮蓋得嚴嚴實實。

看看時間才凌晨四點，她去樓下的辦公室，打開智腦，開始工作。

剛開始還有點心神渙散，可她身分特殊，面對的事一件比一件重要，根本容不得她分神懈怠。

在現實的強大壓力下，那點莫可名狀的情緒很快煙消雲散，不得不全神貫注地投入工作。

早上七點半，個人終端機突然響了。

洛蘭看了眼來訊顯示，叫智腦接通。

林樓將軍出現在她面前，「早安，陛下。」

「早安，林將軍。」

林樓將軍拍拍工作檯的螢幕，「很抱歉這麼早打擾陛下，不過我發現陛下還沒有簽署蕭郊的調令，請問有什麼問題嗎？如果有問題的話，我必須盡早準備、另做安排。」

洛蘭沉默了一會兒，揉著太陽穴說：「沒問題。只是工作太多，忘記了。」

她打開文件，簽署生物簽名，點擊傳送，把調令發給林樓將軍和譚孜遙將軍。

林樓將軍放下心來，笑著說：「林堅各方面都很優秀，不過畢竟經驗不足，我看蕭郊行事剛毅穩妥，恰好彌補林堅的不足，留在皇室護衛軍的確大材小用了。」

洛蘭笑了笑，說：「既然將軍這麼欣賞他，就讓他立即去報到吧！」

林樓將軍滿臉詫異：「只是備戰，還沒有正式開戰，剛剛軍事演習完，讓他多休息幾天吧！我可以給他十天假。」

「不用，叫他立即去艦隊報到。」

林樓將軍看女皇堅持，只能接受命令，「好，我叫副官通知他，今天就必須出發，盡快趕來艦隊報到。」

洛蘭切斷訊號後，如釋重負地鬆了口氣。

* * *

機器人來叫洛蘭吃早餐，洛蘭本想回絕，可轉念間又覺得好像太刻意。她決定還是像往常一樣比較好。

洛蘭跟著機器人走進飯廳，看到長方形的餐桌上琳琅滿目，早餐異常豐盛。

封小莞張開雙臂，誇張地比了個手勢，「全是小角做的。小角簡直是星際最完美的男人，能進廚房、能上戰場。」

洛蘭泰然自若地坐到餐桌旁，拿起一塊烤好的麵包，淡定地問：「阿晟呢？很不完美嗎？」

封小莞懊惱地吐吐舌頭，諂媚地補救：「阿晟是我心中最好的男人！我嘴巴不刁，有營養餐就很滿足，不需要會廚藝；我也不是女皇，不需要男人為我上戰場，去征戰星際。」

阿晟好脾氣地笑笑，「我本來就遠遠不如小角。」

封小莞不滿，剛要說話，小角走過來，把一杯熱茶放到洛蘭手邊。

洛蘭客氣地說：「謝謝。」

小角在她身側站了一會兒，沉默地坐到她身邊的位置上，卻沒有吃東西，只是看著洛蘭，欲言又止的樣子。

洛蘭始終頭也不抬地吃著早餐。

封小莞和阿晟雖然不知道怎麼回事，但都察覺到氣氛不對，一人拿了一碟食物，迅速溜走了。

小角說：「我接到林樓將軍的命令，要立即去林榭號戰艦報到，待會兒就必須離開。」

洛蘭把一串數字傳到他的個人終端機上，「初始密碼是你左手大拇指的指紋，登錄後可以改成其他密碼。」

小角不解：「這是什麼？」

「一個帳戶，裡面有一點錢。你突然空降到林榭號，肯定會有很多人不服氣，只靠拳頭也不是辦法。雖然戰艦上大部分東西都是按照軍銜免費配給，但還有很多東西需要花錢購買。」

小角明白了，「這是妳給我的錢？」

「不是我給你的錢，本來就是你的錢，只不過我代為保管了一段時間而已。」

「我的錢？」

「在曲雲星時，你配合我研製了一些治療外傷的小玩意兒，艾米兒拿去售賣，這是你做為實驗體的分紅。」

小角意外地愣住。

洛蘭低頭吃著早餐，彷彿毫不在意，「具體事情，你可以去找艾米兒詢問，合同是她擬的，公司也是她在經營，我完全沒有關心過。」

小角沉默地看著洛蘭。

洛蘭吃完早餐，放下餐具，起身離開。

小角突然問：「是要開戰了嗎？」

洛蘭回身，終於正眼看著他，「是。」

「什麼時候？」

「我會爭取讓內閣盡快同意。」

「林榭號戰艦會直接上戰場？」

「是。」

隔著一段不遠不近的距離，小角看著洛蘭，洛蘭也看著小角。

如果林榭號戰艦會直接上戰場，也就是小角會直接上戰場。到時候為了行動保密，肯定不會允許任何人離艦，這就是他們最後的告別。

小角問：「妳……對我有什麼要求？」

「幫我打敗奧丁聯邦。」

「好。」

洛蘭面無表情，眼睛裡似乎有一絲動容，但一閃而逝，讓人根本來不及看清楚。

小角突然大步走過來，緊緊抱住洛蘭。

洛蘭僵硬地站了一會兒，終於輕輕環繞住小角的腰，低聲說：「我等你回來。」

小角像以前一樣用下巴蹭了蹭洛蘭的頭。

＊　＊　＊

小角簡單地收拾了幾件個人用品，就離開了。

紫宴、阿晟、小莞他們都把小角送到門口，洛蘭卻因為要工作，沒有去送他。

辦公室裡。

洛蘭坐在辦公桌前，透過監視器畫面，看著小角和紫宴他們一一握手告別後，走向飛車。

上車時，他腳步微頓，回過頭。

洛蘭不知道他在看什麼，只看到他的目光定了一會兒，最終平靜地收回目光，坐上飛車。

引擎聲中，飛車起飛，消失在天空。

洛蘭安靜地坐著，眼中暗潮洶湧，滿是說不清、辨不明的情緒。

清初屏息靜氣，一聲都不敢吭。

良久後。

洛蘭才像是突然回過神來，「今天的工作我已經處理完，妳去找邵逸心核對一下，如果有什麼不妥再聯絡我，現在我要去研究所。」

清初驚詫：「都處理好了？什麼時候？」

洛蘭輕描淡寫地說：「半夜失眠就起來工作了。」

清初跟在洛蘭身後，一邊小步跑著，一邊快速地說：「邵茄公主找到了，她說突然溜下飛船是因為想起來還有一個很想去的地方沒有去，想再在奧米尼斯待兩天。」

「隨便她。」

「元帥閣下今天會陪邵茄公主去烈士陵園。」

洛蘭放慢腳步，思索地說：「英仙號星際太空母艦炸毀後，所有犧牲將士應該都屍骨無存。」

「是。」清初頓一頓，繼續說，「葉玠陛下在烈士陵園裡專門建造了一座英魂塔，把所有陣亡將士的名字刻錄在英魂塔內，用來紀念所有陣亡將士。」

洛蘭算算時間，發現竟然已經整整四十四年了！

「每年這幾天哥哥都很難受吧？」

清初沉默了一會兒，才回答：「很難受。雖然陛下從不表露，但那座英魂塔一直壓在他心上。陛下能背出英魂塔上所有士兵的名字。」

洛蘭吩咐：「名單傳一份給我。」

清初想了想，才明白洛蘭的用意，不贊同地說：「陛下，這絕對不是葉玠陛下期望的！」

「當年的戰爭和我有關，本來就不應該由哥哥一個人承擔。」洛蘭大步流星地向前走去。

清初看著洛蘭的背影，什麼都說不出來。

她已經背負了整個阿爾帝國，甚至所有人類的命運，還要再背負所有戰死的亡魂，難怪她對什麼都不在意，因為她已經沒有餘力去在意。

＊　＊　＊

洛蘭到研究所時，助理刺玫已按照她的要求帶來二十個普通的異種，二十個普通基因的人類。

異種是從偏遠的能源星上徵集的退休工人，因為身患重病、報酬優厚，即使明知是做實驗體，依舊十分踴躍。

人類是從監獄裡徵集的重刑犯，因為基因的先天性缺陷，長期被病痛困擾，都知道是做藥劑實驗，但有可能治癒自己的疾病，所以有很多人報名。

洛蘭看完他們的身體檢查報告，確認都符合要求後，要刺玫把他們分成幾組，注射藥劑，全天監控。

洛蘭盯完自己這邊的藥劑測試後，去看小莞那邊的實驗研究。

小莞的進展不是很順利。

洛蘭和她一起把研究過程梳理了一遍，她像是有所領悟，風風火火地又投入工作。

阿晟已經完成實驗體的工作，但他好像習慣了每天來實驗室報到，沒事做就去幫小莞的忙。

他是執業多年的獸醫，雖然前面有一個獸字，可一些基礎原理相通，輔助性的工作上手很快，當小莞的助理，綽綽有餘。

洛蘭冷眼旁觀了一會兒，發現阿晟做事穩重細緻，能彌補小莞跳脫急躁的缺點，從旁輔助小莞，效果竟出奇地好。

她想了想，對刺玫吩咐，以後就讓阿晟以實驗體的名義到小莞這裡幫忙。

＊　＊　＊

洛蘭忙到下午，匆匆脫下研究服，趕去議政廳。

一群衣冠楚楚的食人鯊坐在會議室裡，正等著圍攻她。

幸虧紫宴已經和她開過會，提前和她討論分析過每個人的心態和利益，洛蘭應對起來不算吃力，可也是精神高度緊繃，一句話都不敢說錯，生怕稍有差池，就引發不必要的麻煩。

等從議政廳出來，已經天色將暮、晚霞滿天。

洛蘭沒有乘坐飛車，而是安步當車，走路回官邸。

一天中難得的休息時光。

林蔭道上，十分安靜。

夕陽的餘暉將所有景物都鍍上一層溫暖的金色光芒，整個皇宮金碧輝煌、美輪美奐。

洛蘭抬頭望向天空，估摸著小角的飛船應該到了哪裡。

突然，引擎轟鳴，竟有一輛飛車從她頭頂飛過。

洛蘭看向譚孜遙。

譚孜遙脹紅著臉說：「除了陛下的飛車，只有元帥的飛車能在內宮飛行，元帥肯定不知道陛下正在散步。」

洛蘭手搭在額頭上，張望飛車降落的方向。是招待貴賓住宿的地方，邵茄公主應該住在那裡。

＊　＊　＊

洛蘭回到官邸。

清初告訴她，林堅在會客廳等她。

洛蘭徑直走到主位上坐下，客氣地展了下手，「元帥，請坐。」

林堅坐到洛蘭對面，打量著她說：「陛下看上去很疲憊。」

洛蘭笑了笑，淡然地說：「皇帝本來就不是一份輕鬆的工作。」

林堅知道她這話只是客觀陳述，沒有任何情緒，既不需要他安慰，也不需要他鼓勵。

「我今天晚上離開奧米尼斯，明天這個時候，我應該已經在英仙二號太空母艦上。等陛下說服內閣，我就可以立即開戰。」

洛蘭真摯地說：「謝謝！」

如果沒有林堅的全力支持，她不可能這麼快就讓整個軍隊進入全面備戰狀態。

林堅笑搖搖頭，表示不用，「我不是為陛下出征，是為我自己出征。」

洛蘭看出他有話想說，安靜地傾聽。

「今天我去了烈士陵園，裡面有一座英魂塔，上面刻錄著父親的名字和肖像。我本來打算出征前，請陛下陪我去一趟，和父親告別，但今天邵茄公主陪我去了，陛下應該已經收到消息。」

洛蘭點了點頭。

「邵茄公主說，她第一次見到我是在一段陳年新聞影片上，報導我父親犧牲的新聞。我母親哭得幾乎昏厥，我一邊攙扶著母親安慰她，一邊還在應對媒體。她那時十六歲，剛剛知道自己的父親是怎麼死的。

「她第二次見我也是在一段陳年新聞影片上。英魂塔的落成儀式上，我代表陣亡將士的親屬發表演講。邵茄公主說她正好也要出席一個公眾活動，第一次公開演講，本來很茫然，可聽完我的演講突然有了勇氣。從那之後，她就一直在收集我的消息，我的任何一條新聞都沒有落下。她每一次出席活動，都會因為想到我會觀看新聞而格外嚴格要求自己，希望我能看到一個完美的她……」

林堅直視著洛蘭，坦白地說：「邵茄公主說她愛我。」

洛蘭平靜地看著林堅，表情沒有任何變化。

林堅說：「我從小到大活得循規蹈矩，父親死後更是謹小慎微，不敢行差踏錯一步。我努力想愛上陛下，但我理智，陛下比我更理智，我的努力就像是在冰山上尋找溫暖，注定是徒勞的。我現在還不知道自己對邵茄公主到底是什麼感情，也沒時間去仔細思索，但我很感謝她能出現在我上戰場前，讓我放縱一次。」

林堅自嘲地笑笑，「我的父親死在戰場上，我認識的很多叔叔伯伯也死在戰場上，我不知道自己能否活著回來，也許，我也會變成英魂塔上的一個名字。」

洛蘭沉默，因為林堅說的完全有可能是事實。

林堅懇切地看著洛蘭，「請陛下原諒，我想……和陛下解除婚約。」

「可以。」

洛蘭表情十分平靜，林堅知道她真的不介意，既釋然又悵然。

「如果這場戰役結束時，我還活著，請陛下對外宣布我們已經解除婚約；如果我死了，請求陛下照顧我的母親和邵茄公主。當然，前提是邵茄公主沒有威脅到陛下的生命。」

「好。」

洛蘭沒有絲毫遲疑，像是沒有思考一樣就草率地說了好，但林堅知道，這個女人是最堅強的戰士，永遠都可以把後背留給她照看，只要她答應，就一定會說到做到。

林堅站起，雙腿併攏，對洛蘭敬軍禮。

洛蘭也站了起來，「保重！」

林堅轉身向外走去。到門口時，他突然停下腳步，回身問洛蘭：「陛下，您害怕過嗎？」

洛蘭點了點頭，「現在，我就在害怕。」

林堅驚詫：「害怕什麼？」

「我害怕你會死在戰場上，我害怕被我親手送到戰場上的士兵都無法再回來，我害怕聽到他們親人的悲痛哭聲，我害怕打不贏這場戰爭，我害怕我犯下錯誤……」

林堅目瞪口呆。

他一直以為洛蘭強大、堅定、自信、從容，完全沒想到她居然和普通人一樣有那麼多的擔憂和畏懼。

洛蘭溫和地看著林堅，「我只是已經習慣了不管多害怕，都不露聲色地走下去。」

林堅突然就笑了，「我還以為您已經是鋼筋鐵骨，從來都無所畏懼。」

「只要我還是人，就不可能無所畏懼。勇敢不是不害怕，而是明明害怕，依舊迎難而上。」

林堅終於完全釋然：「陛下，您擁有星際中最勇敢的戰士，我們會盡全力打贏這場戰爭。」

他對洛蘭風度翩翩地彎了下身，腳步輕快地離開了。

洛蘭呆若泥塑，定定站著。

剛才她脫口而出的那句話並不是她的話，而是很多年前那個男人告訴那個女人的話。

Chapter 8

一個人的戰鬥

她很清楚，做了這個決定前方就是刀山火海，但她這一路走來何時有過平坦大道？只不過在與所有異種為敵後，她還需要與所有人類為敵而已！

兩個月後。

清晨，辦公室。

洛蘭和紫宴、清初分析內閣是否會支持洛蘭現在攻打奧丁聯邦。

清初在碩大的螢幕上羅列出每個議員，根據支持開戰，反對開戰，中立派，把他們劃分到不同陣營。

結果很微妙，差不多一半一半。

紫宴畫出三個反對開戰的議員，對洛蘭說：「這幾個人可以爭取。」

洛蘭詫異：「林堅說他們是堅定的反戰派，沒辦法遊說……」話還沒說完，突然覺得反胃噁心，忍不住捂著嘴乾嘔。

清初急忙問：「要不要叫醫生？」

洛蘭擺擺手，「老毛病，神經性胃痛。」

紫宴譏嘲：「不是神經性胃痛，而是酒喝得太多。」

洛蘭反諷：「你喝得不比我少，少一心！」

清初已經習慣他們倆的針鋒相對，像是什麼都沒聽到一樣，詢問紫宴：「邵祕書說這三位議員可以爭取，請問怎麼爭取？」

「不要叫我邵祕書！」紫宴很不喜歡這個帶有從屬性的稱呼。

「好。」清初抱歉地笑笑，客氣地說，「麻煩邵逸心祕書具體說說怎麼爭取。」

紫宴無奈地撫額。

如果他再反對清初叫他邵逸心祕書，清初一定會抱歉地笑笑，羞澀地說：「你我只是同事，叫逸心祕書太親切了。」

難道當年他在阿麗卡塔時嚴重得罪過這位姑娘，否則她怎麼總是用軟刀子割他？

洛蘭喝了口熱茶，不耐煩地催促：「別故弄玄虛了，到底什麼意思？」

「這三位議員，一位出生長大在阿爾帝國的能源星，另外兩位雖然出生在奧米尼斯，但一直旅居其他星球，十幾歲才回到阿爾帝國上高中。他們三位看似家庭背景、個人經歷完全不同，但我追查過，他們年少時生活的地區都曾經有異種和人類混居。」

洛蘭在曲雲星居住過十一年，立即明白了紫宴的意思。

根據三位議員的年齡可以推算出那是一百多年前，人類和異種的關係雖然不友好，但還沒有敵對，就像麥克、莉莉和阿晟，機緣巧合下也會成為朋友。

看來只要對症下藥，不管是脅迫，還是誘導，總有辦法讓他們同意開戰。

洛蘭讚嘆地說：「不愧是搞情報工作的間諜頭子！」

紫宴自嘲：「我現在是皇帝陛下的祕書。」

洛蘭對清初吩咐：「這件事就交給邵逸心處理，妳全力協助。」

「是。」清初明白女皇的意思，邵逸心身分特殊，只能負責動腦，動手的事必須由她出面。

✶ ✶ ✶

和紫宴、清初開完會，洛蘭離開辦公室，匆匆趕去研究所。

封小莞和阿晟已經在實驗室等她。

洛蘭看完小莞最新的研究進展，和她仔細討論一遍研究中碰到的問題，幫她釐清思路，糾正了一些她的錯誤，花費了將近三個小時。

洛蘭顧不得休息，立即趕去自己的實驗室。

刺玫和其他五個研究員正在等她，一一向她彙報每個實驗體的臨床反應。

洛蘭抱臂環胸，站在螢幕前，盯著密密麻麻的數據和圖表，聚精會神地細看。

突然，一陣天旋地轉、頭暈噁心，洛蘭眼前發黑，身子搖搖欲墜。

刺玫急忙衝過來，攙扶住洛蘭，情急下連舊日稱呼都冒了出來：「老闆，您哪裡不舒服？」

洛蘭坐到椅子上，覺得餓得心慌，像是有無數雙貓爪子在抓撓。她對刺玫說：「應該是低血糖，幫我拿一罐營養劑。」

「您沒吃中飯？」

「忘記了。」

刺玫一言不發地拿了罐水果口味的營養劑給洛蘭。

在洛蘭還是龍心時，刺玫已經是她的研究助理，很清楚洛蘭的大腦和機器人一樣，怎麼可能忘記？不過是沒時間！

肯定是後面還有事，要趕去議政廳會見官員、處理工作，她爭分奪秒，一時間顧不上吃飯。

＊ ＊ ＊

下午兩點。

洛蘭離開研究所，趕去議政廳。

開會時，她覺得頭暈噁心、手腳無力，全身直冒虛汗，幸好坐在座位上。她面無表情、不動聲色，也就沒有人留意到她身體不適。

洛蘭察覺到身體不對勁，肯定不是簡單的神經性胃痛。

開完會後，她暫時放下所有事，立即趕回官邸。

沒通知私人醫生，她裝作要查找資料，去書房乘坐升降梯，進入葉玠祕密修建的地下研究室。

她躺到醫療艙裡，命令智腦自動檢查掃描全身。

一會兒後，全身掃描圖像出現在醫療艙上方。

洛蘭面色如土，目光呆滯，怔怔地盯著虛擬人像的腹部。

子宮內，兩個小小的葡萄一般的東西正在跳動，依稀可辨出頭部、手指和腳趾。

智腦的機械聲響起：「恭喜！母體和胎兒都健康，但您的身體太疲憊，需要充足的睡眠和休息，建議做一個血檢，有可能缺乏微量元素，為了母體和胎兒的健康，請及時補充。」

因為洛蘭臨時取消工作會議，突然離開，現在個人終端機不停地震顫，不斷冒出訊息提示。

清初傳送的明日工作計畫，需要她確認。

政府各個部門傳送的文件，需要她審核簽字。

林堅傳送的軍隊的能源補給路線，需要她批覆。

刺玫傳送的最新實驗數據，需要她檢查分析。

……

每天都有數不清的工作。

而且，大戰在即，阿爾帝國的各派勢力正在進行最後的角力，各種事情應接不暇，洛蘭已經焦頭爛額，根本無暇他顧。

眾目睽睽下，她哪有時間去懷孕生子？更何況孩子的基因……

如果讓人發現，不但皇位不保，孩子會有生命危險，而且對奧丁聯邦的作戰計畫也會終止，影響到人類安危。

突然之間，洛蘭覺得好疲憊。

每個人都在向她求助，每件事都在等著她裁決，可她碰到了問題該怎麼辦？

能向誰訴說？能向誰尋求支持？

洛蘭閉上眼睛，一動不動地躺著。

半個小時後，洛蘭睜開眼睛，下令智腦刪除檢查紀錄，若無其事地離開地下實驗室。

她剛走出書房。

清初就迎上來，著急地說：「伯萊星發生地震，導致礦洞塌方，目前沒有人員死亡，只有幾個保全受傷，但明天的工作計畫要重新制訂，需要盡快召集專家，確認伯萊星的能源礦是否可以繼續開發……」

「我馬上就看，確認後回覆妳。」

洛蘭走進辦公室，坐到辦公桌前，開始閱讀最新的工作計畫表。

伯萊星是阿爾帝國重要的能源產地，有可能影響到戰爭的能源補給，必須優先處理，只能調整其他工作安排。

洛蘭看完明日的工作計畫，向專家瞭解完地震情況，和清初商討完皇室發言人對伯萊星地震的新聞稿，天色已經全黑。

洛蘭離開辦公室，像往常一樣，拿了瓶酒，坐到露臺上稍事休息。

可是，倒好酒，端起酒杯時，她突然想到之前的身體檢查報告，又慢慢放下酒杯。

洛蘭眺望著繁星閃爍的星空。

太空中，無數的戰艦和戰機在嚴陣以待，等著她最後的命令。

她是英仙洛蘭，阿爾帝國的皇帝！

她是英仙皇室的領袖，代表著全人類的利益！

她想要滅掉奧丁聯邦，全星際的異種都會視她為敵！

……

洛蘭很清楚這是一個錯誤，最好的選擇是立即把錯誤刪除。

她又端起酒杯，輕輕搖晃了幾下，看著紅色的酒漿均勻地掛在酒杯上沿著杯壁緩緩滑落。

洛蘭把酒杯湊到唇邊，想要喝，卻又遲遲未喝。

紫宴的聲音突然傳來：「什麼事讓妳這麼為難？」

往常，洛蘭忙碌完一天的工作後都會來找他，一邊喝酒，一邊和他交流一下白天發生的事，聽聽他的分析和意見。

今天，洛蘭遲遲沒來找他，他就出來散散步，結果看到她獨自一人坐在露臺上，表情凝重，眼神掙扎，酒杯端起了又放下。

他都走到露臺的欄桿旁了，她卻依舊沒有發現。

洛蘭掩飾地問：「你什麼時候來的？」

紫宴意有所指地說：「在妳走神的時候。發生了什麼事？」

「每天都有無數事發生，你指哪件？」

「妳害怕我知道的那件。」

洛蘭重重放下酒杯，眼神凌厲，不悅地質問：「少一心，我會害怕你？」

紫宴覺得她今天情緒不對，決定不再刺激她了，「今天的工資妳已經付了，如果不需要我工作，我也不會退款。」

「想得美！我把今天的會議紀錄傳到你的智腦上，你寫好處理意見後發還給我。」

紫宴抓住欄桿，躍到露臺上，端起酒杯看了看，嗅了嗅，「好酒！為什麼表情像喝毒藥？」

「少一心，你是十萬個為什麼嗎？我胃痛，想喝卻不能喝，不行嗎？」

紫宴挑挑眉，拿著酒杯，順勢坐到她身旁，「既然妳不喝，我就獨享了。」

洛蘭指指他的心臟，「你要還想多活幾天，少喝一點酒。」

紫宴笑著指指她的肚子。

洛蘭立即下意識地捂住肚子，警戒地瞪著紫宴。

紫宴說：「妳的胃病怎麼回事？自己是醫生都治不好嗎？」

洛蘭鬆了口氣，「神經性胃痛，不是身體的原因。」

「什麼時候開始的？」身為間諜頭子，紫宴學過心理學，立即意識到癥結所在，問題很巧妙。

「七歲。」

「七歲？」紫宴回憶了一遍洛蘭的資料，「和妳父親的死亡有關？」

「我媽媽想查明爸爸的死因，解剖了爸爸的屍體，我是她的助手。從解剖室出來後，我就有了胃痛的毛病。」

紫宴沉默地看著洛蘭。

雖然眼前的女人是個讓人討厭的怪物，可想到一個七歲孩子要親自解剖父親，依舊讓人悲憫。

洛蘭笑了笑，淡然地說：「我至少見過我爸的屍體，你連你爸的屍體都沒見過，比我更慘。」

「妳這個女人實在讓人不喜歡！」紫宴覺得洛蘭簡直全身都是刺，不管別人善意惡意，她都不接受。

「我知道啊，你喜歡駱尋那樣的，可惜，她不喜歡你這樣的！」

「英仙洛蘭！」紫宴又有想掐死她的衝動。

洛蘭對他的憤怒完全不在意，笑著站起，指指酒瓶，「你慢慢找死，我不奉陪了。」

＊　＊　＊

洛蘭回到臥室，臉色垮了下來。

她一直在屋子裡來回踱步，眼中滿是迷惘掙扎。

已經兩個月了，如果想要糾正錯誤，必須盡快。

良久後。

洛蘭走到牆邊，拍了下牆壁，暗門打開，露出鑲嵌在牆壁裡面的保險箱。

「開門！」

智腦掃描洛蘭全身，確認洛蘭身分後，金屬密碼門打開。

洛蘭探手進去，拿出藏在裡面的一個玫紅色點心盒。

她坐到床邊，打開盒子，拿起圓圓的薑餅。

薑餅的一面繪製著一朵線條簡單質樸的玫瑰花，另一面寫著五個字「小角愛洛洛」。

洛蘭盯著薑餅，翻來覆去地看。

眼神慢慢從迷惘變得堅定，一臉義無反顧的決然。

她把薑餅放回點心盒，仔細蓋好盒子，藏到保險箱裡，鎖好保險箱的密碼門。

洛蘭按了下通訊器：「清初？」

清初立即恭敬地詢問：「陛下有什麼吩咐？」

「幫我聯絡小角。」

小角在軍艦上，和外界的聯繫受到管制。

按規定，每個軍人每七天有一次和親屬視訊通話的機會，但親屬身分資料必須提交軍隊審核。

小角的身分資料本來就是假的，也不可能把洛蘭列為親屬，提交給軍隊審核，索性就放棄了七天一次的視訊通話福利。

洛蘭當然有權直接聯絡小角，可從小角離開到現在，已經兩個多月，她從沒聯絡過小角，就像是完全忘記了這個人。

清初聽到洛蘭的要求，沒有流露出任何異樣，非常中肯地建議：「陛下如果不介意的話，最好不要用自己的名義聯絡小角。」

「妳看著處理吧！」洛蘭也明白用自己的名義聯絡小角，不但是給自己製造麻煩，也是給小角製造麻煩。

「請陛下稍候，給我十分鐘。」

清初立即聯繫各個部門，協調處理此事。

＊　＊　＊

廣闊無垠的太空。

星河浩瀚，星光閃耀。

林榭號戰艦。

小角和幾個軍人從訓練室出來。

他們看了眼時間，嚷嚷著「時間到了」，急匆匆地大步跑起來。

在戰場上，連面對死亡都不放棄戰友的傢伙們卻瞬間棄戰友不顧，一個接一個地衝進通訊室。

小角從一個個通訊室門口走過，目光不經意地從一個個士兵臉上掠過。平時人高馬大、一個比一個凶神惡煞，現在卻都咧著嘴傻笑個不停，眉梢眼角滿是溫柔。

小角走到一旁的休息區，拿了杯免費的Ａ級體能飲料，孤零零一個人坐在橢圓形的觀景窗前，凝望著外面的茫茫虛空。

兩個月了……

四周有幾個軍人在低聲說笑，應該是剛和親友通完話，嘻嘻哈哈地彼此調笑著，越發凸顯小角的形單影隻，時不時就有人好奇地瞅一眼他。

小角也發現自己和周圍溫馨愉悅的氣氛格格不入，起身離開。

通訊器突然傳來聲音：「蕭郊中尉請到Ａ９號通訊室。蕭郊中尉請到Ａ９號通訊室……」

「收到。」

小角完全不知發生什麼事，卻毫不遲疑地執行命令，往通訊室走去。

小角走進Ａ９號通訊室，金屬門自動關閉。

他第一次使用通訊室，正在打量該按哪個按鈕，洛蘭突然出現在他面前，全螢幕虛擬人像栩栩如生，似乎兩個人真的近在咫尺。

小角十分意外，愣愣地看著洛蘭。

洛蘭也有點不自然，「戰艦上的生活還適應嗎？」語氣像是上級慰問下屬。

「適應。」

「那個……錢夠花吧？」

「妳知道帳戶裡有多少錢嗎？」

「不清楚。」

「足夠買幾架戰機了。」

「你的意思是夠花？」

「我就是買買酒水飲料，請戰友吃頓飯而已，連它每天的利息都花不完。」

洛蘭突然想起什麼，詢問：「戰艦上沒有適合你體能的飲料吧？」

小角溫和地說：「不只是林榭號戰艦上沒有，整個星際都沒有。」

洛蘭點點頭，什麼都沒說。

小角看著洛蘭。

洛蘭看著小角。

通訊室內寧靜到尷尬。

小角覺得洛蘭找他肯定有事，可洛蘭遲遲不說，小角只能主動問：「妳找我有什麼事？」

「……就是想告訴你，清初把我列到你的通訊名單上了，用的名字是辛洛。你可以聯絡我。」

洛蘭想了想，補充解釋，「我想知道艦隊的情況，雖然每天都有來自軍隊的彙報，可我想換個角度瞭解一下。」

「好。」小角答應了。

兩人又沉默地對視了一會兒，洛蘭說：「你要是沒事，我就切斷訊號了。」

洛蘭嘴巴說要切斷訊號，卻又沒有立即切斷。

小角忽然往前走了一步，身子前傾，雙臂虛繞，抱住她。

洛蘭低聲說：「注意安全。」說完，切斷了訊號。

虛擬影像的洛蘭慢慢消失在小角懷中。

小角像是突然失去力氣，身子倚在通訊室的金屬牆上，半閉著眼睛，一動也不動。

洛蘭呆呆地站在黑漆漆的螢幕前。

原來她也有一時衝動、毫不理智的時候。

其實，她已經做了決定，根本不需要小角的表態，但似乎非要見他一下，才能最後定下。就像小角最後的那個擁抱，看上去毫無意義，卻讓人心安。

洛蘭微笑著長吁口氣。

小角雖然體能卓絕，可這件事太複雜，牽扯到皇室、整個阿爾帝國，甚至整個人類，根本不是他能處理的，這是她一個人的戰爭。

她很清楚，做了這個決定，前方就是刀山火海，但她這一路走來何時有過平坦大道？只不過在與所有異種為敵後，她還需要與所有人類為敵而已！

＊　＊　＊

有些計畫必須提前了！

洛蘭平復了一下心情，聯繫艾米兒。

不一會兒，艾米兒出現在她面前。

一身紅色的套裝，頭髮綰成髮髻，整齊地盤在腦後，比以往少了幾分嬌媚，多了幾分幹練。

應該是看到來訊顯示後，臨時中斷工作，和她視訊通話的。

艾米兒微微屈膝，行禮致敬：「尊敬的陛下，晚安！請問有何貴幹？」

「曲雲星政府接受捐贈嗎？」

艾米兒實在摸不透這位心思莫測的女皇又想做什麼，謹慎地說：「曲雲星的政治、經濟、醫療、教育各方面都比較落後，當然不反對合理的捐贈。」

「我想以私人名義捐贈一個基因研究院和一個以治療基因病為主的醫院給曲雲星。」

艾米兒心臟狂跳，笑得越發甜美動人，「私人名義？」

「私人名義。」

艾米兒忍不住吞了口口水，「土地和建築可以由曲雲星政府承擔，憑借陛下的身分，各種醫療儀器和研究儀器，只要有錢就能採購到，但是醫生呢？教授呢？」

「有句古話說『羅馬不是一天造成的』，基因研究院和醫院也不可能一天就完善，我會先派幾個我的學生過去，建立一個研究室。妳從曲雲星當地選拔最優秀的年輕醫生，讓他們進研究室學習，只要他們夠勤奮，十年後，醫院就會有第一批當地的基因修復師。」

艾米兒發現洛蘭不是開玩笑，心跳得越來越厲害，臉上的笑再維持不住，嚴肅地說：「曲雲星非常落後，陛下的學生都是傑出的基因學家，真能適應嗎？」

「不是移民。雖然他們是我的學生，但我無權要求他們做出這麼大的犧牲，會採取輪流制，每個人只需在曲雲星待五年。只要報酬優渥，看在我的面子上，他們應該能接受。」

「曲雲星上異種和人類混居，陛下的學生習慣了阿爾帝國的環境，會不會無法接受？」

「我在阿爾帝國帶的幾個學生還沒有資格帶學生，我說的是我以前的學生，他們都在幾個大的傭兵團工作，大部分是在龍血兵團。」

艾米兒自己做過傭兵，很清楚傭兵只認錢不認人，傭兵團政治立場中立，對異種沒有星國那麼仇視。

她突然發現洛蘭考慮得很周到，絕對不是心血來潮。

研究院和醫院的硬件設施，只要有錢和有渠道，肯定能建設起來。

最關鍵的就是人才，從外面引進顯然不現實，哪個基因學家會願意到曲雲星來工作生活？只有自己培養才最現實。

只要洛蘭提供老師，提供學習機會，幾十年後，曲雲星一定會擁有屬於自己的基因研究院和基因醫院。

艾米兒不知道洛蘭到底明不明白這對一個貧窮落後的星球意味著什麼。

肯定明白吧！

否則不會考慮得這麼面面俱到。

艾米兒熱切地說：「曲雲星願意接受陛下的私人捐贈。」

「我有兩個條件。」

來了！艾米兒哀嘆一聲，卻捨不得放棄，只能可憐兮兮地問：「什麼條件？」

「不管是研究院，還是醫院，都不要曲雲星政府的錢，土地和建築由妳私人購買後捐贈。」

艾米兒明白了洛蘭的意思，她希望研究院和醫院不牽扯到政治，保持獨立。雖然她要傾家蕩產了，但這個條件她完全接受。

「好！另一個條件呢？」

「是我個人的私事，需要妳幫忙。妳答應了我再告訴妳，不答應就當沒這個條件！」

艾米兒心念電轉。自己雖然是一國總理，可曲雲星又窮又落後，人家是阿爾帝國的皇帝，還能調動星際第一傭兵團，財大氣粗、要人有人、要錢有錢，她就算想叫人家算計，人家估計也看不上她這蚊子肉。

艾米兒光棍地說：「我答應。」

洛蘭說：「十分鐘後，第一筆捐款會進你的帳戶；十五天後，龍血兵團的五個基因研究員會帶助理到曲雲星。」

結束視訊通話後，艾米兒感覺自己在做夢，一切都是她的幻覺。

她恍恍惚惚地往會議室走，個人終端機嘀一聲響，提醒她有錢入帳。

艾米兒立即哆嗦著手查看。

捐款人是英仙葉玠，女皇陛下居然以英仙葉玠的名義私人捐贈基因研究院和基因醫院！

英仙洛蘭會拿自己的名字開玩笑，卻絕不會拿英仙葉玠的名字開玩笑！只「英仙葉玠」這四個字就說明女皇陛下對這個計畫非常看重、非常認真。

艾米兒終於相信，不是夢，一切都是真的！

她忍不住眼含熱淚，雙手握拳，對著天空狂呼亂叫。

隨扈們都詫異地看過來。

艾米兒卻完全顧不上形象，她衝到麥克身邊，緊緊握住他的手，激動地說：「你不用再擔心莉莉會守寡了，再過十年，就有基因修復師給你做基因修復手術，一定會治好你的病。」

＊　＊　＊

兩個月後。

林榭號戰艦上的酒水飲料單裡突然多了幾種酒水和飲料。

一種叫朝顏夕顏，是給3A級體能的功能性飲料；一種叫夕顏朝顏，是給4A級體能的功能性飲料，都是可以放鬆疲憊的肌肉，舒緩精神壓力，有助睡眠。

還有兩種酒，一種叫一枕黃粱，專為3A級體能釀造；一種叫南柯一夢，專為4A級體能釀造。

據說3A級和4A級體能的人永遠清醒，沒有任何藥劑能麻痹他們的神經，但是，這種酒卻能讓他們醉倒，暫時忘記憂愁。

幾種新添加的酒水飲料都在酒水目錄的特別推薦欄裡，介紹資料寫得一清二楚，第一個留意到的軍人差點覺得自己眼睛花了，大呼小叫，引來一堆人圍觀。

大家議論紛紛。

「餐飲部在逗我們玩嗎？」

「3A級體能的人那麼珍稀，應該所有飲品都是特供吧？」

「肯定只是個噱頭！」

功能性的飲料不敢亂嘗試，酒卻可以試用一下。

一群傻大兵彼此慫恿著，點了一瓶一枕黃粱。

一個A級體能、號稱千杯不倒的傢伙，喝了一杯就臉色發紅，不停地傻笑，完全喝醉了。

大家覺得又好笑又困惑，議論著哪個變態才會研究釀造這種酒。

就算它是真的，可全星際能有幾個3A級體能者？更不要說壓根兒沒聽說過的4A級體能者了。

消費者有限，一年能賣掉幾瓶？

小角一個人坐在角落裡，低著頭，安靜地吃著營養餐。

✳ ✳ ✳

月色皎潔，溫柔地照拂著大地。

連綿起伏的長安宮沉默地矗立在寧靜的夜色中。

地下祕密實驗室。

洛蘭坐在椅子上，穿著淺藍色的衣服，戴著淺藍色的頭套，雙手放在腹部，不知道在思索什麼，表情溫柔哀傷。

個人終端機突然響起蜂鳴音。

洛蘭看了眼來訊顯示，表情略顯詫異，遲疑了一會兒，才接通訊號。

一身軍裝的小角出現在她面前，看到她的穿著，十分意外：「這麼晚妳還要動手術？」

洛蘭似乎不願多談，冷淡地說：「有個小手術。」

「飲料和酒，謝謝。」

洛蘭一臉無所謂地說：「都是研究吸血藤的副產物。我以前就做過不少飲料和酒，不過只做到2A級體能，現在正好補全。」

洛蘭的助手刺玫穿著藍色的手術服、戴著手術面罩，走進醫療室，看到洛蘭在通話，立即往後退了幾步，恭敬地等著。

洛蘭站起來，對小角說：「我要進行手術了。」

小角說：「手術順利。」

洛蘭凝視著小角，眼內暗影流轉，似乎想說什麼，最終卻只是笑了笑，「謝謝。」

洛蘭主動切斷訊號，小角看著她的身影消散不見，隱隱覺得哪裡不對勁，可仔細回想，又捕捉不到究竟哪裡不對勁。

✷ ✷ ✷

全身消毒後，洛蘭平躺到手術床上。

刺玫最後檢查了一遍手術器材，對洛蘭彙報：「所有準備工作完成。」

洛蘭平靜地說：「開始手術。」

刺玫下令智腦注射麻醉劑。

洛蘭配合地數著數：「一、二、三、四、五、六、七……」

聲音越來越模糊，最終徹底昏迷。

刺玫在醫療機器人的配合下，開始為洛蘭動手術。

四個小時後。

洛蘭從麻醉中醒來。

一直守候在床畔的刺玫急忙說：「手術非常成功，胎兒已經成功移植到人造子宮中。」

她知道洛蘭掛慮胎兒，打開監控螢幕，讓洛蘭查看胎兒的現狀。

「就在隔壁，陛下隨時可以透過個人終端機查看。」

洛蘭盯著螢幕專注地看了一會兒，確認所有數據都良好。

她對刺玫蒼白著臉笑了笑：「謝謝！」

刺玫搖搖頭，擔心地說：「您必須好好休息。」

「我是皇帝。」

「無論如何，都必須休息七天。」

「我是A級體能，不需要……」

清初走進來，打斷了洛蘭的話：「我已經請對外辦公室發布了新聞稿，說女皇陛下從樓梯上失足滾落，摔斷了腿，必須臥床休息幾天。」

「我失足滾落？」

「嗯，因為您睡眠不足。」

「我睡眠不足？」

「嗯，因為您熬夜加班、過度疲勞。」

洛蘭知道清初是一片好心，暗嘆口氣，沒再說什麼。

清初為了幫洛蘭爭取幾天休息的時間，是撒了謊，但她心安理得地想，陛下又不是沒有通宵工作過，為了盯實驗，連著兩三個通宵都有過。

✷　✷　✷

阿爾帝國的女皇因為熬夜加班、過度疲勞，半夜摔下樓梯的新聞頓時傳遍星際，成為星網上的頭條熱點。

直接和洛蘭打過交道的政府官員，不管喜歡不喜歡洛蘭，都非常認可她的工作態度和工作能力，紛紛發慰問信給女皇辦公室。

連一直在戰爭問題上和洛蘭處處對立的內閣都特意聯絡清初，詢問女皇的病情，建議女皇多休息幾天。

民眾依舊對洛蘭印象不佳，各種冷嘲熱諷，勸不能勝任皇帝工作的洛蘭，讓位給邵茄公主。

連女皇為了趕時間，跑著進會議室的照片，都會被指責沒有時間觀念、沒有儀態。聽到女皇還在基因研究所兼職後，紛紛嘲諷她這麼喜歡基因研究，不如退位，專心去做基因修復師，不要浪費她在奧丁聯邦好不容易才考取的基因修復師執照。

清初十分氣憤，皇室基因研究所的老所長也非常氣憤，想要召開記者會，向公眾說明洛蘭在基因研究界的地位。清初整理一份洛蘭的研究成果清單，打算砸到那些不停地指責洛蘭的人的臉上。

洛蘭阻止了他們。

清初不明白洛蘭在想什麼，輿論雖然不可操縱，但是可以被引導，為什麼不趁機解釋清楚呢？

洛蘭明白她的想法，但很多事還沒有到公開的時候，她不想引起奧丁聯邦的注意，更不想讓公眾留意到阿晟和封小莞的存在。

* * *

林堅第一時間聯絡她，看她靠躺在床上處理工作，臉色的確不好，不禁埋怨地說：「我不是早告訴妳不要熬夜通宵工作嗎？妳怎麼就不聽呢？」

洛蘭笑了笑，什麼都沒說。兩人自從說開後，沒有了婚姻關係束縛，反倒相處得越來越自然，像是老朋友。

林堅埋怨完了，又寬慰她：「內閣那邊妳不用著急，慢慢來，就當多給我一些時間備戰。」

洛蘭不想多談自己的病，只能轉移話題：「小角最近怎麼樣？」

「很好。」

林堅知道她在擔心什麼，把這四個多月的事大致講述了一遍。

剛開始，軍艦上的官兵當然對小角這個突然空降來的副艦長不服氣。可小角的個人能力非常出眾，不管近身搏擊，還是駕駛戰機，都是整艘軍艦上的第一名，讓大家沒辦法挑剔。

小角雖沉默寡言，但不會孤傲自負，不管任何人碰到問題請教他，他都開誠布公、傾囊相授。有時候休息日，大家一起吃飯喝酒，小角出手豪爽，做事也豪爽。不管多烈的酒，都是一口悶，不管多刁難的遊戲，都奉陪到底，讓起哄想捉弄他的兵油子心服口服。

打也打不過、喝也喝不過、玩也玩不過，大家慢慢接受了小角，只有一個本來有望升職為副艦長的軍官仍然對他不滿，一直在較勁。

執行任務時，大家都以為小角會趁機把最危險、最困難的任務分配給那位軍官，給他點教訓；或者藝高人膽大，把最危險、最困難的任務留給自己，讓自己當英雄，把對方閒置。沒想到小角很公平，制定好規則，一隊一次，輪流執行。

林堅試探性地派了幾次不大不小的任務給小角，發現他話不多，可領悟力、反應力、執行力都一流，簡直就是天生的軍人。

幾次任務執行下來，小角和軍艦上的士兵們相處得很好，估計再過兩三個月，那位和小角暗暗較勁的軍官也會認可小角這個副艦長。

林堅為了逗洛蘭開心，笑嘻嘻地說：「妳都不知道我叔叔多喜歡小角，如果我不是他親侄子，他簡直恨不得把我踢一邊去，讓小角來做元帥。」

洛蘭說：「你還是盯著點小角。」

林堅詫異：「我以為妳是因為信任他，才讓他進入軍隊。」

洛蘭沒辦法跟林堅解釋小角的複雜身分。她是非常信任小角，但她不信任辰砂，只能說：「他畢竟是異種，小心一點總不會錯。」

林堅答應了：「我明白，我會留意。」心裡卻隱隱有一絲悲涼。

因為他和洛蘭是一樣的人，完全理解洛蘭的做法，也就愈發為自己和洛蘭感到悲哀。他們的理智和情感可以完全割裂，他們永遠有凌駕於個人情感之上的責任，每一個決定都要思慮周詳，不像邵茄，可以任性地隨心所欲。

＊　＊　＊

因為清初的監督，洛蘭只能老老實實待在官邸內靜養休息，所有工作都在床上處理。不工作時，洛蘭會推著輪椅去書房。

乘坐升降梯去地下的祕密實驗室，看已經移植到人造子宮內的胎兒。

人造子宮是洛蘭私人訂做的，完全參照她的身體數據。

從某個角度而言，因為沒有情緒波動、沒有身體不適、沒有疲憊難受，可以一直維持在最佳狀態，比她更適合孕育胎兒。

但機器畢竟是機器，情感和互動就無法提供，洛蘭只能抽時間多陪陪他們。

洛蘭正在對著孩子讀書。

突然，個人終端機響起。

她看了眼來訊顯示，眼內閃過意外，關掉人造子宮的螢幕後，下令接通。

小角出現在她面前，應該是剛剛出去執行過任務，還穿著作戰服，作戰頭盔放在一邊，上面有幾道刮痕。

小角看到她坐在輪椅上，周圍有些奇形怪狀的醫療儀器，布置倒是很溫馨，燈光柔和，牆壁是粉藍色，還放著幾本書。

洛蘭問：「不是七天通話一次嗎？還沒到通話時間吧？」

「我和戰友交換了時間。」

洛蘭的心突然漏跳一拍，定了定神問：「有什麼事嗎？」

「聽說妳受傷了。」

洛蘭確認了猜測，不禁眉眼舒展，微笑著問：「你聽誰說的？居然和別人背後議論我？」

小角似乎有點尷尬，避開了洛蘭的視線，「我……沒有。」

洛蘭故意逗他：「你沒有議論我？你剛才還說聽說我受傷了。」

「我只是聽到他們說陛下摔傷了。」

「他們還說了什麼？」

小角忽地抬眸盯著洛蘭，「他們還說……林堅元帥肯定很著急心疼。」

洛蘭臉色不變，笑瞇瞇地說：「嗯，林堅是有點著急，三天前聯絡過我，要我好好休息。」

「那妳好好休息，再見！」小角想要切斷訊號。

「小角，我收到你的薑餅了。」

小角沉默地看著洛蘭。

洛蘭說：「對不起！你給我之後，我忘記吃了，四個多月前才發現，幸好還不算晚。」

小角聲音低沉，似有一絲嘲諷：「不算晚？」

「不算晚！」洛蘭笑了笑，說，「因為薑餅，我做了個決定。也許會給我、給你帶來很大的麻煩，但我相信，我能克服，你也不會畏懼。」

小角以為和林堅有關，沒有多問，一言不發地看著洛蘭。

洛蘭瞥了眼她身旁的奇怪儀器，突然說：「能唱首歌給我聽嗎？」

小角以為自己幻聽了，目光呆滯。

洛蘭討好地笑：「你會彈琴，說話聲音也好聽，肯定會唱歌啊！就唱一首！」

小角怔怔地盯著洛蘭。

她性格強勢、手腕強硬，待人接物一直冷若冰霜、不假辭色，居然為了一首歌好言好語地求人，還笑意盈盈，一臉諂媚，估計她自己都沒意識到自己現在是什麼表情。

小角大腦一片空白，等意識到時，他已經開始唱歌了：

是否當最後一朵玫瑰凋零
你才會停止追逐遠方
發現已經錯過最美的花期
是否當最後一片雪花消逝

你才會停止抱怨寒冷
發現已經錯過冬日的美麗
是否只有流著淚離開後
才會想起歲月褪色的記憶
是否只有在永遠失去後
才會想起還沒有好好珍惜
……

洛蘭含著一絲微笑靜靜聆聽，目光溫暖柔軟。

小角唱完後，似乎有點尷尬，眼睛都不敢直視洛蘭，「我沒唱過歌，只知道這首歌。」

洛蘭說：「很好聽。」

小角指指洛蘭的腿，「妳好好休息。」

洛蘭說：「你剛執行完任務回來，應該很累，也好好休息一下。」

小角切斷訊號，人影消散。

洛蘭回身，撫摩著橢圓形的儀器，柔聲說：「聽到了嗎？這是爸爸的聲音，我已經錄下來了，以後每天都可以放給你們聽。他還會彈鋼琴，可惜今天他身邊沒有鋼琴，下次我找機會叫他彈給你們聽……」

Chapter 9

送別

命運好像和她開了一個荒謬卻殘酷的玩笑，不管她怎麼選擇，都只能眼睜睜地看著至親至愛的人一個個遠離。

七個月後，內閣終於同意洛蘭的作戰計畫。

洛蘭都等不及第二天，當天就召開記者會，對奧丁聯邦宣戰。

碧空萬里，陽光明媚。

洛蘭身著盛裝，頭戴皇冠，站在光明堂內，對全星際宣布阿爾帝國對奧丁聯邦宣戰。

宣戰理由極其簡單蠻橫，因為阿麗卡塔星本來就屬於阿爾帝國，當年被異種奪了去，現在阿爾帝國要收回。

林堅元帥將指揮英仙二號星際太空母艦進攻奧丁聯邦，直至收復阿麗卡塔星。

全星際都震驚了。

上一次星際大戰，英仙葉玠發動戰爭有充足的理由，是民心所向、眾望所歸。

這一次星際大戰，奧丁聯邦沒有做任何挑釁阿爾帝國的事，兩國之間也沒有爆發任何衝突，可以說，英仙洛蘭沒有任何因由就悍然發動了戰爭。

從英仙洛蘭登基那天起，所有人聽完她強硬的講話，就知道人類和異種之間必有一次大戰，但所有人都覺得不會在近期發生，畢竟戰爭牽涉太多，無論如何都要十來年去籌備。沒想到英仙洛蘭竟然剛登上皇位兩年多，連皇位都沒有坐熱就敢發動星際大戰，簡直像個偏執自大的瘋子。

＊　＊　＊

面對阿爾帝國的宣戰，奧丁聯邦沒有絲毫示弱。

英仙洛蘭宣戰後不到半個小時，奧丁聯邦的執政官楚墨就在斯拜達宮發表了公開講話。

他不卑不亢地表明——

奧丁聯邦是在炮火紛飛中建立的星國，擊敗過其他星國無數次的進攻，其中就包括阿爾帝國。

非常遺憾阿爾帝國的皇帝英仙洛蘭的瘋狂，無視祖先簽訂的條約，毫無因由地悍然發動戰爭。奧丁聯邦絕不會懼怕，所有奧丁聯邦的軍人已經做好準備，再一次擊敗阿爾帝國。

這個星際不僅僅屬於人類，也屬於異種，如果人類企圖絞殺異種，奪取異種的合法生存空間，全星際的異種也不會懼怕，我們已經做好準備，聯合起來反抗人類。

奧丁聯邦的指揮官左丘白將指揮北晨號星際太空母艦迎戰，直至阿爾帝國戰敗。

楚墨的演講非常有煽動性。

這幾十年來，異種處處受到人類的排擠和壓迫，對人類積怨很深。楚墨簡簡單單幾句話，就把阿爾帝國和奧丁聯邦的戰爭變成了人類和異種的戰爭。

不是每個異種都喜歡奧丁聯邦，很多異種都是星際流浪者，對星國間的戰爭沒有興趣，但奧丁聯邦的存在是異種的底線。

對異種而言，不管他們在何方流浪，不管做著多麼低賤的工作，不管遭受了多少歧視，只要奧丁聯邦存在，就會有一個美好的希望。知道遠方有一個美麗的星球，沒有歧視、沒有迫害，異種可以平等自由地生活。

楚墨讓異種意識到，如果奧丁聯邦滅國，所有異種都會失去生存空間，命運淒慘。許多置身事外的異種不得不做出選擇，為了自己種族的希望而戰鬥。

生死存亡前，全星際的異種同仇敵愾，將發動戰爭的英仙洛蘭視作頭號敵人。異種們紛紛奔赴奧丁聯邦參軍，想要保衛奧丁聯邦，給英仙洛蘭痛擊。

沒有能力把仇視化作行動的異種，則在星網上掀起了轟轟烈烈的輿論戰，到處都是針對英仙洛蘭的極端言論，希望她不得好死。

＊　＊　＊

按照慣例，清初把星網上的言論動向彙報給洛蘭。

洛蘭看到各種各樣智腦合成的她慘死的圖片，完全不在意，笑著說：「傳給邵逸心，他現在心情很差，看到這些我慘死的圖片，應該會開心一點。」

清初實在做不到洛蘭的雲淡風輕，既是寬慰洛蘭，更是寬慰自己：「自從陛下宣戰後，民意支持率有所上升，證明民眾願意支持陛下。」

洛蘭眼睛內沒有一絲溫度，依舊完全不在意，笑著說：「一念天堂，一念地獄。」

清初想到藏在地下實驗室的孩子，心底直冒寒氣，全身發冷。

洛蘭對清初說：「邵逸心交給妳了，給我一個小時。」

「是。」

清初離開書房，去找邵逸心。

按照事先商量好的計畫，以看封小莞的名義，帶紫宴去基因研究所。

按照洛蘭的判斷，紫宴的心臟已經不可能修復，但封小莞不肯放棄，洛蘭就隨她去了。正好讓封小莞說服紫宴，為他做一次全面的身體檢查。

＊　＊　＊

刺玫提著一個雙層培養箱走進書房，對洛蘭屈膝行禮，「陛下，一切準備妥當。」

洛蘭一言未發地起身，帶刺玫走進升降梯，進入地下祕密實驗室。

升降梯門打開時，刺玫聽到男人的歌聲，循環不停地播放著。

不是任何歌星的歌聲，連伴奏音樂都沒有，就是一個男人隨意地唱了首歌，洛蘭卻經常放給孩子聽。

刺玫和清初都心知肚明男人和孩子的關係，刺玫不知道是誰，清初卻顯然知道。因為她第一次聽到歌聲時，臉色慘白，簡直像是要昏厥過去。

刺玫從沒問清初男人是誰。

她和清初不一樣。她是龍血兵團收養的重病孤兒，沒有國、沒有家、沒有立場。因為洛蘭的母親，她得到了生命，可以活下去；因為洛蘭，她得到了熱愛的事業，可以精采地活下去。

她不在乎洛蘭做什麼，也壓根兒不在乎孩子的父親是誰，她只需要知道孩子身上有兩代神之右手的基因。

洛蘭站在嬰兒床旁，看著熟睡的孩子。

孩子離開人造子宮一個多月了。

一天中的絕大部分時間都在睡覺，偶爾哭鬧，不是餓了就是尿了，只要照顧妥當，他們就會立即又睡過去。

但漸漸地，他們清醒的時間會越來越多，會哭、會鬧、會笑、會叫，會想要去外面看看世界，不可能再把他們禁錮在地下。

洛蘭幫兩個孩子換好尿布，擁在懷裡抱了一會兒，然後把他們放到事先準備好的箱子裡。外面看著像是一個長方形的培養箱，裡面卻另有乾坤，是個嬰兒籃。

男孩兒一直睡得昏昏沉沉，任由洛蘭折騰，一無所覺。

女孩兒卻在洛蘭放手時，突然睜開眼睛，定定地看著洛蘭。

洛蘭明知這個時期的嬰兒視力還未發育好，不能真的看清楚人，卻依舊覺得她似乎察覺到什麼，正在質問自己。

洛蘭捏住她的小手，像對待大人般鄭重地說：「對不起！媽媽失職了，拜託妳照顧好弟弟。」

女孩兒癟癟嘴，像是要哭，洛蘭把一個安撫奶嘴塞給她，她咂吧著吸吮了幾下，閉上眼睛，又昏昏睡去。

洛蘭定定地看著兩個孩子一會兒，把箱子蓋好。

回到書房後，洛蘭把箱子交給刺玫：「運輸機在樓頂，會帶妳上飛船。到曲雲星後，把孩子交給艾米兒。因為妳是代表我去視察捐贈項目的進展狀況的，看看新建的基因研究院，指導一下他們再回來。」

「明白。」

刺玫提著箱子，離開書房。

為了不引起隨扈的注意，洛蘭不能相送，只能背脊筆直地端坐在書房裡，透過監視器畫面，屏息靜氣地看著刺玫帶著孩子一步步遠離。

直到運輸機起飛，消失在天空，洛蘭才突然無力地癱坐在椅子上。

她頭向後倒去，失神地看著頭頂的天花板，手無意識地按在心臟部位。

心如刀絞。

整個人像是一點點沉入水底，清醒地看著光明越來越遠，黑暗越來越近，漸漸窒息而亡，卻沒有任何辦法，只能承受。

從七歲起，她的生命似乎就被切割成了一次又一次的送別。

送別父親。

送別母親。

送別哥哥。

……

沒有權力時，要不得不送別；擁有權力時，也要不得不送別。

命運好像和她開了一個荒謬卻殘酷的玩笑，不管她怎麼選擇，都只能眼睜睜地看著至親至愛的人一個個遠離。

✷ ✷ ✷

英仙二號星際太空母艦和北晨號星際太空母艦在G2299星域正面開戰。

林堅沒有直接進攻阿麗卡塔星所在的奧丁星域。他似乎想向葉玠陛下和父親致敬，證明當年的作戰策略沒有錯，刻意採用了一模一樣的戰略——在進攻的同時，更注重防守，切斷奧丁聯邦的能源補給線。

每天，林堅都會把最新戰況呈報給洛蘭。

洛蘭從不干涉他的決定，真正做到疑人不用，用人不疑，讓林堅對勝利越發有信心。

這一次，阿爾帝國的軍隊看上去沒有上一次兵力充足，沒有聯合其他星國的軍隊，只是阿爾帝國自己的軍隊。

但這是葉玠痛定思痛，耗費全部心血錘鍊了四十多年的帝國軍隊。

林堅不用擔心戰爭時間拖長了就會軍心渙散，不用擔心將領們各懷心思讓執行力大打折扣。因為林家在軍隊中一家獨大，他的命令可以有效貫徹，幾乎沒有任何內耗，整支軍隊上下齊心、眾志成城，以他的意志為最高意志。

林堅忽然意識到，雖然葉玠陛下的肉體已經消亡，但他的精神無處不在。這場戰爭依舊是他的戰爭。

葉玠陛下用了四十多年的時間，把上一次戰爭中發現的問題一一修補，留給他一支完美的帝國軍隊，還給了他洛蘭陛下這樣強大可靠的後盾。

這場戰爭只要不犯致命的錯誤，靠著人類壓倒性的優勢，就是耗也能把奧丁聯邦耗死。

＊　＊　＊

正式開戰後，林樓將軍一直在密切留意蕭郊。

蕭郊的表現讓他十分滿意，他向林堅提議讓蕭郊擔任林榭號戰艦的艦長。

林堅遲疑不決。

如果小角不是異種，他會毫不猶豫地重用小角，但小角的身分讓他有點拿不定主意。

林堅已經習慣，遇到拿不定主意的事就詢問一下洛蘭。

他命令智腦聯繫洛蘭。

奧米尼斯星上是清晨，按照洛蘭的作息，她早已起來，可通訊器響了好一會兒，訊號才接通。

全螢幕的虛擬影像中，洛蘭看上去有點疲倦，像是沒睡好。她鼻音濃重地問：「什麼事？」

林堅把小角的事娓娓道來，徵詢洛蘭的意見。

洛蘭撐著頭想了一會兒說：「我們的目的是打贏這場戰爭，怎麼做可發揮小角的最大作用就怎麼用他。讓他當艦長固然能發揮他所擅長的，但他最大的作用應該不止於此。」

林堅立即明白洛蘭的意思，「我懂了。」

小角最大的優勢就是他對異種的瞭解，最佳的用法當然不應該只把他當作一把刀用，而是應該讓他成為握刀的手，控制刀往哪裡砍。但是，林堅要有足夠的氣魄和心胸，才敢這麼用小角。

林堅知道自己能做到。

他一直記得葉玠陛下對他說的話：「一個皇帝不需要什麼都懂，只需要懂得用人，讓懂的人做懂的事。」

一個元帥也是如此。

洛蘭知道他聽進去了，十分欣慰：「不過，他畢竟是異種，你盯著點。」

「我明白。」

兩人說完正事，林堅關切地問：「妳臉色看上去有點憔悴，沒有休息好？」

洛蘭沒有掩飾地說：「心情不好，失眠。」

林堅突然從口袋裡掏出幾顆花花綠綠的糖果，「我壓力大、心情不好的時候就會吃一顆糖果，妳試試，很管用。」

洛蘭拉開辦公桌的抽屜，拿出一個透明的大玻璃罐，裡面滿滿一罐薑餅，「我昨天烤了半夜的薑餅，緩解情緒。」

林堅禁不住哈哈大笑起來。

他剝開一顆糖果，塞到嘴裡，腮幫子滑稽地鼓起一塊，和他往常老成持重、溫文爾雅的樣子截然不同。

洛蘭說：「元帥閣下，注意點形象！」

「放心，我在別人面前會維持住英明神武的形象。」林堅笑嘆了口氣，「雖然很小心，但還是免不了會被人撞到。一個大男人吃糖果的確有點奇怪，我不敢說我緊張，只能說我天生血糖低，醫生建議我吃點糖。」

洛蘭一本正經地說：「如果有人尋根究底，問是哪位醫生說的，就說是英仙洛蘭。」

林堅哈哈大笑。

洛蘭真的是最好的戰友。可惜他們相遇的時間不對，只能做戰友。但一輩子能遇到一位互相信任、並肩作戰的戰友，不會比遇見一個傾心相愛的愛人更容易。

＊　＊　＊

相較實力雄厚的阿爾帝國，奧丁聯邦不管是人力還是資源都顯得有些拮据。

在四十多年前的星際大戰爆發前，整個星際經過了四百多年的和平期。人類對異種雖然歧視，但還沒有敵對，那四百多年是奧丁聯邦的黃金發展期，讓奧丁聯邦成為星際中最強盛的星國之一。

可自從異種的異變暴露在世人眼前，人類對異種不再僅僅是歧視，還是恐懼、憎恨。奧丁聯邦被整個星際孤立，發展處處受制，政治、經濟、軍事等各方面都處於收縮狀態。

阿爾帝國卻在英仙葉玠的治理下，各方面都蓬勃發展，實力遠勝從前。

一場局部戰爭是在比拚哪支軍隊更強，星際大戰卻不僅僅是在比拚軍隊，還是在比拚兩國的國力，甚至兩國在星際中的威望和影響力。

楚墨和左丘白不是傻子，都清楚地看到了林堅的意圖——

林堅想要像蠶吃桑葉一樣蠶食奧丁聯邦，看似緩慢，卻會一點不剩地把整個奧丁聯邦吃掉。

楚墨沒想到年紀輕輕的林堅沒有貪功冒進、好大喜功的毛病，竟然像是一個飽經沙場的老人一般，打起仗來不慌不忙、謹慎平穩。

他們寧可阿爾帝國像以前一樣糾集盟國，多國部隊來勢洶洶，直撲阿麗卡塔，雙方正面決一死戰。以奧丁聯邦軍隊的悍勇和凶猛，在家門口的戰爭，萬眾一心，幾乎必贏。

像現在這樣，只在邊緣星域開戰，看上去動靜不大，對阿麗卡塔沒有絲毫影響，可實際上對奧丁聯邦很不利。

左丘白好幾次布局，試圖挑起林堅的怒火，都沒有成功。

林堅心志堅定，一心朝著最終的目標走去，絲毫不理會中間的細枝末節，沒有被迷惑和干擾。

紫姍分析完林堅的指揮，讚嘆地說：「自從林榭戰死後，英仙葉玠就把林堅調到皇室護衛軍中，走到哪裡帶到哪裡。名義上是自己的隨扈，實際上是手把手地在教導他，只能說英仙葉玠把林堅教得太好了！」

楚墨和左丘白卻隱隱地覺得不對。

林堅當然不錯，可他們也都是絕頂聰明的人，也都年輕過，很清楚不管再聰明都無法代替經驗。有些事必須親身經歷過，才會把見識和聰明融會，變成自己的智慧。

林堅的每一場指揮都太完美老練了，就像是他背後還有另一個已經歷經滄桑、心如死水的人，用一雙冷漠的眼睛盯著他們。

楚墨問：「會是誰？」

林樓？不像！

林樓的指揮風格，他仔細研究過，林樓是將才，不是帥才。

閔公明那些人更是庸才，否則英仙葉玠用不著耗費心血去栽培從沒有上過戰場的林堅。

左丘白親自指揮戰役，感受更加深刻，「不知道為什麼，我最近總會想起以前我們七個一起上軍事戰爭課的事。」

楚墨愣了愣，被他刻意塵封的往事突然一下子全部湧入腦海。

……

那時候，他們才十幾歲大，年齡最大的棕離也才剛滿二十歲。

因為已經完成競爭激烈的淘汰，確定了他們就是爵位繼承人，所有教育都是最好的。軍事戰爭課的老師是戰功赫赫的將軍，每次的考試都是直接把他們帶到一個原始星上，給他們每人一支軍隊，讓他們進行實戰演習。

楚墨記得，百里蒼是這門課的狂熱愛好者，幾乎一門心思扎了進去，把大大小小的戰役背得滾瓜爛熟，尤其殷南昭指揮過的戰役更是一次又一次模擬，翻來覆去地研究。

不過，他在這門課上的表現並不是一枝獨秀。

左丘白看上去清清淡淡，可每次實戰演習都能隱隱壓住百里蒼。

封林和棕離已經認清他們不擅長打仗，只是盡力而已。紫宴和楚墨也明白自己的天份不在戰場上，這門課一直是百里蒼和左丘白兩個人的戰場。

尤其分組對戰時，如果百里蒼和紫宴一組，左丘白和楚墨一組，兩組對戰，會變得格外激烈。有一次打得難分難解，連殷南昭都驚動了，特意過來看他們的對戰。左丘白和楚墨獲勝後，殷南昭還特意對他們說了句「幹得不錯」，把百里蒼嫉妒得一個月沒和左丘白說話。

如果一直這樣下去，每個人的人生軌跡應該都是另一種模樣。

但是，第二年，辰砂進入了戰局。

他像是為戰場而生，年齡最小，卻一出手就石破天驚、光彩照人。

左丘白不是沒有一爭之力，可他不僅沒有爭，反而立即掩去自己在這方面的光華。以致後來很多人都以為聯邦的大法官根本不擅長打仗，對戰爭完全沒興趣。

百里蒼那個痴人卻和辰砂硬抗到底，一直又爭又搶，直到他們畢業，加入軍隊，辰砂一帆風順當上指揮官，他才不得不放棄。

……

楚墨不知道當年有多少人留意到左丘白的選擇，估計大部分人都以為他是少年心性，還未定性，今日對這個感興趣，明日對那個感興趣。

楚墨留意到了。

辰砂的優異表現沒有讓他驚訝，左丘白的選擇卻讓他驚訝。

因為他和辰砂朝夕相處，知道殷南昭一直在悉心引導辰砂，讓辰砂看戰爭方面的資料，一有空就帶著辰砂在星網裡打仗，辰砂又遺傳了父親的天賦和母親的敏銳，可以說，辰砂的一鳴驚人並不是從天而降，而是勤奮加天賦的結果。

但左丘白讓他刮目相看。一個十七八歲的少年就已經懂得審時度勢、壯士斷腕。

辰砂的父親是指揮官，母親是執政官。辰砂背後不僅有第一區的勢力，還有安家人的支持。殷南昭雖不姓安，可誰都知道他和安教授的關係，也都知道辰砂的父母在世時，和殷南昭關係良好。

如果辰砂資質平庸，別人還可以爭一爭，但辰砂那麼優秀，讓人無可挑剔，指揮官的位置非他莫屬。

這不是單憑他們的個人努力就可以決定的事，而是他們每個人背後的勢力博弈決定的。

左丘白看明白了，所以他立即退出競爭，選擇了其他方向，根本不浪費精力，做辰砂的陪襯。

百里蒼看不明白，所以一直和辰砂較勁，貽笑大方，讓人覺得他處處不如辰砂。

不過，他傻呼呼的執著和倔強打動了殷南昭，殷南昭竟然把至關重要的能源交通部交給他，等於讓他也直接參與到戰爭中。

可惜，百里蒼只看到了殷南昭對辰砂的維護，卻沒有體會到殷南昭對自己的照顧，對殷南昭心生芥蒂，最後讓他撿了便宜。

當時，還沒有後來的事，他還不知道父親的祕密研究計畫，更不知道左丘白是他的親哥哥，一心向著辰砂，居然特意叮囑辰砂「百里蒼不足為慮、左丘白多加留意」。

……

楚墨回過神來，問：「為什麼會突然想起以前的事？」

左丘白思考了一會兒，說：「大概因為對手讓我有一種莫名的熟悉感。」

楚墨從來不敢輕視左丘白的話，認真地分析：「能讓你忌憚的對手只有辰砂，但他已經死了。辰砂是殷南昭帶出來的人，或多或少受到過殷南昭的影響，會不會你的熟悉感只是因為作戰風格？如果是這樣的話，難道是英仙洛蘭？」

雖然聽上去有點荒謬，但英仙洛蘭曾經是殷南昭的女人，沒有人知道她到底從殷南昭身上得到了什麼。

當年，楚墨試圖調查過還是駱尋的英仙洛蘭，不過殷南昭的保護工作做得太好，他什麼都沒調查出來。

左丘白搖搖頭，「不知道。」

直覺上不像是英仙洛蘭，也不像是辰砂，可那種微妙的熟悉感揮之不去，說不清道不明，只有置身其間的人才能感受到。

＊＊＊

時光流逝。

戰爭已經持續了一年多。

數次交鋒中，阿爾帝國和奧丁聯邦互有勝敗，看上去不分勝負。

可是，阿爾帝國已經逐漸控制了G2299星域，上一次星際大戰中放棄的公主星再次被納入阿爾帝國的航線圖中。

消息傳回兩個星國，兩國的普通民眾並沒有多大感覺。

因為那顆星球在遙遠的另一個星域，一直沒有對普通民眾開放，對他們來說只是新聞中的名詞，和他們的生活完全不相關。

可是，在兩國政府中影響很大。

這顆本來籍籍無名的星球承載了太多悲歡。

五十多年前，奧丁聯邦用這顆星球做聘禮求娶阿爾帝國的公主，洛蘭公主在皇帝的逼迫下嫁給奧丁聯邦的指揮官辰砂。

十多年後，指揮官辰砂異變，在公主星殺死了阿爾帝國的皇帝。英仙葉玠穿著囚服趕赴戰場，兩大星國的戰爭正式爆發。

之後，南昭號太空母艦和英仙號太空母艦在公主星的外太空相撞，導致整個星球生靈塗炭，英仙葉玠被俘，星際大戰在兩敗俱傷中被迫終止。

……

阿爾帝國控制了G2299星域後，以公主星為軍事據點，繼續朝阿麗卡塔星的方向進軍。

這個結果既在阿爾帝國的預計中，也在奧丁聯邦的預料中。

奧丁聯邦沒辦法長時間維持那麼長的能源補給線，只能收縮戰線，一步步退讓。

Chapter 10

善惡同體

對或錯都在人類的選擇。
一念天堂，一念地獄。

兩年多後。

奧米尼斯星。

英仙皇室基因研究所。

封小莞紮著馬尾，穿著白色的研究服，戴著實驗眼鏡，站在操作檯前，滿臉嚴肅地監控著大型模擬實驗的進行。

洛蘭站在實驗室中央，看著身周的全螢幕立體影像——

天空湛藍、雲朵潔白。

綠草如茵、鮮花似錦。

年輕的戀人躺在草地上竊竊私語，父母帶著孩子們奔跑戲耍，還有很多單身男女帶著各種小寵物散步休憩。

這一切就是一個繁華的大都市，在休息日時，某個大型居住區日常普通的一幕。

一個牙齒尖尖的小寵物突然咬了自己的主人一口。

主人的手上出血，旁邊的一個熱心老人拿出隨身攜帶的消毒止血噴劑，遞給小寵物的主人。

主人噴完消毒止血噴劑後，向老人道謝，帶著小寵物繼續散步。

接下來一切如常。

但是，當他回家後，沒多久，他的耳朵變得很癢，他開始不停地抓撓。

半夜裡，他從夢中驚醒，發現耳朵長出了色彩斑斕的毛，變得尖尖的，像是某種大型貓科類動物的耳朵。

第二天，他戴著帽子，遮遮掩掩地去看醫生。

醫生做完檢查後告訴他，只是因為他的祖先曾經做過基因編輯手術，修改過聽力方面的基因，他現在受基因影響，突然出現返祖現象，可以透過手術修正，不必過度擔心。

手術之後，他的耳朵恢復正常。

可是，他開始高燒咳嗽，身體越來越虛弱，連正常的走路都困難，肌膚甚至會無緣無故地爆裂出血。

一個夜深人靜的晚上，他從痛苦中醒來，咳嗽著起身，腳步蹣跚地去喝水，身體突然像是炸彈爆炸般炸裂，變成碎末，死掉了。

和他有過接觸的醫生、護士、鄰居都開始出現體貌異變的症狀。

有人長出尾巴，有人長出鱗甲，有人雙腳退化變成尾鰭……

異變的病毒一個感染另一個，疾病以不可遏制的速度迅速感染了所有人。

有些人沒有出現體貌變異，身體的免疫力卻會變得很弱，很容易生病死亡。

那些體貌變化了的人類，則有些死亡了，有些活了下來。

經過病毒的催化、淘汰，最後，這個曾經屬於人類的大型居住區裡，還能繼續享受藍天白雲、綠草繁花的人都體貌奇特、似人非人。

有的四肢著地行走，有的滿身覆蓋著堅硬的鱗甲，有的頭顱凸出、舌頭像蜥蜴一般可以伸很長……

四周再也看不到一個完全是人類的人，如同徹底換了一個星球。

……

模擬實驗結束，燈光亮起。

洛蘭依舊定定地站著。

剛才置身其間，那些智腦模擬出的奇形怪狀的生物從她身畔經過，一個個神態逼真、栩栩如生，她幾乎覺得一切已經真實發生。

楚天清和楚墨的研究方向果然和安教授截然相反，不過，她只猜對了一半，現實遠比她猜測的更瘋狂。

他們竟然想利用病毒激發異種基因和人類基因的不相融，讓它們以人體為戰場自然搏殺，熬不過的就淘汰，熬過去的才有資格繼續活下去。

像她這種純種基因的人類，會因為體質不夠強悍，連參賽資格都沒有，直接死亡。

難怪他們會有激發異種突發性異變的藥物，她一直以為是楚天清特意研究出來的，完全沒想到害死了這麼多人的藥劑，竟然只是楚天清研究失敗的副產物。

封小莞臉色發白地說：「根據妳給我的資料，我研究出的這種基因病毒的確具有模擬實驗中的效果，但現階段還沒有強大的傳染性，必須要透過體液接觸才能傳播。但我推測，對方會在此基礎上，加強傳染性，達到我在模擬實驗中的傳染效果。一旦投放，後果無法想像，可以說是……滅世！」

洛蘭冷靜地說：「不能叫滅世，只能說滅絕人類。即使人類滅絕了，這個世界依舊存在。」

封小莞無力反駁，忍不住好奇地問：「這些資料是從哪裡來的？」

她花費了幾年心血，根據洛蘭給的資料研究出這種病毒。整個研究過程，就好像是在和另一個研究者對話、討論。

越研究，越敬畏。

越瞭解，越害怕。

那個研究者既絕頂聰明，又偏執瘋狂。

就算他是異種，可異種也依舊是人類基因在主導，身為人類，他怎麼會進行這麼可怕的研究？簡直是要強行把整個人類逼迫到另一個進化方向。

但是，那個方向正確嗎？

那不是自然選擇的方向，而是人為引導的方向。

究竟是誰？竟然敢把自己視作造物主，想替人類劃定進化的方向？

洛蘭問：「妳覺得他的選擇對嗎？」

封小莞怒氣沖沖地說：「當然不對了！我承認大道無情，自然進化一直是在優勝劣汰，從宇宙誕生到現在，不知道有多少物種滅絕了，可自然進化從來不會主動滅絕哪個物種，也永遠會留有一線生機。這個人卻想滅絕原本的人類，太狂妄自大了！他以為這種進化正確，但萬一是錯的呢？」

洛蘭說：「妳不贊同就好。」

封小莞愣愣地看著洛蘭，總覺得洛蘭的眼神裡還有其他東西。

洛蘭問：「妳想怎麼命名這種基因病毒？」

封小莞想了想說：「絜鉤。一種怪獸的名字，在古地球流傳下來的傳說裡，這種怪獸一旦出現，就預示著瘟疫和死亡。」

洛蘭說：「我正在研製一種基因藥物，恰好和絜鉤相反，能促使人類基因和異種基因穩定融合，減少病變。」

封小莞的眼睛一下子亮了，崇拜敬仰地看著洛蘭。

傷害比治癒簡單、毀滅比創造容易，那個研究出絜鉤的人，雖然天資卓絕，卻沒有洛蘭的心胸和氣魄。

那個人選擇了傷害、毀滅，洛蘭選擇了治癒、創造。

這才應該是科學研究的最終目的。

為愚昧帶去智慧，為黑暗帶去光明，為死亡帶去生機，為束縛帶去自由，讓人類在探索和求知中前進。就像是人類第一次發現地球圍繞太陽旋轉，第一盞照亮世界的電燈，第一種挽救生命的抗生素，第一架衝上天空的飛機……

封小莞興奮地問：「這種基因藥物叫什麼名字？」

洛蘭說：「還沒命名。既然妳的叫絜鉤，我的就叫辟邪吧！神話中能驅除災厄的神獸。」

封小莞滿眼期待，「能給我看看這種基因藥物嗎？」

「研究工作還沒有全部完成。」

「有什麼我能做的嗎？」

「妳繼續絜鉤的研究。」

「為什麼？」封小莞覺得，這麼邪惡的東西，即使她耗費了好幾年的心血才研究出來，也應該立即銷毀。洛洛阿姨怎麼會要她繼續研究？

「不怕一萬，只怕萬一。萬一對方會投放使用，我們不能束手待斃。盡可能全面仔細地瞭解它，推測出可能的傳播途徑，才有可能把傷害控制到最小。」

「是！」封小莞像個戰士一樣，鬥志昂揚地接下任務，「我一定全力以赴。」

洛蘭看著她堅定的目光，笑了笑說：「等做完這個研究，妳就可以出師了。」

「咦？」封小莞沒聽懂。

「妳可以帶學生，做別人的老師了。」

封小莞盯著洛蘭，嘴唇囁嚅幾下，想說什麼卻沒有說出來，突然扭過頭，瞪大眼睛看著別處。

洛蘭假裝沒看到她眼角的淚光，離開了實驗室。

＊　＊　＊

飛車飛過皇宮，降落在女皇官邸。

洛蘭跳下車，大步流星地走進屋子，直接一腳踢開紫宴的屋門。

紫宴正在伏案工作，看到她的樣子，身子後仰，倚靠在工作椅上，好笑地睨著她：「妳從哪裡吃了一肚子炸藥？」

洛蘭走到紫宴面前，揮拳打過去。

紫宴轉動著工作椅，左搖右晃，身姿靈活地躲開洛蘭接二連三的攻擊。

洛蘭沒有絲毫罷手的意思。

紫宴雙手各抓住她的一隻手，警告地說：「妳的護身符小角不在這裡，我勸妳別激怒我。」

「你以為自己還是當年的你嗎，少一心先生？」洛蘭掙扎著要掙脫紫宴的鉗制，卻發現紫宴的心臟不發病時，她毫無勝算。

「放開我！」

「到底發生了什麼事？」紫宴並不想真和她起衝突，順勢放開，「難道阿爾帝國吃敗仗了？」

「你自己看！」

洛蘭調出模擬實驗的影片，投影到房間正中央。

紫宴看完模擬實驗，盯著最後一幕中奇形怪狀的人類，滿臉震驚，遲遲說不出一句話。

洛蘭冷冷質問：「這就是你們想要的結果嗎？」

「我們？」紫宴反應過來，「我給妳的資料裡就是這種病毒？」

洛蘭看他的樣子像是真的一無所知，怒火稍微平息了一點，「別告訴我，你對楚墨在做什麼一無所知。」

「我就是一無所知！」紫宴無奈地攤攤手，「沒錯！資料是我親手交給妳的，可我又不是基因學家，根本看不懂那些資料。不要說我，就算是基因學家，如果達不到楚墨和妳的水準，恐怕即使看到資料也是雲山霧罩、不知所云。」

洛蘭知道紫宴說的是事實，怒火漸漸平息，但面色依舊十分難看，「那麼，現在你知道了！」

紫宴神情凝重地說：「是，我知道了！」

洛蘭雙手撐在工作椅扶手上，彎身盯著紫宴：「我想知道你的選擇，你願意讓楚墨成功嗎？」

紫宴的視線越過洛蘭，看著屋子中央凝固的畫面——各式各樣奇形怪狀的人。

看上去都非常強悍，估計每個人稍加訓練，體能就能到2A級，應該還有不少人能到達3A級體能，估計4A級也不會罕見。

一個體能強悍到可怕的新種族！

難怪楚墨會為異種選擇這樣的進化方向，但是，他們真的還能稱為人嗎？

也許，最準確的稱呼應該是：攜帶人類基因的異種生物。

紫宴非常討厭人類歧視異種，有時候真恨不得把他們全滅掉，可真的要徹底拋棄人類時，他發現自己做不到，也許因為從骨子裡，他依舊認定自己是人！

紫宴說：「英仙洛蘭，與其問我選擇哪個方向，不如問問妳自己，妳希望我們選擇哪個方向？」如果人類一直步步緊逼，不給異種生機，楚墨是第一個選擇和人類徹底決裂的異種，卻絕不會是最後一個。

洛蘭一字一頓地說：「回答我的問題！我和楚墨之間，你現在選擇誰？」

紫宴沉默了一會兒，說：「我們之前有過協議，先合作，一起幹掉楚墨後再各走各路，各憑本事。」

洛蘭盯著紫宴，似乎在判斷他的話是真是假。

紫宴坦然平靜地看著洛蘭。

洛蘭點點頭，「楚天清的實驗室炸毀時，研究還沒有成功，這個病毒是封小莞在楚天清研究的基礎上研究出來的成果。如果我沒猜錯的話，楚墨應該沒有這份實驗資料，否則他應該已經研究成功，發動攻擊了。楚天清死後，楚墨不得不從頭開始研究，但他肯定知道楚天清的研究方向，用不著像楚天清一樣耗費上百年時間。我要知道楚墨的研究現在到底進展到哪一步了。」

「妳要我幫妳追查？」

「幫我們追查！你現在和我是同一方。」

紫宴眼中滿是沉重的哀痛，「好！我會不惜代價查出來，五十個小時內給妳消息。」

他戴著面具，洛蘭看不到他的表情，但完全可以想像出他現在的心情。

想要獲得這麼機密的信息，必須啟動隱藏得最深的間諜。那個間諜一旦洩露出這樣的機密消息，就會立即暴露身分，導致死亡。

從這條消息的竊取，到這條消息的傳出，都必須以人命為代價！

那些人都是最堅強、最優秀、最忠誠的戰士。

即使心硬如她和紫宴，也會覺得如切膚之痛，難以承受。

可是，無論多不想承受，都必須承受！

他們走的這條路，每一步都是踏著鮮血前進，不是敵人的就是自己的。

「我等你的消息！」洛蘭放開紫宴的椅子，想要離開。

紫宴突然探手，按住洛蘭的後脖頸，強迫她的頭靠近自己。

兩人臉臉相對，就隔著一張華麗妖冶的面具。

紫宴問：「如果我選擇支持楚墨呢？」

洛蘭脣角上翹，明媚地笑起來，眼睛中卻沒有一絲笑意，冷如千年玄冰，「你們想滅絕我們，難道我們要坐以待斃嗎？」

「妳準備的基因武器是什麼？」

洛蘭握住紫宴的手腕，把他的手從自己的脖子上拽開，「你應該祈求，永遠都不要知道！如果楚墨是魔鬼，我就是要殺了魔鬼的魔王！」

紫宴盯著洛蘭。

洛蘭面無表情地轉身，朝門外走去，「如果你的人能成功拿到消息，我會盡力補償他們。」

紫宴冷冰冰地譏諷：「進攻他們的星國，毀滅他們的家園，讓他們再沒有自由公平之地可以棲居，這就是妳的補償嗎？」

洛蘭一言不發，像是什麼都沒聽到一樣離開了。

＊　＊　＊

洛蘭走過寂靜的走廊。

穿過幽靜的大廳。

走到自己的辦公室前時，突然停住了腳步。

還有很多工作等著她處理，可是她竟然完全不想推開辦公室的門。

也許模擬實驗的刺激太大，她一直心緒不寧，滿腦子不受控制的奇怪念頭。

如果這個世界真的要滅絕，人類真的在生命倒數計時，她臨死前最想做的事是什麼？

她知道身為皇帝，工作必須要做，卻不是她發自內心最想做的事。

她最想做的事是什麼？
她最想見的人是誰？
洛蘭突然命令：「清初，幫我準備飛船。我要去能源星視察。」

＊　＊　＊

二十二個小時後。
曲雲星。
總理府。
一棟爬滿紅藤的小樓房前，草坪空曠，寂靜無聲。
艾米兒雙手抱胸，來回踱著步子，表情焦躁不安。
突然，她聽到聲音，驚喜地望向天空。
一艘小型飛船出現在天空，徐徐降落在草坪上。
艙門打開，洛蘭走下飛船。
艾米兒迎上去，熟稔地說：「我沒告訴兩個孩子妳要來，怕他們不肯睡覺，熬夜等妳。」
這些年來，兩人因為孩子經常視訊通話，漸漸熟不拘禮，相處隨意。
洛蘭疲憊地笑了笑，「謝謝。」
艾米兒搖搖頭，「怎麼頂著兩個黑眼圈，沒有睡覺嗎？」
「在飛船上處理了點工作，待會兒可以專心陪他們一會兒。」
「能待多久？」

「兩個小時。」

艾米兒暗嘆口氣，立即加快腳步，讓她能多看一會兒孩子。

洛蘭躡手躡腳地走進屋子。

兩個孩子，睡在兩張相鄰的兒童床上，中間隔著一條不寬的走道。

洛蘭坐在兩張床鋪中間的地板上，一會兒看看這個，一會兒看看那個，覺得一切美好得不像是真的。

她忍不住戳戳他們胖嘟嘟的小臉頰，是真的耶！

女孩兒依舊呼呼大睡，男孩兒卻突然睜開眼睛，一骨碌翻身坐起來。

洛蘭嚇了一跳，手足無措，都不知道該說什麼。

雖然視訊中常常見面，但真實地面對面，卻是第一次。

男孩兒嚴肅地打量著她，「媽媽？」

洛蘭緊張地點點頭。

男孩兒伸手戳戳她，發現不是虛影，「是真的媽媽！」

居然和自己一樣！洛蘭又好笑又心酸，「是真的媽媽。我吵醒你了嗎？」

「沒有。我和姊姊約好了輪流睡覺，現在是她睡覺，我值班。」

「為什麼要輪流睡覺？」

「等媽媽。」

「你們知道我要來？」

「嗯！阿姨以為我們睡著了，其實我們醒著，都聽到了。」

「你不叫醒姊姊嗎？」

男孩兒看看姊姊，小聲說：「我有個問題，姊姊醒來就不准我問了。」

「什麼問題？」

「我們有爸爸嗎？」

「有。」

「在哪裡？」

「在軍艦上。」

男孩兒的眼睛興奮地瞪大了，忽閃忽閃的，像是璀璨的小星星，「真的戰艦？」

「真的戰艦。」

「很大很大的戰艦？」

「很大很大的戰艦。」

他突然連滾帶爬地翻下床，洛蘭怕他摔著，要扶他，他已經動作麻利地爬到姊姊床上，連搖帶拽，「姊姊、姊姊！」

女孩兒醒來，翻身坐起，像男孩兒剛才一樣，先是瞪著眼睛把洛蘭從頭看到腳，「媽媽？」

洛蘭笑了笑，說：「是真的媽媽。」

女孩兒用手戳戳她，露出滿意的笑，「是真的。」

「媽媽！」

女孩兒大叫一聲，未等洛蘭反應，整個人就直接從床上躍下，熱情地撲向洛蘭。

洛蘭急忙抱住她。

女孩兒在洛蘭左右臉頰連著親了好幾次，一邊親一邊叫：「媽媽！媽媽！媽媽……」

洛蘭被叫得心都要化了。

男孩兒坐在床上，只是看著。

洛蘭知道女兒性格活潑大方、兒子性格嚴肅彆扭。她抱起女兒，坐到床上，把兒子抓進懷裡，一邊抱住一個。

男孩兒扯扯姊姊，「媽媽說我們有爸爸，爸爸在軍艦上。」

女孩兒小大人模樣瞅著洛蘭，一本正經地說：「媽媽，妳不用騙我們，我們能接受沒有爸爸的事實。」

男孩兒告訴洛蘭：「姊姊說爸爸要麼死了，要麼不要我們了，不許我問妳。」

洛蘭說：「我沒有騙你們，爸爸真的在戰艦上，他不是不要你們。」

「那為什麼我們從來沒見過他？」

「你們想見他？」

「想！」

「好。」

「不過……」女孩兒試探地看著洛蘭。大人們說話總是有不過、只是、但是。

洛蘭無奈地揉揉女孩兒的頭，「不過，我還沒告訴他你們的存在。」

男孩兒問：「為什麼？」

女孩兒回答：「因為不高興。就像我和你吵架時會躲起來，不想和你玩，不想和你說話。」

洛蘭看著女孩兒，「我們沒有吵架，只是……比較複雜，我現在解釋不清楚，等你們長大些再告訴你們。」

男孩兒乖乖地點點頭，女孩兒卻翻了個白眼。

洛蘭好笑地捏捏她的臉頰，「我會讓你們見到爸爸，但你們不能暴露身分，就當玩一個捉迷藏遊戲，可以嗎？」

兩個孩子對視一眼，女孩兒點點頭，男孩兒看姊姊點頭了，也跟著點點頭。

洛蘭設定好個人終端機，動用特權聯絡小角。

十來分鐘後，訊號接通。

小角穿著訓練服，站在通訊室內，顯然是接到消息後，立即從訓練場裡趕過來的。

小角問：「有什麼事嗎？」

洛蘭說：「沒事不能聯絡你嗎？」

小角竟然唇角微挑，似乎在笑，「妳沒事會聯絡我？」

洛蘭看了眼站在成像區外的兒子、女兒，他們聚精會神地盯著小角，眼神又好奇又困惑，不明白他為什麼戴著面具。

洛蘭很想滿足他們，叫小角把臉上的面具摘下來，但通訊室並不安全，她還是打消了這個不明智的念頭。

洛蘭微笑著說：「我和清初打賭輸了，必須做個小遊戲。唱歌、跳舞、讀書，隨便選一個。」

十萬火急把人找來竟然只是打賭輸了？小角卻一如往常，沒有質疑洛蘭究竟在發什麼神經，溫馴地說：「讀書。妳想聽什麼？」

洛蘭裝作思索，看向兒子和女兒。

女兒急忙跑到一旁的書架邊，拿起一本紙質的書，舉起來給洛蘭看。

《小王子》。

猝不及防間，洛蘭心口微微一窒。她深吸口氣，不動聲色地說：「《小王子》。」

小角在螢幕上輸入書名，隨意點開一頁讀起來。

……

「的確，我愛你。」花兒對他說道：「但由於我的過錯，你一點也沒有理會。這絲毫不重要。不過，你也和我一樣蠢。希望你今後能幸福。把罩子放在一邊吧，我用不著它了。」

「要是風來了怎麼辦？」

「我的感冒並不那麼重……夜晚的涼風對我倒有好處。我是一朵花。」

「要是有蟲子野獸呢？」

「我要是想認識蝴蝶，經不起兩三隻尺蠖是不行的。據說這是很美的。不然還有誰來看我呢？你就要到遠處去了。至於大動物，我並不怕，我有爪子。」

於是，她天真地顯露出她那四根刺，隨後又說道：「別這麼磨蹭了。真煩人！你既然決定離開這裡，那麼，快走吧！」

她是怕小王子看見她哭。她是一朵非常驕傲的花。

……

小角讀了十來分鐘後，洛蘭對他說：「好了。」

小角點了下螢幕，書籍的頁面消失。他非常有耐心地問：「還有其他事要我做嗎？」

洛蘭搖搖頭。

「那我回去訓練了。」

「再見。」

小角切斷訊號，全螢幕虛擬人像消失不見。

洛蘭看著兒子和女兒。

女兒一本正經地說：「爸爸的聲音很好聽。」

兒子困惑地問：「爸爸為什麼要戴面具？」

洛蘭趕在女兒做出奇怪的解釋前，對兒子說：「他沒有受傷，也不是醜八怪，只是因為某些特殊原因必須要戴面具。等你們長大一點，我會告訴你們原因。」

女兒噘著嘴說：「可是，我們還是不知道爸爸長什麼樣子。」

洛蘭想了想，打開個人終端機，在星網上搜索辰砂，挑選了一張看上去最好的照片，投影到兩個孩子面前。

女兒和兒子目不轉睛地盯著。

女兒笑嘻嘻地說：「爸爸很好看。」

兒子沉默。

洛蘭走到他身邊，蹲下問：「你在想什麼？」

兒子突然硬邦邦地說：「如果爸爸不要媽媽，我就也不要爸爸！」

洛蘭把兩個孩子擁到懷裡，鄭重地說：「不管媽媽和爸爸關係怎麼樣，你們和他的關係都不會改變。」

＊　＊　＊

洛蘭和兩個孩子待了兩個小時後，離開曲雲星。

在趕回奧米尼斯星的路上，收到清初傳給她的加密訊息。

邵逸心已經查出楚墨那邊的研究進展。

洛蘭看完情報，站在舷窗前，凝視著茫茫太空。

浩瀚的星空，廣闊無垠、璀璨寂靜。

因為科技的不斷進步，人類從刀耕火種到翱翔星際。

科技在造福人類的同時，也在給人類帶來災難。

從殺傷力巨大的核武器到現在無形的基因武器，人類的每一個科技進展都既有光明面，也有黑暗面，永遠善惡同體。

對或錯都在人類的選擇。

一念天堂，一念地獄。

楚墨的學識見解不比她差，當她在眺望星空，思索對錯時，他肯定也反覆思索過。

但是，他依舊選擇了這條路。

為什麼？

因為奧丁聯邦的存在，在給了異種幸福安逸的同時，也在剿滅他們的繁衍生機。

因為如果奧丁聯邦滅亡，異種就要重新淪為任人欺壓、任人歧視的卑賤種族。

楚墨的選擇，站在異種的角度，並不是沒有道理。

如果問題的根源不解決，楚墨會是第一個走向極端的異種，但不會是最後一個。

＊　＊　＊

茫茫太空。

英仙二號太空母艦。

艙房內，林堅正在沉睡。

個人終端機突然尖銳地響起，不用看來訊顯示，特殊的提示音已經告訴他對方的身分。

林堅立即翻身坐起，連外衣都來不及披，「接通。」

洛蘭的虛擬影像出現在他面前，開門見山地說：「我希望你能改變作戰策略，盡快對奧丁聯邦發動全面圍剿，直接進攻阿麗卡塔星。」

林堅殘存的睡意徹底消失，一邊穿上衣，一邊問：「為什麼？」

洛蘭把封小莞模擬實驗的影片傳送給林堅。

林堅看完後，臉色大變，不願相信地問：「模擬實驗中的絮鉤病毒真有可能存在？」

「根據我得到的最新情報，對方已經研究出藥物來，只不過如何有效傳播的問題還沒解決，但這只是時間問題，他們遲早會解決。時間拖得越長對人類越不利，所以我們必須趕在對方研究出高傳染性的絮鉤前，制止他們。」

「情報可靠嗎？會不會是奧丁聯邦設的局讓我們自亂陣腳？」

因為異種和人類的差別在基因，再高明的間諜都偽裝不了自己的基因，所以一直沒有人類能成功打入奧丁聯邦的核心部門。

「你忘記我在奧丁聯邦待了十多年嗎？」

林堅這才想起，迄今為止，有一個間諜進入了奧丁聯邦的核心部門，就是洛蘭陛下自己。他不再質疑情報的可靠性了。

林堅呼吸沉重，在屋子裡來回踱步。

如果繼續執行蠶食戰略，穩紮穩打，阿爾帝國一定能打敗奧丁聯邦。這就像是把一個壯漢關到一個密閉的金屬屋子裡，切斷所有生機，就算他再強壯，也會慢慢死亡。

但是，突然改變作戰計畫，大舉進攻阿麗卡塔星，就像是和壯漢正面拚拳頭，對阿爾帝國很不利，勢必會激起奧丁聯邦最激烈的反抗。

論單兵作戰能力，他不得不承認阿爾帝國不如奧丁聯邦，異種在體能上的確強過人類。如果正面對決，勝負難料，很有可能輸。

「林堅，這不僅僅是阿爾帝國的輸贏，更是人類的存亡！」洛蘭提醒。

林堅停住腳步，用力地揉揉臉，鬱悶地嘆氣：「我只是想打敗奧丁聯邦，為父親報仇，發洩一下自己的個人仇恨，事情怎麼就變成了必須要擔負起全人類存亡的重擔了？」

「我不知道。」

洛蘭也有點想不起幾十年前她去奧丁聯邦時的目的了，似乎也只是為了查清母親的死亡真相，為母親復仇，不知道事情怎麼就一步步變成了這樣。她一直覺得自己是個心狠手辣、自私自利的混蛋，從沒想過要承擔這種重任，現在事到臨頭，卻不得不承擔。

林堅看著洛蘭，「我們有其他選擇嗎？」

洛蘭搖搖頭。

林堅苦笑，「既然只有一條路，不管多不喜歡，也只能這樣了。」

洛蘭說：「訓練士兵時，加一條，避免和異種肢體對抗。如果不得不對抗，有過傷口的士兵必須隔離檢查。」

「真有必要這樣嗎？有可能造成恐慌。」

「未雨綢繆。如果等真正發生，再訓練就來不及了。」

林堅盯著洛蘭，嚴肅地說：「我們必須勝利！」

「必須！」洛蘭表情堅毅，沒有絲毫猶疑。

林堅的心驟然安定下來。一個強大可靠的戰友不僅會讓人沒有後顧之憂，還總能給人前進的勇氣和信心。

✷ ✷ ✷

林堅結束通話後，顧不得再休息。

他把這四年來的戰事資料調出來，仔細看了一遍，確認洛蘭的情報真實可靠。

他們都被勝利的表象蒙蔽，沒有留意到勝利下的異常。

林堅驚出一身冷汗，慶幸和自己並肩作戰的人是洛蘭。

如果不是洛蘭察覺到奧丁聯邦的異動，他就要成為人類的千古罪人了。

林堅通知所有將軍，召開緊急會議。

他言簡意賅地表明，他要更改作戰策略，盡快發動對奧丁聯邦的全面攻擊。

不少將軍提出反對，認為現在形勢大好，局面對阿爾帝國有利，應該繼續實行堅壁清野的蠶食戰略。

林堅質問他們：「你們不覺得奇怪嗎？奧丁聯邦肯定明白時間拖得越長對他們越不利，應該盡全力逼迫我們正面決戰，他們卻陪著我們一直在外太空戰場上耗，似乎他們也希望戰爭打得越久越好。」

那些將軍回答不出林堅的問題，只能歸結於奧丁聯邦的指揮官左丘白以前是法官，指揮能力和作戰經驗不足，當然比不上奧丁聯邦以前的那些戰爭機器了。

林樓將軍和閔公明將軍在會議前已經和林堅私下開過會，知道奧丁聯邦有可能正在祕密進行基因武器的實驗。

做為曾經和奧丁聯邦軍隊有過正面作戰經驗的老軍人，他們看完這四年的戰事分析，認同林堅的推斷，奧丁聯邦的確有異樣。

奧丁聯邦的軍隊武器先進，單兵作戰力強，最擅長正面對決。這四年來，雖然時不時有一些企圖激怒阿爾帝國的進攻，大體上卻打得很隱忍克制。

在失去了G2299星域後，又失去了H3875星域，奧丁聯邦在太空中的生存空間被進一步壓縮，他們也沒有強烈反應，似乎打算繼續和阿爾帝國在下一個星域耗下去。

林樓將軍和閔公明將軍選擇了支持林堅。

靠著林家在軍隊裡強大的影響力，以及林堅目前在戰場上的優異表現，林堅最終獲得絕大部分將軍的支持，同意對奧丁聯邦發動正面進攻。

＊　＊　＊

開完十個小時的軍事會議，林堅立即聯繫洛蘭。

洛蘭似乎一直在等他的消息，幾乎通訊器剛響，她就接通，人出現在他面前。

「怎麼樣？」

「一切順利，等部署周全，會盡快發動對奧丁聯邦的全面進攻。」

洛蘭鬆了口氣，「很好。」

「我要向妳道歉，之前質疑妳的情報的可靠性。我研究完這四年的戰事，發現所有跡象都佐證了妳的情報的可靠性，我沉浸在戰事順利的喜悅中，竟完全忽略了。」

「你的質疑很正常，是我應該感謝你即使質疑，也願意相信我。」

洛蘭再次感慨葉玠有識人之明，為阿爾帝國選拔了一位好元帥。

林堅之前剛睡下就被洛蘭叫醒，連著幾十個小時沒睡，一直在繃緊神經工作，即使體能優異，也有點疲憊。

他禁不住打了個大大的哈欠，絲毫不顧及形象，完全把洛蘭當成沒性別的戰友。

林堅疲憊地說：「有一件事，必須由妳做決定。」

「什麼事？」

「經過商討，現在制訂的作戰計畫是——我留在英仙號繼續指揮這裡的戰爭，把北晨號和左丘白拖住，讓奧丁聯邦察覺不到我們更改了作戰計畫，就必須有一個人率領艦隊去偷襲奧丁聯邦。」

洛蘭明白了，「你想叫小角指揮奧丁星域的戰役？」

「不僅是我，我叔叔林樓將軍、閔公明將軍，及其他幾個將軍都認為小角是最合適的人選。」

洛蘭沉默。

「那幫老傢伙早就盯上小角了，一直把他當成重點培養的對象，這幾年怎麼狠怎麼來，給小角派的任務都是最難的，小角全部順利完成，老傢伙們對他滿意到不行。說句不得不服氣的話，小角簡直天生為戰場而生。如果不是因為他的身分，我肯定立即就拍板決定了。」

「你相信他？」

「自從小角去奧米尼斯軍事基地擔任教官起，這七年來，我不僅僅是密切觀察他，還和他一起上過戰場。如果不知道他的基因，他就是最優秀、最忠誠的帝國軍人。陛下沒有親身上過戰場，沒有那種生死關頭為奪取一線生機協同作戰的經歷，體會不到我們的感情。」林堅想了想，肯定地說：「我相信小角！很多時候他會讓我想起妳，把後背留給你們，我永遠不用回頭。不過，人性複雜，最瞭解他的人是妳，所以我把決定權交給妳。」

「非他不可嗎？」

「天下沒有非什麼不可的事，沒有小角，就由我叔叔指揮。不過，妳應該明白一個優秀的指揮官對一場戰役的影響。」

洛蘭說：「我需要考慮一下。」

林堅答應了，「十天內給我消息就行。」

Chapter 11

玫瑰的刺

這一生風風雨雨，她已經被命運這個剪刀手裁剪成一個怪物，
從沒奢望過會有人能完全接納她、喜愛她。
如果他願意做她一個人的傻子，她就做他一輩子的怪物。

一夕之間，阿爾帝國的士兵感覺到氣氛變了。

從星際太空母艦到大大小小的戰艦，所有部門的工作量驟增。連不用出戰，正在輪休的士兵都加大訓練強度，尤其對醫療兵的要求十分嚴格，全部再次進行強化培訓，簡直像是馬上就要和奧丁聯邦決一死戰。

小角剛執行完任務，從戰場上下來，就接到林堅的命令，要求他帶隊回太空母艦休整。隊友霍爾德的戰機在交戰中被炮彈擊中，人被彈射出戰機時傷到左腿，小角叫其他隊友先回去休息，他自己送霍爾德去醫院。

經過一道金屬自動門，進入了母艦上的醫療區。

小角和霍爾德發現四周站著不少軍人，可看上去又不像是生病受傷的樣子。聽到他們的竊竊私語，小角才知母艦上新來了十幾個醫療兵的教官。據說是清一色女軍醫，個個臉蛋漂亮、身材好，士兵們閒暇時新增了個放鬆活動——來醫療區圍觀醫療兵的培訓。

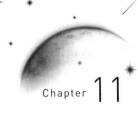

大概因為圍觀中也可以學習到很多急救知識，醫療區的負責人不但沒禁止士兵們的無聊行為，反而鼓勵他們觀看和提問。

站在四周的軍人看到坐在輪椅上的霍爾德，知道他們剛從戰場上下來，立即主動讓路。

小角推著霍爾德從人群中走過，正打算找個機器人詢問腿部受傷應該去哪間醫療室，冷不丁看到一群接受培訓的醫療兵中有一個身材高挑的女醫生。

她裡面穿著藍色的手術服，外面穿著白大褂，微捲的長髮隨意地束在腦後，正背對著他們指點幾個醫療兵處理傷口。

她反覆強調戰場複雜多變，必須把每個傷口視作傳染性傷口處理，避免潛在的交叉感染危險。

小角一下子停住了腳步。

霍爾德感覺到他的變化，順著他的目光看過去，吹了聲口哨，調笑：「冰山也突然懂得欣賞女人了？」

那個女醫生似乎感覺到什麼，回過了身。她臉上戴著醫用口罩，額前垂著瀏海，只一雙黑漆漆的眼睛露在外面，如兩口寒潭，冷冽清澈。

女醫生似乎沒想到會在這裡看到小角，愣一下後，對身旁的醫生小聲交代了幾句，朝小角走過來，開門見山地說：「我昨天到的，因為你正在出任務，不方便聯絡就沒告訴你，本來打算等你完成任務回來後去找你。」

小角說：「我剛回母艦。」

霍爾德興致盎然地豎著耳朵，覺得這兩人看上去像是什麼關係都沒有，一個比一個冷淡，連說話時都站得很遠，中間隔著一個他。但是，又隱隱流動著千絲萬縷的羈絆，當他們看著彼此時，像是周圍的人壓根兒不存在。

他只能自己主動尋找存在感，熱情地伸出手，「我叫霍爾德，蕭郊的戰友。」

洛蘭禮貌地和他握了下手，「我叫辛洛，很高興認識你。」

「啊啊啊——」要不是一條腿動不了，霍爾德簡直要激動得跳起來，「原來妳就是辛洛！」

洛蘭一頭霧水。她當然知道自己很有名，可好像不應該包括「辛洛」這個名字。

霍爾德對小角擠眉弄眼，「原來你每次通話的對象是個美女醫生，難怪我們每次盤問你說了什麼，你總是神神祕祕一句都不肯說。」

洛蘭明白了。

太空母艦再大也就那麼大，雖然有很多士兵，可有各種限制，不能隨便跨區活動，周圍來來去去就那麼幾個人。大家長年累月在一起，朝夕相處、出生入死，常常會無視隱私權，把什麼都扒出來聊，基本上廝混到最後，連對方家裡寵物的名字和性別都一清二楚。

洛蘭對一個護士招了下手，把霍爾德交給他，「這位是霍爾德，妳帶他去找醫生看一下腿。」

護士推著霍爾德去治療室，霍爾德一直姿勢怪異地扭著頭，給小角不停地打眼色。

洛蘭看小角依舊呆站著，拉拉小角的手臂，「走吧！」

幾個圍觀醫療兵培訓的軍人對著醫生們嗷嗷地叫起來，「教官妹妹要被拐騙走了，你們也不管管！」

躺在醫療床上，充當教學示範的傷員曾經是小角的學員，竟然掙扎著撐起上半身，中氣十足地嚷：「你也不看看是誰？有本事你就上啊！敢和我們教官叫囂！」

看熱鬧的軍人裡不止他一個是小角的學員，不論軍銜大小，都一副「誰不服就上，咱們教官專治不服」的欠揍表情。

大家只是怪叫著哄笑，沒有人真敢表示不服，因為不服的早已經都上過了。

這裡的軍人，小角只認識一小部分，可所有人都認識他。

鼎鼎大名的假面教官！

在小角訓練過的學員們不遺餘力、天花亂墜的吹捧下，以及他自己這幾年來率隊頻繁出戰，卻零死亡的戰績，他已經成了太空母艦上的一個傳奇。

✷ ✷ ✷

在一群軍人善意的起哄聲中，洛蘭和小角離開了醫療區。

「我以為你不喜歡應酬，應該沒什麼朋友。」

洛蘭完全沒想到小角這麼受歡迎。她懷疑就算她摘下口罩，表明她是皇帝，估計在那幫傻大兵眼裡還是「咱們教官宇宙第一」的欠揍表情。

洛蘭不知道，她也是促成小角這麼受歡迎的一個重要原因。

太空母艦上不止小角一個軍人表現突出，但沒有人像小角這麼突出，可這麼多年，其他人都升職了，連小角訓練的學員軍銜都比小角高了，小角卻依舊是中尉軍銜，和他優秀的能力、卓越的戰績恰恰相反。

大家私下裡流傳因為小角得罪了上面的人，上面有人壓著軍部不給小角升等。不管什麼人碰到這樣的事，都肯定會沮喪不滿，小角卻沒有一絲情緒，做任何事情依舊毫不懈怠、盡忠職守，讓大夥兒一面心裡為他不平，一面越發尊敬他。

小角瞟了她一眼，淡淡地說：「妳也不愛和人交往，可妳在研究所也很受歡迎。」

「不錯，會用我的話來頂我了。」

「我沒有。」

「你沒有意識到，但你做了。」

小角不說話，一副隨便洛蘭怎麼說的樣子。

兩人並肩而行，一路沉默。

洛蘭突然想起什麼，「你回來後，還沒有吃飯吧？」

「沒有。」

「我也餓了。」

小角詢問地看著洛蘭：「去餐廳？」

洛蘭指指臉上的醫用口罩，「不方便在公眾場合進餐。」

「回房間點餐？」

「好。」

洛蘭跟著小角朝他的艙房走去。

一路上認識的人越來越多，打招呼聲此起彼伏、不絕於耳，有的士兵還會笑嘻嘻地湊上來詢問駕駛戰機或者訓練體能中碰到的問題。

洛蘭完全被忽視。

她不想打擾他們，刻意落後了一段距離，沉默地跟在小角身後。

小角一直沒有回頭，似乎完全不管洛蘭。

但洛蘭知道以他的聽力，肯定知道她有沒有跟在後面。

凝視著小角的背影，洛蘭突然發現，從她和小角相識，十多年來都是小角尾隨她的步伐，這是第一次她跟隨著他的步伐前行。

感覺似乎還挺好的。

他一直耐心地回答所有士兵的問題，臉上雖然戴著半臉面具，遮住了大半張臉，可語氣平和、態度真誠，讓他多了幾絲煙火氣息，整個人不再像雪山一般冷漠不可攀。

洛蘭的目光很柔和，這是她的小角呢！

霍爾德處理完傷口，乘交通車回來，看到前面小角被幾個士兵圍著，辛洛站在一旁等候，不禁惱火地扯著嗓子喊：「喂，你們長點眼色行不行？霸著蕭艦長，把人家女朋友晾在一邊，還真幹得出來！」

士兵們看看洛蘭，看看小角，似乎才意識到蕭艦長身後還跟著個女人，急忙笑嘻嘻地對洛蘭賠禮道歉：「不好意思、不好意思，我們立即滾蛋！」

雖然個個都很好奇蕭艦長怎麼突然冒出來個女朋友，卻不敢再占用艦長的時間，一溜煙地全跑掉了。

霍爾德操控著輪椅轉到洛蘭面前，誠惶誠恐地說：「我們艦長看起來冷，實際上心腸十分好，碰到士兵來詢問戰機和體能上的問題，都會悉心教導，妳多多包涵，絕對不是不重視妳。」

洛蘭覺得軍隊真是個神奇的地方。

這個霍爾德認識小角也就四五年吧，卻把小角當至交好友，處處為他考慮，生怕有什麼不必要的誤會發生。

她淡淡地說：「我明白，看似是幾句話的小事，可在戰場上都是事關生死的大事。」

霍爾德愣了愣，暢快地大笑起來，悄悄對小角豎了下大拇指，打了個眼色，示意他這個女朋友可以，必須拿下！

小角硬邦邦地說：「她不是我的女朋友，人家有未婚夫。」

洛蘭安靜地瞅著小角，一言未發。

霍爾德覺得小角的話裡滿是醋意，辛洛的反應也很有意思，沒有尷尬，反而一派淡定。他非常識趣地說了聲「回頭見」，把輪椅轉得飛快，迅速跑掉了。

小角領著洛蘭回到自己的艙房。

洛蘭好奇地打量四周。

一個小套間，裡面是帶浴室的寢室，和分配給她的單人房差不多，空間不大，剛夠轉身。不過身為艦長，外面還有一個會客室，有四五平方公尺，還有個橢圓形的觀景窗，能欣賞到璀璨星空。

小角等艙門關好後，才問：「為什麼匿名跑到前線來？」

「我說想來看看你，你信嗎？」

小角看著洛蘭，顯然不信。

洛蘭摘掉口罩，淡然地說：「當然是有事了。」

小角沒有再多問，轉身打開牆壁上的智腦螢幕，「想吃什麼？」

洛蘭湊到他身邊看螢幕，一頁頁瀏覽過去，都是營養餐，種類繁多、口味齊全。

洛蘭不感興趣，「隨便！」

小角幫自己點了一份營養餐，又幫洛蘭訂了餐。

「餐飯大概十分鐘後才送到，我去沖個澡。」

「你去吧！」

小角五分鐘就洗好了澡。

出來時，看到洛蘭踢掉了鞋子，赤腳蜷坐在安全椅裡。

她把束著頭髮的髮帶拿下來，微捲的長髮像海藻一般披散在肩頭，額前蓬鬆的瀏海化解了眉眼間的冰霜。

她姿勢慵懶隨意，一手拿著一個小巧的隨身碟把玩，一手斜撐著下巴，盯著眼前的虛擬螢幕。藍色的手術服很寬鬆，褲腿縮上去一大截，露出纖細的小腿和腳踝，整個人少了幾分皇帝的威嚴，多了幾分女人的柔和。

小角怔怔地盯著她，像是受到蠱惑，竟然不受控制地伸出手，去摸洛蘭的頭。

洛蘭側頭看向他。

小角的表情不變，垂眸凝視著她，手順著柔滑的髮絲，從頭頂一直摸到髮尾，「怎麼把頭髮留長了？」

「長髮不好看嗎？」洛蘭下巴微揚，感興趣地看著小角。

小角似乎不知道該怎麼表達，想了想才說：「不是不好看，不過也許看慣了短髮，我覺得短髮更好看。」

「是嗎？」洛蘭仰著臉笑，意味深長地說：「我還以為你喜歡這樣的我。」

小角似乎對「喜歡」這個話題感到尷尬，沉默地移開了目光。

洛蘭拽拽自己的頭髮，「上次我和你通話還是短髮，怎麼可能沒幾天就變成了長髮？這是化妝師幫我做的假髮，方便遮掩身分，不過好像不成功，你今天一眼就認出我了。」

小角像往常一樣挨著安全座椅，坐在她旁邊的地板上，「妳化成灰我也認得。」

「化成灰也認得？」洛蘭一邊不置可否地笑，一邊探手在虛擬螢幕上做閱讀標注。

滿螢幕密密麻麻的文字和方程式，不知道在講什麼，只有粗體字的標題分外顯眼，一眼掃過去就能看到：

《絜鉤計畫——論異種基因和人類基因的對抗、毀滅》。

洛蘭點擊螢幕，關掉檔案，順手把隨身碟放到貼身的口袋裡。

她轉頭看著小角，認真地說：「我若真化成了灰，塵歸塵、土歸土，你能認出來才怪。」

「我忘記妳是科學家了。」小角拍了拍洛蘭的頭，眼神清澈柔軟。

「膽子真是越來越大了！」洛蘭覺得整個星際敢這麼拍她頭的人，也就只小角一個了。

小角自嘲地笑笑，「這又不是我做過的最大膽的事。」

洛蘭詫異，剛想問他還做過什麼大膽的事，看到小角毫不掩飾的眼神，反應過來指的是什麼。

兩人凝視著彼此，一言未發，卻心知肚明彼此都在想那個晚上喝醉後的事。

看似沉默的平靜中，兩人之間的氣氛卻風起雲湧，好像有絲絲縷縷的線慢慢從他們的眼睛裡、身體裡探出來，糾結成網，將他們纏繞在一起。

叮咚一聲，門鈴響起。

纏繞的線乍然斷裂消失，兩人都立即扭頭看向艙門。

艙門的螢幕上顯示送餐機器人站在門外。

小角起身走去開門，送餐機器人確認他的身分後，胸口的金屬蓋打開，傳出一份保鮮餐盒。

小角拿起餐盒，回到屋子，將兩人的晚餐一份份擺到桌上。

洛蘭驚訝地看著面前的餐盤，竟然不是營養餐，而是一份烤牛排，還有新鮮的水果。

她看小角，「你的病號餐？」

「我從沒受過傷，哪來的病號餐？」小角知道她有潔癖，把餐具又擦拭了一遍才遞給她，「霍爾德的病號餐，我找他換的。」

洛蘭切了塊牛排。

火候有點老，但吃在口中卻別有一番滋味，畢竟是太空母艦上有錢也買不到的病號餐，靠著小角的面子才有得吃。

兩人默默吃完飯，小角把餐具收拾好，叫清潔機器人帶走。

＊　＊　＊

洛蘭一邊吃水果，一邊看著小角。

小角隔著圓形的合金桌，坐在她對面，背脊挺直，一言不發地任由她看。

洛蘭指指身旁，小角起身，坐到了她旁邊的地板上。

洛蘭把水果盒遞給他。

可以直接吃的水果已經都被洛蘭挑著吃了，剩下的都是需要剝皮的葡萄，小角幫洛蘭把葡萄一顆顆剝好，餵給洛蘭吃。

洛蘭突然伸手想要揭下他的面具。

小角的身體比意識快，立即閃開，但很快就反應過來，身子前傾，湊到洛蘭面前，示意洛蘭隨意。洛蘭取下小角的面具，露出了那張她熟悉又陌生的臉。

她一邊吃著小角剝好的葡萄，一邊盯著他細細打量。

五官英俊、輪廓分明，猶如用雪山頂上的晶瑩冰雪一刀刀雕成。

不過，也許因為他穿著阿爾帝國的軍服，姿勢溫馴、態度柔順，完全沒有那個男人的冷傲強大，讓人覺得他和記憶中的那個人似乎相同，又似乎完全不同。

小角低垂著眼睛，好像不適應洛蘭這樣赤裸裸地盯著他看。

「妳不是一直覺得我很醜，不喜歡我的臉嗎？」

「我一直在騙你。你長得一點都不醜，甚至應該說，你比絕大多數的人都英俊好看。」

小角抬眸，飛快地瞟了她一眼，將信將疑的樣子。

洛蘭的手輕輕撫過他的臉頰，「不問問我為什麼要騙你嗎？」

「不管妳做什麼，都可以。」小角把一顆剝好的葡萄遞到洛蘭嘴邊，完全無所謂的樣子。

如果這句話由其他男人說出來，洛蘭會嗤之以鼻，但小角不一樣。

他已經用行動驗證了這句話，連她三番五次想殺他，他都只是把脖頸遞到她面前引頸受戮，欺騙又算什麼呢？

只要她想騙，他就願意被騙。

洛蘭罵：「白痴！」

明知她心狠手辣，性格喜怒不定，說翻臉就翻臉，完全就是一個怪物，卻一直無條件包容她。

「我不是白痴！」小角的表情很嚴肅，似乎很不滿洛蘭還把他當成那個剛從野獸變回人，什麼都不懂的傻傢伙。

洛蘭禁不住笑起來，一口含住他手裡的葡萄，「嗯，你不是白痴，你是傻子！」

小角的眉頭不滿地皺起。

洛蘭不輕不重地咬了下他的指尖，慢悠悠地補了句：「只屬於我的傻子。」

小角呆呆地盯著自己的指尖看，過一會兒，抬眸看向洛蘭，希望洛蘭說明白她究竟是什麼意思。

洛蘭卻拿起一顆葡萄，慢條斯理地剝起來，「因為一些特殊原因，我決定提前發動對奧丁星域的攻擊，你願意領兵攻克阿麗卡塔星嗎？」

「願意。」

洛蘭抬眸看了他一眼，嚴肅地說：「你是異種，奧丁聯邦是異種的星國，如果你不願意，我不會勉強。」

「我是小角，願意為洛洛作戰。」

洛蘭眼睛一眨不眨地盯著小角，似乎在甄別他每一個表情的真假。

小角突然用手捂住洛蘭的眼睛，「不要用這種眼神看我！」

「哪種眼神？」

「你在透過我尋找另一個人。」

洛蘭沒有否認。

小角問：「妳還是不相信我？」

也許因為眼睛被矇著，什麼都看不到，只能感受到他掌心的溫暖。洛蘭打開心扉，說出了真話：「我很想相信你，但我……我害怕信錯了人。」

「妳為什麼會覺得我是另一個人？我和……辰砂究竟是什麼關係？」

「你說過你最早的記憶是當野獸時的記憶。」

「嗯。」

「沒有野獸能變成人，你能變成人是因為你在變成野獸之前就是人。」

「那個人是辰砂？」

「是。」

「妳懷疑我想起辰砂時的記憶了？」

「是。」

「我沒有！」

「你不好奇你以前是誰嗎？不想找回失去的記憶嗎？」

「有一點好奇，但妳不喜歡他，那些記憶不要也沒關係。小角只想要洛洛！」

小角鬆開手，雙臂環抱住洛蘭的腰，頭側枕在她的腿上。

洛蘭對這個姿勢非常熟悉。

小角還是野獸時，總是想方設法地耍賴和她親暱，喜歡把頭枕在她的腿上，喜歡在她身上蹭來蹭去。後來他恢復人身時，生怕她心生嫌棄不要他了，也總是喜歡雙手緊緊抱住她的腰，頭枕在她的腿上耍賴。

洛蘭下意識地像以前一樣撫摩他的頭。

時光在這一瞬間似乎在倒流，回到了他們朝夕相伴的日子。

雖然困守一室，每天都是枯燥的實驗，可是沒有星際戰爭、沒有責任義務、沒有算計欺騙，只有陪伴和守護。

洛蘭問：「我們上一次見面是什麼時候？已經有多久沒見面了？」

「五年六個月。」

「我雖然希望你上戰場，但沒想到你會比我還積極。你到底是為我而戰，還是在為你自己而戰？」

如果是小角，從有記憶時就和她朝夕相對，怎麼能忍受這麼長久的分別？只有辰砂，才會恨不得盡快脫離她的掌控。

小角悶悶地說：「我不知道我是在為妳而戰，還是在為我自己而戰。」

「什麼意思？」

「以前妳一直待在實驗室，我做妳的實驗體，就可以和妳在一起，可妳變成了皇帝，需要的不再是實驗體。妳需要的是能幫妳打敗奧丁聯邦的軍隊，我必須要變得很強大，才能和妳在一起。」

「你為什麼會這麼想？」

小角臉埋在洛蘭膝頭不說話，洛蘭推了他一下，「小角？」

「……林堅。」

洛蘭終於明白了，為什麼總是像野獸一樣直白熾熱的小角會那麼羞澀隱晦地把心思藏在一塊薑餅裡，再把薑餅藏到盒子裡，甚至藏到了盒子裡都嫌不夠，還要藏在餅乾底下的那面。

她自負聰明，能看透他人的慾望算計，卻完全沒有注意到小角面對林堅時的自卑忐忑。

不是他真覺得自己不如林堅，只不過因為愛了，愛越重，心越低。

一個瞬間，洛蘭做了決定。

她拽拽小角的耳朵，垂著頭輕聲問：「你希望我們永遠在一起？」

「嗯，小角和洛洛永遠在一起。」

「那我的未婚夫怎麼辦？」

小角的身子驟然僵硬，從裡到外直冒寒氣。

洛蘭卻一派淡定，還在繼續刺激他：「哦，明白了，你其實不是想做我的男人，只是想做我的寵物。」

小角霍然抬頭，直勾勾地盯著洛蘭，眼神晦澀，壓抑著千言萬語難以言說的情感。

洛蘭用食指點點小角的額頭，「那就這樣說定了，我會是很好的飼主。」

「我不是……」

洛蘭笑瞇瞇地把剝好的葡萄塞進小角嘴裡，「投餵寵物。」

小角眼裡全是委屈不甘，卻沉默溫馴地垂下了頭，接受洛蘭的安排。

洛蘭挑起他的下巴，強迫他抬頭。

她身子微微前傾，看著小角，說：「五年六個月前，我和林堅已經約定解除婚約，只不過因為要打仗，我們不想影響戰局，一直沒有對外公布。」

小角呆呆地看著洛蘭，眼睛裡情緒變換，似乎又驚又喜，想相信又不敢相信。

洛蘭看他一直不說話，屈指彈了下他的腮幫子，笑著調侃：「腦子不好用，舌頭也不好用了嗎？」

「妳……妳……是什麼意思？」

洛蘭笑了笑，問：「你願意只做我一個人的傻子嗎？」

十多年朝夕相伴，小角對她如何，洛蘭一清二楚，本來對答案應該很篤定，可在等待回答的一瞬間，她依舊緊張。

小角驚疑不定地看著洛蘭，似乎想從她的眼睛裡尋找答案：真的是他想的那個意思嗎？

洛蘭點點頭：是啊，傻子！

小角一把就把洛蘭從安全椅上拽下，直接扯進懷裡，緊緊抱住了她。

洛蘭問：「你還沒回答我，你願意嗎？」

「小角願意做洛洛的傻子。」

洛蘭輕笑，咬著他的耳朵說：「你不是寵物，是我的男人。」

小角的身體在輕顫，力氣也有點失控，似乎就要勒斷洛蘭的肋骨，但是異樣的疼痛卻給了洛蘭幾分真實感。

這一生風風雨雨，她已經被命運這個剪刀手裁剪成一個怪物，從沒奢望過會有人能完全接納她、喜愛她。

如果他願意做她一個人的傻子，她就做他一輩子的怪物。

* * *

洛蘭半夢半醒間，翻了個身，覺得身旁少了什麼，一下子徹底清醒了。

「小角？」

黑暗中，小角正在穿衣服，立即俯身過來，「我有排班，要去訓練士兵，妳再睡一會兒。」他刻意放緩了聲音，不想驚擾洛蘭的睡意。

「多久結束？」

「六個小時。」

「我待會兒去見林堅，見完他我就直接離開了，等不到你訓練結束。」

小角隔著被子抱住洛蘭，溫熱的鼻息輕拂在她的脖頸，「昨晚我……妳多睡一會兒。」

洛蘭耳熱臉燙，含含糊糊「嗯」了一聲，自己都想嘲笑自己矯情。

單人寢室，床鋪不大。兩人袒裼裸裎，什麼都做過了，還緊挨著睡了一夜，這會兒隔著被子，居然羞澀緊張得像個小姑娘。

洛蘭掩飾地摸摸小角的頭，「戰場上注意安全。」

小角放開洛蘭，叮囑：「我已經點好早餐，記得吃飯，還有平時少喝點酒。」

「開始管頭管腳了！」洛蘭看似抱怨，語氣卻是帶著柔軟的笑意，顯然不排斥小角的管束。

小角解釋：「妳老是空腹喝酒，對身體不好。」

「我早已戒酒，培養了新的嗜好消解壓力和疲憊。」

心情不好時就進廚房烤一盤薑餅，自己吃完，還可以快遞給兒子和女兒，兩個小傢伙都很喜歡。

小角想問是什麼嗜好，可通訊器已經在嘀嘀響，提醒他時間不多、必須盡快。

「我走了。」小角只能拿起外套，匆匆離開。

洛蘭臉埋在被子裡，帶著鼻音「嗯」了一聲。

寂靜的黑暗中，洛蘭閉著眼睛又躺了一會兒，才慢騰騰地起來。

她穿好衣服，離開臥室，走到會客廳的觀景窗前，縮坐在安全椅裡，看著外面的星空。

太空中沒有白晝黑夜，感覺不到晝夜交替，經常讓人無法捕捉時間流逝，分不清今朝和昨夕。

洛蘭掏出口袋裡的隨身碟，打開開關，和個人終端機相連。

點擊由智腦專家設計的隱藏的自檢程序，螢幕上出現了密密麻麻的螢光綠代碼。

過一會兒，幾行黑字出現在螢幕上，列明隨身碟最近三次的開啟和關閉時間——證明昨晚自從她關閉隨身碟後，再沒有人動過。

洛蘭捏著隨身碟，看向窗外。

知道「絜鉤」的人非常有限，唯一有可能把消息洩露給小角的人就是紫宴。可是小角在前線，受到嚴格的通訊管制，到處都有訊號遮蔽。軍用通訊器只能內部交流，而且所有通訊都被監控，紫宴再神通廣大，也不可能以一己之力突破阿爾帝國的軍事防衛，把訊息傳遞給小角。

小角對「絜鉤」一無所知。

她昨晚告訴小角，因為某個特殊原因她突然要改變作戰計畫，對奧丁聯邦發動總攻，但沒有說具體原因。

她像往常一樣，在小角面前看研究資料。

如果是小角，那些資料只是洛洛的工作而已，但如果是辰砂，他會發現滅絕性的基因武器已經研究成功——《絜鉤計畫——論異種基因和人類基因的對抗、毀滅》。但是，他不知道絜鉤是針對人類的基因武器，「毀滅」指的是人類基因的毀滅。再加上現在軍事訓練中的新要求，避免和異種的肢體接觸，所有外傷都必須視作傳染性傷口處理。

任何一個智商正常的人，根據這些資訊，都會得出結論——

阿爾帝國在為啟動滅絕異種的基因武器做準備。

在這種震撼性的衝擊面前，如果可以盜取到基因武器的資料，為了種族存亡，沒有異種能抗拒這樣的誘惑。除非在他的眼裡，異種無關輕重，這份資料毫無價值，根本沒有誘惑力。

從昨晚見面到今晨分開，他們在一起待了十個小時。

洛蘭體能不如小角，被折騰得精疲力竭，睡得很沉，他有足夠的時間和機會可以盜取隨身碟裡的資料，但他碰都沒碰。

洛蘭一直知道，自己是一個怪物！

昨晚看似掏心掏肺的交流，看似濃情蜜意的親暱，不是假的，但也不是真的。

她不是普通的女人，她是阿爾帝國的皇帝英仙洛蘭。

她不可能因為一點男女情愛就失去理智，放棄自己的職責。

長髮、隨身碟、親密的相擁……都是陷阱。

想要抓住辰砂。

現在終於證明，一切都是她多疑了。

半晌後，洛蘭突然一躍而起，衝進臥室，撲到床上。

她躺在小角躺過的地方，頭埋在小角枕過的地方，用小角睡過的被子緊緊裹住自己，深深地嗅著他留下的氣息。

「對不起！」

就讓她這個怪物最後變態一次吧！

等戰爭結束，她一定改。

她會學習做一個正常的女人，去笑、去哭！

她會學習脫下盔甲，去信任、去依賴！

她會學習摘下面具，把深藏起來的傷痛和脆弱都露出來！

她會學習卸去滿身的尖刺，做一朵舒展盛開的花，就算仍然要有刺，也是一朵有刺的玫瑰花！

這些年，他一直傻呼呼地縱容她，不管她做什麼，他總在她身旁；不管什麼時候，只要她回頭，他都在。

已經傻了十幾年，就繼續再傻呼呼地縱容她幾十年吧！

一個幾十年，兩個幾十年，很快就一輩子了。

她這個怪物，會努力做一個能讓他快樂的怪物，好好愛他的怪物！

＊　＊　＊

洛蘭沖完澡，穿戴整齊，正準備離開，看到圓桌上的餐盒，想起小角的叮囑。

本來沒什麼胃口，不過這是目前少數她能做到的事中的一件。

一直是他溫馴地聽她的話，現在她也應該溫順地聽聽他的話了。

洛蘭坐下來，一口口吃著小角不知道用什麼換來的病號餐——果醬麵包、煎蛋、烤蔬菜。

把一份早餐認認真真全部吃完後，她才關門離去。

＊　＊　＊

太空母艦上沒有晝夜交替，士兵們的排班都是定時輪班制，所以，公共空間任何時候都亮如白晝，也不管什麼時間都有人來來往往。

洛蘭頭髮披著，臉上戴著醫用口罩，身上穿著看不出身形的白大褂，可一路走去，竟然有不少她完全不認識的士兵衝著她笑，有的還會善意地打聲招呼，問聲好。

顯然，這些人並不是認識她，而是把她當成了小角的家屬，愛屋及烏。

洛蘭不得不再次感慨，戰場真是個神奇的地方。

生死縮短了人與人之間的距離，讓一群人在短短幾年的朝夕戰鬥中培養出一輩子的深厚感情。

難怪一起當過兵的人，即使將來天各一方，也會一生都念念不忘。

洛蘭走到交通站，乘交通車離開了生活區。

半個小時後，在林堅副官的帶領下，她走進了元帥辦公室。

屋子裡只剩下她和林堅時，洛蘭取下了口罩。

林堅看著長髮披肩、額前留著瀏海的女皇，目瞪口呆。

洛蘭坐到林堅正對面的單人沙發椅上，「有必要這麼誇張嗎？」

林堅回過神來，鬱悶地說：「我尊敬的女皇陛下，請問有什麼事需要您喬裝改扮、親自跑來前線？」

洛蘭沒有直接回答他的問題，「你可以任命小角指揮奧丁星域的戰役。」

林堅笑著調侃：「哦，這事的確值得陛下親自跑一趟。」

洛蘭沒接他的話茬兒，肅容說：「還有一件事，英仙邵靖快死了，應該就這兩三天。」

這個節骨眼上？

林堅沉默不言，眼睛裡卻流露出一絲隱隱的焦慮和擔憂。

洛蘭瞅著林堅，笑瞇瞇地說：「我已經準備好了各種藥劑，如果邵茄公主突然跳出來和我爭皇位，干擾到我的作戰計畫，我會立即讓她自然死亡。」

林堅搖著頭苦笑，「我已經好幾年沒見邵茄了。」

「是啊！好幾年沒見，卻稱呼邵茄，什麼時候英仙皇室這麼平易近人了？」

林堅決定閉嘴。

人是沒見過，但時不時會有視訊通話，洛蘭肯定知道。

洛蘭背靠著椅子，長腿交疊，一邊悠閒地打量著林堅，一邊饒有興趣地問：「請問元帥閣下有什麼建議？支持我殺邵茄公主嗎？」

林堅可憐兮兮地看著洛蘭，「陛下心裡應該已經有解決方案了。」

「我打算用美男計，讓邵茄公主為了美男捨棄江山，主動宣布放棄皇位繼承權。」

林堅看著洛蘭似笑非笑的表情，預感不妙，「那個美男不會是我吧？」

「我親愛的元帥閣下，除了魅力無邊的你，還有誰能讓第一順位繼承人放棄皇位呢？」

「陛下太高估我了，我自己都沒有這個信心。」林堅不是自謙，而是真的不相信。

人與人之間一旦沾染上權力和利益，一切都會變得分外複雜。林堅到現在也不知道邵茄公主到底是真喜歡他，還是只是想透過他染指皇位。估計兩者都有，因為人性複雜，本就善惡交織。

洛蘭真誠地建議：「試試吧！要麼你收穫一顆無價真心，要麼你死心歸來。這樣即使日後我殺邵茄公主，你也不會對我心生芥蒂。」

林堅發現的確沒有第二條路。

洛蘭雖然心黑手狠，但黑得坦蕩、狠得磊落，她給他，也給邵茄選擇的機會。

洛蘭說：「趁著大戰開始前還有點時間，我給你六天假。你去一趟藍茵星，告訴英仙邵靖，我永遠不會原諒他父親害得我和葉玠家破人亡，但該報的仇我們已經報了，一切仇怨到他為止。只要邵茄公主放棄皇位，我可以給邵茄公主一輩子的公主待遇，保證她生命安全。」

「好！」林堅接下了這個任務。

他很欣慰洛蘭陛下和葉玠陛下是一個態度，他們都拿得起放得下，絕不會放過仇人，但也從不糾纏於仇恨、虛擲生命。

✷　✷　✷

兩個半小時後，洛蘭和林堅商量完所有事情。

她走出元帥辦公室，打算乘戰艦離開。

林堅怕引人注目，沒有去送她，吩咐一個心腹隨扈護送洛蘭。

洛蘭依舊穿著白大褂、戴著醫用口罩，像一個突然接到任務的普通軍隊醫生，坐在運輸車的後面，趕往指定地點。

經過恢宏寬敞的訓練場時，洛蘭看到一隊隊軍人在訓練。

有的在自由搏擊；有的在負重鍛鍊；還有的在反覆練習著跳上戰機、躍下戰機的動作，保證不管任何情況下都可以用最快的速度啟動戰機。

洛蘭很清楚，這不是林榭號戰艦的訓練場，小角不在那些軍人中。可是，她依舊目不轉睛地盯著訓練場上的軍人，似乎在透過他們遙想小角的身影。

「洛洛！」

隱隱約約的聲音傳來，洛蘭剛開始以為是自己的幻覺，過一會兒又聽到一聲，才意識到真的是小角在叫她。

她急忙回頭，看到車後面，小角正大步跑著追趕她的運輸車。

洛蘭對開車的隨扈命令：「停車。」

運輸車停下。

洛蘭從車裡下來時，小角也跑到了她面前。

四目相對，視線交接。

明明湧動著千言萬語，卻好像口舌發乾，一句話都說不出來，只是沉默。

幾聲洪亮的搏擊吶喊聲從訓練場上傳來，洛蘭終於找到了自己的聲音。

「你不是正在訓練嗎？」

「前面的訓練任務比較重，這會兒已經都累得爬不起來，我讓他們休息半個小時。」

「哦……」

竟然還可以這樣？訓練任務不都是他安排的嗎？想到小角從一開始就計畫著來送她，洛蘭竟然有點臉熱，不敢直視小角，視線越過小角的肩膀，看向他後面的訓練場。

很多在訓練場邊負重訓練的士兵正好奇地看他們，洛蘭一邊盯著他們打量，一邊漫不經心地說：「來回距離不近，半個小時也沒多久，你得盡快趕回去吧？」

小角突然攬住洛蘭的腰，把她強拽進懷裡。

「你做什麼？」洛蘭雙手撐在小角胸前，驚訝地瞪著他。

「讓妳專心一點！」

洛蘭想用力推開他，卻猶如蚍蜉撼樹，根本推不動。

突然，小角揭開洛蘭的口罩，洛蘭還沒來得及驚斥，就被小角強吻了。

眾目睽睽之下，實在太瘋狂！

洛蘭不停地掙扎，又推又打，但她的體能在小角面前就是花拳繡腿，完全沒有任何殺傷力。

小角一動不動，由著她打，兩隻手捧著她的頭，既幫她遮住了臉，也把她牢牢固定住，方便他含著她的嘴脣，任意索取。

洛蘭漸漸放棄掙扎，雙手不知不覺中環抱住小角的腰，由著他糾纏索取。

大概因為感覺到了她的順服，這個吻來得激烈凶猛，去得溫柔纏綿，從霸道蠻橫的索取占有變成了繾綣不捨的告別眷念。

洛蘭不知道他們吻了多久，應該是很久。訓練場上，不少士兵在圍觀，不停地響起此起彼伏的口哨聲和起哄聲。

等到小角放開她時，洛蘭覺得自己嘴脣有點火辣辣的灼熱感，肯定是腫了。

洛蘭低著頭，臉埋在小角肩頭，「混蛋！我的口罩！」

小角一手護著她的頭，一手打開車門，用自己的身體做遮擋，隔絕開所有人的視線，把她送進車裡。

他彎著身子，幫她把口罩戴好，「我走了。」

洛蘭一把抓住他的手。

小角低頭看著她，以為她有話要說。

其實，洛蘭根本沒有話說，她只是……捨不得。

洛蘭若無其事地放開他的手，「注意安全，我……我等你回來，有個好消息要告訴你。」

突然知道自己有兒有女了，應該算是好消息吧？

小角揉揉洛蘭的頭，幫她關好車門，沉默地讓到路旁。

運輸車再次啟動。

洛蘭從後照鏡裡看著小角的身影漸漸遠去，越變越小，直到運輸車轉了個彎，消失不見。

她隔著口罩，摸著自己的嘴脣，突然禁不住笑起來。

Chapter 12

正面相見

「多年未見，妳風采更勝往昔。」
彷彿他們只是故友重逢，根本不是生死仇敵。

三天後。

英仙邵靖在藍茵星病逝，遺體運回奧米尼斯星安葬。

洛蘭在長安宮發表了沉痛的悼詞，宣布葬禮規格依照皇帝標準在光明堂舉行，肖像入光明堂和其他皇帝同列。

在英仙邵靖的葬禮上，英仙邵茄宣布放棄皇位繼承權。

小阿爾回歸阿爾帝國，藍茵星將不再是行政星，重新成為阿爾帝國的一顆普通居住星。

阿爾帝國長達五十年的政權分裂終結，英仙洛蘭成為阿爾帝國唯一的皇帝。

沒人知道英仙洛蘭到底做了什麼，但她兵不血刃就統一阿爾帝國是事實，讓所有人提心弔膽的內戰連爆發的徵兆都沒出現，就完全消弭。

葬禮上，一張洛蘭陛下和邵茄公主的擁抱照片流傳到星網上，被瘋狂轉傳。

兩人都穿著純黑色的及膝裙，頭上披著黑紗，胸前簪著白花。當洛蘭陛下擁抱悲傷哭泣的邵茄公主時，表情一如往常，平靜淡漠，克制得像個機器人，眼神卻和以往不一樣，滿是思念和哀傷，讓人莫名地觸動，覺得他們冷冰冰的女皇終於有了幾分人氣。

民眾對她不再是一面倒的批評質疑聲，開始更客觀地看女皇。很多經濟學家、政治學家也開始正視英仙洛蘭執政以來的一系列舉措。

他們發現，除了對奧丁聯邦強硬宣戰這點，英仙洛蘭其實非常謹慎。行事理智克制，政績可圈可點，絲毫不弱於讓阿爾帝國重新強盛的英仙葉玠。

尤其在基因研究方面，短短幾年時間，英仙皇室基因研究所竟然一躍成為星際最好的基因研究中心，取得了很多研究成果，發表了很多學術專著。不少年輕優秀的基因專家，從全星際四面八方匯聚到奧米尼斯星學習工作，給整個科研圈都帶來了勃勃生機。

清初欣喜地把這些最新動態回傳給洛蘭，告訴她最近的民意支持率很高，比她和林堅訂婚後的最高點都高。

洛蘭沒有像以前一樣聽之任之、毫不在乎，而是要清初順勢而為，做好維繫工作。

「陛下想通了，對外辦公室那邊才方便工作。」

清初很欣慰洛蘭終於明白，做皇帝不是一聲不吭、光埋頭做事就行，還需要溝通宣傳，讓外界理解皇帝的所作所為。

洛蘭半開玩笑地說：「吉祥物林堅已經是邵茄公主的人，以後不能再借他的光，當然只能自己努力了。」

之前她是孤家寡人，根本不在意將來，現在卻不一樣。她許諾了那個傻子一輩子，還有兩個孩子，自然要仔細謀畫布局。

清初暗自詫異，覺得洛蘭似乎哪裡正在慢慢變化。以前的她像是穿著堅硬鎧甲，將自己包裹得密不透風，和這個世界冷眼相對，現在的她卻好像在慢慢嘗試著打開鎧甲，學習和外界溝通相處。

洛蘭看著牆上掛的葉玠的照片。

哥哥為她精心培養了三十多年的男人，她拱手送了出去。

不過，沒費一兵一卒就統一阿爾帝國，他應該不會生氣吧。

只要她能掌控局勢，葉玠肯定不會在乎她娶不娶林堅，但她任性妄為，無視皇室規矩，選了一個不但基因不純粹，連身分都不純粹的男人，葉玠肯定會生氣吧！

不過，他愛她！

從小到大，只要她覺得好，葉玠終歸會縱容她、支持她。即使與全世界為敵，他也會站在她這邊。

* * *

嘀嘀嘀。

個人終端機蜂鳴音響起。洛蘭看了眼來訊顯示，下令接通。

林堅一身軍裝出現在她面前，看上去略顯疲憊，估計一路奔波，既要操心邵茄公主，又要處理軍隊裡的事，只能犧牲休息時間，但整個人精神很好，眉目舒展、眼神清亮。

洛蘭打趣：「恭喜。」

林堅毫不示弱地說：「陛下在恭喜自己嗎？為了陛下的皇位，我可是連身都賣了。」

洛蘭笑：「你賣得心甘情願，算同喜吧！」

兩人對英仙邵靖的死都沒有絲毫感覺，在邵茄公主面前還要裝一下悲傷，面對彼此時卻毫不掩飾。

林堅咳嗽了一聲，開始說正事：「蕭郊接受了新的任命，但有個要求。」

「什麼要求？」

「他需要一年的準備時間。」

「為什麼？」

「練兵。」

洛蘭沉思不語。

林堅詳細解釋了一遍事情的始末。

因為蕭郊即將帶領軍隊進攻奧丁星域，按照以往的慣例，和奧丁聯邦有過對戰經驗的老將軍為蕭郊做了一些備戰工作。

「怎麼備戰？」洛蘭問。

「因為在辰砂擔任指揮官時，奧丁星域的軍事防衛力量最強大，我叔叔給蕭郊看了很多辰砂的作戰資料。蕭郊看完後，說我們想贏，必須重新訓練特種戰鬥兵。」林堅知道辰砂和洛蘭曾經有過的關係，雖然人早已死了，依舊字斟句酌，長話短說。

洛蘭問：「蕭郊的提議合理嗎？」

「合理。」林堅頓一頓，補充說：「不僅僅是合理，如果蕭郊真能做到，將來阿爾帝國的戰爭史上不見得有我的位置，但一定有他的位置。」

看來一年時間已經是最快的速度，洛蘭仔細思索了一會兒，說：「好。」

林堅如釋重負。他還生怕洛蘭太著急，不肯等。

洛蘭無奈地說：「我再心急，也明白工欲善其事，必先利其器，我們的目的是打敗奧丁聯邦，不是讓士兵去送死。」

✻　✻　✻

洛蘭一個人站在辦公室的窗前，默默看著窗戶外的茶樹。

林樓將軍他們不知道小角和辰砂的關係，播放辰砂的戰役資料給小角看，是為了小角好，讓他清楚地認識到他即將面對的軍隊有多麼可怕。

但是，小角已經知道自己和辰砂的關係。

她一直沒有告訴小角辰砂是誰，本來覺得這不重要，但現在才發現雖然辰砂早已死了，可他訓練的軍隊依舊駐守在奧丁星域，只要進攻奧丁星域，就沒有人能繞開辰砂。

洛蘭打開個人終端機，命令清初幫她聯絡小角。

十來分鐘後，小角出現在她面前。

他穿著作戰服，手裡還拿著作戰頭盔，洛蘭眉頭微挑，問：「怎麼還在執行任務？」雖然調令不能對外公布，但應該已經重新安排工作了。

小角把頭盔放到一邊，解釋說：「我在測試戰機動作。」

洛蘭對這些不懂，連問都不知道該怎麼問，只是從林堅的話裡約略明白小角打算重新訓練特種戰鬥兵，用來打敗辰砂訓練出來的士兵。

「林堅說你看了辰砂的作戰資料。」

「嗯。」

洛蘭盯著小角，小角坦然地看著洛蘭。

洛蘭張了張嘴，欲言又止。

小角說：「如果妳是擔心我的記憶，我沒有。」

「我……」

洛蘭想說「我不是」。她真的不擔心嗎？她當然擔心，只不過她更擔心的是小角的感受，被小角提醒後，她才發現自己應該更擔心小角會不會恢復記憶。

洛蘭吞回了「不是」，問：「知道辰砂是誰後，有沒有遺憾自己想不起來了？」

「遺憾什麼？」

「辰砂是萬眾矚目的大人物，你卻只是一個連臉都不能露的普通軍人，難道不會對現狀不滿？」

小角盯著洛蘭。

「你看我幹嘛？」洛蘭莫名地煩躁不安，語氣非常不客氣。

小角溫和地說：「我沒有遺憾，因為我有妳。」

洛蘭一下子語塞，滿肚子的煩躁不安都煙消雲散，她努力繃著臉，做出嚴肅的表情。

小角往前走了一步，虛抱住她，「別擔心，我會為妳打敗奧丁聯邦。」

洛蘭沉默了一會兒，低聲說：「除了戰爭資料，不要再去查找與辰砂有關的資料。等戰爭結束後，我會告訴你一切。」

「好。」小角毫不遲疑地答應了。

＊ ＊ ＊

一年後。

英仙二號星際太空母艦按兵不動，依舊在VH3728星域，和北晨號星際太空母艦對戰，似乎阿爾帝國仍然堅持著蠶食戰略，想要慢慢熬死奧丁聯邦。

但在另一個星域，林榭號戰艦率領其他上百艘戰艦經過空間躍遷，正悄悄地靠近奧丁聯邦所在的奧丁星域。

林榭號戰艦。

指揮室。

小角向林樓將軍彙報：「將軍，再往前進就是奧丁星域外圍，很難隱藏行蹤，奧丁聯邦遲早會察覺。」

林樓將軍表情凝重地拍拍小角的肩膀：「我還有別的事要處理，接下來的一切交給你了。」

「將軍？」

林樓將軍笑了笑，說：「戰場上最忌諱兩個指揮官，為了避免我站在一旁忍不住發表意見干擾到你，我索性就不看了。」

小角一直知道林樓將軍賞識他、支持他。

可以說，小角能被越級提拔，站在這裡指揮這場戰役，完全是林樓將軍在保駕護航，但沒想到他會信任到完全放權。

林樓將軍鼓勵地說：「我當了一輩子軍人，經歷過大大小小無數戰役，見識過這個星際最優秀的軍事指揮家們，我很清楚自己的能力極限。這場戰役交給你指揮，比交給我自己指揮，我更放心。放手去做，需要我的時候隨時叫我。」

很多時候，鼓勵信任是比謾罵攻擊更強大的力量。小角說不清楚心裡是什麼感覺，各種複雜的情緒交雜在一起，只覺得心裡沉甸甸的。他雙腿併攏站直，抬起手敬了一個標準的軍禮，「是！」

林樓將軍回禮，帶著副官離開了指揮室。

小角看著眼前的全螢幕星圖——

浩瀚的太空中，繁星閃爍。

阿麗卡塔星是其中最美麗的星球，大小雙子星環繞著它，像是忠實的侍衛一般守護著它。

自從奧丁聯邦建國，幾百年來，再無人能突破大小雙子星的防線，襲擊到阿麗卡塔。

對所有異種而言，阿麗卡塔不僅是他們自由平等的家園，更是他們精神依託的伊甸園。現在，他卻要親手撕破阿麗卡塔的寧靜美麗。

小角的手按在控制面板上，向所有戰艦發出召集警報。

他眼神冷漠，語氣堅定：「我是林榭號戰艦的艦長蕭郊，本次戰役的指揮官。預計二十四個小時後到達奧丁星域，全體都有，全速前進。」

＊　＊　＊

所有戰艦呈倒V字排列，以林榭號戰艦為首，開足能源，全速前進。

北晨號星際太空母艦。

辦公室內，左丘白正在研究最近幾個月的戰役，越看越覺得不對勁。

最近幾個月的戰役，林堅依舊維持著謹慎小心的指揮風格，穩紮穩打、步步為營。左丘白卻突然失去了那種若有若無的熟悉感。

他的直覺告訴他，現在才是真正的林堅，之前一直有一個對手隱藏在林堅身後和他交戰。

如果他的直覺是對的，那個對手現在去了哪裡？

左丘白心裡隱隱不安。

如果不是楚墨對人類另有作戰計畫，需要他配合阿爾帝國的蠶食戰略，慢慢拖延時間，他倒真想發動一場猛烈的攻擊，逼出林堅背後的祕密。

左丘白左思右想了一會兒，決定聯絡楚墨，提醒他注意。

＊　＊　＊

奧丁聯邦，阿麗卡塔星軍事基地。

審訊室。

楚墨正在親自審問抓捕的間諜。

經過將近一年的折磨，紫姍遍體鱗傷，形容枯槁。

自從知道紫宴還活著後，楚墨就知道紫宴留有後手，並不驚訝奧丁聯邦境內有紫宴埋伏的釘子。

但是，他沒想到這顆釘子是紫姍——奧丁聯邦信息安全部的部長，執政官楚墨的未婚妻。

五十年的相處，他對紫姍雖沒有濃情蜜意，卻也是誠心相待、悉心教導，看著她從一個天真熱情的單純小姑娘慢慢變得沉穩幹練。

這個女人不是他所愛，卻是他耗費了心血培養的妻子。

他以為五十年的時間已經培養出足夠的感情，甚至想過，在實驗成功時兩人結婚，以一個盛大的婚禮做為人類舊紀元的結束、新紀元的開始。

楚墨自嘲地苦笑。

他居然一手培養了人類歷史上最高級別的間諜。

不過，如果不是這麼高級別的間諜，也不可能竊取到他的實驗機密，並且成功地傳遞出奧丁聯邦。

他一直很謹慎小心，為了保證實驗的機密性，每個參與實驗的研究人員不但接受過嚴格的背景調查，還遭受密切監控。

所有研究員都不能隨意離開研究基地，個人終端機也都經過特殊設置，只能在奧丁聯邦星域內接收和傳送訊號。

紫姍本來不可能接觸到研究資訊，但她是執政官的未婚妻，和他在一起已經將近五十年，他們是所有人心目中的恩愛情侶。

她利用所有人的麻痹大意，竊取了資訊。

當楚墨發現異常時，加密訊息已經層層傳遞，送出奧丁聯邦。

楚墨立即派人追蹤。

幾個轉交訊息的人應該是職業間諜，一旦完成任務就服毒自盡了。手腳乾淨，沒有留下任何線索。紫姍卻因為行事還不夠狠絕，沒有當機立斷，竟然回到小時候生活過的孤兒院，和曾經照顧過她的老師告別，結果耽誤了時間，在自盡前，被他救下。

楚墨被激怒，把她交給特工，讓他們審問。

經過長時間的審訊，不管是嚴刑拷打，還是藥物誘問，紫姍都不肯招供。

紫宴在哪裡？紫宴的目的是什麼？奧丁聯邦內部還有其他間諜嗎？所有問題，紫姍都一口咬定「不知道」。

楚墨只能親自審問。

其實，他已經拼湊出事件的大致經過，肯定是紫宴為了獲取這則資訊，已經動用所有力量，奧丁聯邦政府內不可能再有他的釘子。

現在，他更想知道為什麼。

為什麼紫姍這麼多年能偽裝得天衣無縫騙過他？

為什麼紫姍會寧願做叛國者，也不願做執政官的妻子？

紫姍雙手雙腳被縛，無力地靠坐在刑訊椅上。

楚墨坐在紫姍對面，用手指幫她把貼在臉上的凌亂頭髮梳攏到腦後，又幫她整理了一下囚服。他小心翼翼地避開她臉上和身上的傷口，一點都沒有弄痛她。

紫姍沉默地看著楚墨。

她記得，真正和楚墨熟悉起來，是她成年生日前，去找他動手術。那時，她就覺得這個男人有一雙靈巧溫柔的手，一定會對自己的女朋友很體貼。

後來，她的猜測得到了驗證。

楚墨是個很周到體貼的男人，即使在床上，都會處處以她的感受為先，盡力讓她愉悅。

楚墨平靜地問：「這幾十年，我對妳不好嗎？」

紫姍虛弱地搖搖頭，「你對我很好。」

「妳偽裝得真好。我一開始並不信任妳，但五十年了，我以為時間自然會驗證一切，我已經足夠瞭解妳。」

紫姍苦笑，「不管你信不信，我沒有偽裝。」

她日日生活在他們的眼皮底下。因為和紫宴的關係，棕離一直盯著她，就算她懂得偽裝，也不可能騙過楚墨、左丘白這兩個人精。連最優秀的職業間諜在他們面前都無所遁形，她哪裡有那本事？

楚墨愣一愣，突然明白過來，「妳不是間諜？」

紫姍說：「我一直告訴那些特工，我不是間諜，他們卻不肯相信。如果我和紫宴有勾結，怎麼可能瞞過你？」

楚墨終於明白自己輸在哪裡了。

他不是被紫姍騙，而是被紫宴騙了。紫宴壓根兒沒有把紫姍當作間諜來培養，也不是紫宴有意把紫姍安插到他身邊的。當然不管他怎麼觀察紫姍，都不會辨認出她是間諜。

楚墨不解地問：「妳不是紫宴的間諜，為什麼要幫他做這件事？」

紫姍自嘲地笑，眼中淚光閃爍，「因為他是紫宴！如果有一天，封林突然死而復生，向你提出一個最後的要求，你能拒絕嗎？」

楚墨緘默。

紫姍溫和地看著楚墨。

這麼多年，她知道她得到的溫柔，或多或少是因為楚墨對封林的愧疚，他把當年沒有機會付出的溫柔補償到她身上。

但是，她和他都知道，不管另一個人多優秀，那個人都獨一無二。

楚墨回過神來，說：「封林雖然是個濫好人，可在大事上非常有原則，她不會向我提出這樣的要求，要我背叛奧丁聯邦。」

紫姍微笑，溫柔卻堅定地說：「紫宴不會是叛國者！」

言下之意，紫宴並沒有要求她背叛奧丁聯邦，只是要求她背叛他。在楚墨和紫宴之間，紫姍寧願付出生命，也選擇相信紫宴。

楚墨壓抑著怒火，質問：「紫宴在哪裡？」

「我不知道。」

「紫宴為什麼叫妳盜取我的實驗資料？」

「我不知道。」

果然和特工彙報的一樣，一問三不知。楚墨冷嘲：「紫宴在叫妳做這件事情時，已經決定犧牲妳，妳還要幫他隱瞞？」

紫姍的表情十分平淡，完全不介意楚墨的嘲諷，「我在決定幫他時，已經知道自己會死，我只需要知道他肯定有他的原因，別的事情我沒必要知道。」

楚墨明白了她的意思，「妳是真的什麼都不知道。」

「他的人找到我，告訴我他還活著，希望我能幫他做件事。我知道自己很怕痛，意志也沒多堅定，我怕萬一被抓，熬不住酷刑和藥劑會說出讓自己痛恨自己的話，所以我什麼都沒問。盜取到資料後，我按照事先約定交給他的人，別的我什麼都不知道，也不想知道。」

竟然是這樣！

紫宴和紫姍五十年沒有聯繫，卻敢找她辦這麼重要的事；紫姍不知道紫宴人在哪裡，也不知道他究竟想幹什麼，卻敢無條件相信、以命相付。

楚墨腦海內突然浮現出辰砂和封林的面容，心口窒痛。

他不能完全理解這種信任，但他曾經擁有過這樣的感情，所以他相信這種感情的存在。辰砂對他、封林對他，也曾經全心全意信任，不問因由就可以生死相托。

但是，他辜負了他們！

楚墨站起來，垂目看著紫姍。

既然她什麼都不知道，再審問下去已經沒有任何意義。

紫姍知道這是最後的訣別，忍著劇痛掙扎著坐直，禮貌地欠欠身，微笑著說：「謝謝你這些年的照顧。」

這種周到禮貌的行事風格可不是紫宴的，而是他的。她和他朝夕相處了五十年，和紫宴不過十多年，已經滿身都是他的印記，但那又怎麼樣呢？

楚墨一言不發，微笑著轉身，離開審訊室。

守在門口的特工問：「要立即處死她嗎？」

「帶去實驗室，讓她的死亡有點意義。」

楚墨說完，頭也不回地離開了。

＊　＊　＊

嘀嘀。

楚墨剛回到辦公室，個人終端機突然響起蜂鳴音。

他看了眼來訊顯示，立即接通訊號。

左丘白的虛擬身影出現，「楚墨，阿爾帝國有可能已經改變戰略，你要提防閃電偷襲，他們有可能突然進攻奧丁星域。」

「好！」楚墨一口答應了。

左丘白詫異，本來還以為要向楚墨解釋一下為什麼這麼判斷。

楚墨說：「紫宴在阿爾帝國。」

「什麼？」左丘白覺得太荒謬了，「你怎麼知道的？」

「我猜的。」

「猜的？」

「你想過阿爾帝國為什麼會突然改變戰略嗎？」

「不知道，我只是從事實倒推原因。明明蠶食策略才更符合阿爾帝國的利益，幾乎是穩贏，可阿爾帝國突然想和我們正面對決，勝算不大。我完全不明白阿爾帝國為什麼要這麼做。」

楚墨說：「英仙洛蘭知道我的基因實驗了，她為了阻止我發動滅絕人類的計畫，只能正面進攻奧丁星域。」

「英仙洛蘭怎麼知道的？」

「紫宴叫紫姍盜取實驗資料。」

左丘白驚嘆：「紫宴竟然和英仙洛蘭合作?!」

難怪他們派出烏鴉海盜團滿星際搜查紫宴，還重金懸賞，都查不到任何紫宴的蹤跡，原來他躲在阿爾帝國。

楚墨一邊穿實驗服，一邊說：「我的實驗已經到最後關頭，沒有餘力管戰爭的事。」

「我明白，我會盡快趕回奧丁星域。」

楚墨深深看了眼左丘白，轉身走進實驗室。

一道道沉重的金屬門鎖定，將所有紛擾關在了外面。

只要成功培育出基因病毒，不管英仙洛蘭有多少軍隊，都是在為他製造便利。

還有哪裡比戰場更適合傳播病毒？那些戰士的體格越強壯，就越有可能熬過病毒，讓人類的新紀元更快到來。

＊　＊　＊

左丘白召集所有將軍開會，棕離應邀列席。

左丘白把阿爾帝國有可能偷襲奧丁星域的事告訴所有人，希望他們提高警覺。

散會後，棕離單獨留下來，質問左丘白：「為什麼？」

其他將軍可以不問因由就執行左丘白的命令，但棕離不行。雖然他不擅長指揮戰爭，可也是上過軍事課的人，完全無法理解阿爾帝國放棄優勢、選擇挺而走險的做法。

左丘白一直不喜歡棕離，兩人也一直關係惡劣。

雖然因為殷南昭，棕離和他們站在同一陣營，但這些年來他們的關係並沒改善，依舊各行其是。不過，現在是危急關頭，左丘白必須耐心應付棕離。

「英仙洛蘭不是早說了原因嗎？阿爾帝國要毀滅奧丁聯邦，收復阿麗卡塔星。戰爭打了這麼久，他們大概等不及了。」

棕離問：「楚墨在哪裡？為什麼沒參加會議？」

「實驗室。他的實驗在最後關頭，一時分身乏術，需要我們多操點心。」

棕離沉默。

這些年楚墨過度沉溺於基因研究和實驗，很多日常事務都是紫姍代勞，紫姍做得也不錯，可一年前突然爆出紫姍和紫宴勾結的事，紫姍被祕密拘禁，楚墨卻依舊忙著做實驗，將政務推給他，實在讓人無法理解。

左丘白寬慰：「阿爾帝國遠道而來，我們在家門口作戰，士氣高漲、以逸待勞，贏面超過八〇%，你不用太擔心。」

「在你回來前，我會留在阿麗卡塔軍事基地，做好迎戰工作。」棕離心裡有很多疑問，但大局為重。

左丘白鄭重地說：「等我解決了林堅，會盡快回援阿麗卡塔。」

如果英仙洛蘭已經知道他們在研發毀滅性的基因武器，這一戰必定傾注了阿爾帝國甚至全人類的所有力量，只許贏，不許輸。

他不擔心林堅，卻很擔心那個藏在林堅身後的人。如果是那個人指揮奧丁星域的戰役，贏面可沒有八〇%，他必須盡快結束北晨號和英仙號的戰役，撤軍回奧丁星域支援。

✷ ✷ ✷

茫茫太空。

繁星閃爍、寂靜無聲。

浩浩蕩蕩的戰艦已經逐漸接近奧丁星域。

林榭號戰艦，指揮室。

一個緊盯著監控螢幕的軍人向指揮官蕭郊請示：「要不要減速？如果繼續全速前進，奧丁聯邦很快就會發現我們。」

小角盯著面前的全螢幕星圖，平靜地下令：「全體都有，一字列隊，全速前進，準備進攻！」

艦隊變換隊形，全速朝奧丁星域疾馳。

小角在心裡默默計算著時間，在奧丁聯邦的隱形戰艦突然露出蹤跡，想要攔截的一瞬間下令：「開炮！」

一聲令下，上百艘戰艦一起開火。

無數炮彈劃過天空，猶如盛大的煙火，把漫天星辰的璀璨光芒都掩蓋住了。

楚墨的個人終端機傳來尖銳的蜂鳴音。

駐守小雙子星的將軍驚慌地彙報：「在奧丁星域外圍發現阿爾帝國的艦隊，他們來勢洶洶，我們的星域防線遭受到猛烈進攻。」

楚墨抬起頭，推了推鼻梁上的實驗眼鏡，簡潔有力地命令：「迎戰！」

說完，他就又低下頭繼續做實驗，就好像根本沒有發生什麼大不了的事情。

楚墨的從容鎮靜感染了小雙子星的將軍。他想到偷襲已經早在預料中，他們也及時做了準備，整個人平靜下來，對著楚墨敬軍禮，鏗鏘有力地說：「是！」

過一會兒。

小雙子星響起尖銳的敵襲警報聲，同一時間，阿麗卡塔軍事基地也響起敵襲警報聲。從小雙子星到阿麗卡塔星，所有士兵，不管正在做什麼，都迅速穿上作戰服，奔赴自己的崗位。

這幾十年來，雖然奧丁聯邦的國力在走下坡路，可畢竟是稱霸星際幾百年的軍事強國，越是危急時刻，越顯示出軍隊訓練有素的實力。

不過短短一會兒，所有人員就已經各就各位。

一艘艘戰艦按照指令奔赴前線，一架架戰機嚴陣以待，整個奧丁星域進入迎戰狀態。

＊　＊　＊

阿麗卡塔星和小雙子星，一個是奧丁聯邦的中央行政星，一個是奧丁聯邦的軍事要塞，太空作戰能力都很強大。

在軍事天才游北晨的設計下，再加上北晨號星際太空母艦，就能形成三足鼎立、互為依靠的堅固防線，保衛住整個奧丁星域。

後來經過殷南昭的改造，又形成以小雙子星和阿麗卡塔星為主，北晨號星際太空母艦為輔的靜動結合、攻防皆備的防護網。既可以只有小雙子星和阿麗卡塔星作戰，也可以讓北晨號加入，形成裡應外合的夾擊。

現在北晨號星際太空母艦不在，棕離啟動的就是殷南昭規畫的應急作戰戰略，集中小雙子星和阿麗卡塔星的力量，以防守為主。

一艘艘戰艦、一架架戰機、一枚枚星際導彈，組成了一層又一層防線，所有防線相互交織，形成巨網，既是堅固強大的盾牆，又是威力巨大的粉碎機，不但能阻擋一切進犯的勢力，還能將它們絞成碎末。

所有身在阿爾帝國戰艦上的艦長都感受到了鋪天蓋地的殺機。

他們的戰艦像是不知死活闖進蜘蛛網的小飛蟲，還不只是一張蜘蛛網，四面八方都是火力交織的蜘蛛網，隨時變換方位，剿殺著他們。

他們心驚膽戰，終於理解了為什麼幾百年前阿爾帝國會認輸，將阿麗卡塔星拱手讓給異種。

但是，他們的指揮官卻好像完全沒有感受到鋪天蓋地的殺意，沒有絲毫懼怕，聲音淡漠平靜得像是一個機器人，沒有一絲起伏。

他站在三百六十度環繞星圖前，面無表情地盯著戰場，一個命令接一個命令從嘴裡發出。每個命令不過短短幾個字，卻操控著戰場上數以萬計人的生死。

「海蜃號，開火！」

「長青號，後撤！」

……

被他的氣場籠罩，整個指揮室內，緊張忙碌、井然有序。

坐在工作檯前的軍人屏息靜氣，全神貫注地捕捉、執行著小角的每一個命令。

隨著小角一個個的命令，所有艦長都發現，在鋪天蓋地的殺意中，指揮官似乎總能找到奧丁聯邦戰隊配合間轉瞬即逝的一絲裂縫，指揮著他們進攻。

他們的戰艦時而前進，時而撤退，無數的戰機像是疾掠的鳥群一般，看似飛來飛去、毫無章法，卻總能在密密麻麻的火力網中避開鋒銳，見縫插針地攻擊薄弱點。

第一次，阿爾帝國的軍隊在面對奧丁聯邦的軍隊時，展現了一往無前的強悍進攻，奧丁聯邦變成了小心翼翼的謹慎防守，像是兩支軍隊突然調換了作戰風格。

人類和異種交戰了七百來年，雖然也有很多勝利的戰役，但從來沒有一次打得這麼酣暢淋漓。

不但指揮室內的所有軍人滿懷激動，其他戰艦上的將領也情緒激昂，每次下達命令時，聲音都越來越高昂。

戰場上的戰士看不到全局戰勢，不知道現在戰爭究竟進展如何，但從長官的聲音中卻感覺到越來越激昂的戰意，所有戰士也是越戰越勇。

＊　＊　＊

奧米尼斯星。

女皇辦公室。

洛蘭觀看了一會兒戰役的即時畫面，發現隔行如隔山，完全看不懂。

小角戴著面具，看不到表情有任何變化，眼神也一直非常平靜，就像是一個沒有感情的機器人，想從他身上看出戰爭變化情況，根本不可能。

直接觀看戰場，她只能看到戰艦來回變換隊形，戰機飛起飛落，一會兒前進，一會兒又後撤，根本看不出所以然。

根據林樓將軍的說法，第一輪猛攻決定著戰役的走向，會火力全開。至少要持續幾天，直到阿爾帝國的艦隊能撕破奧丁星域的第一重防衛線，進入奧丁星域。

到時候，雙方的攻勢都會放緩，慢慢變成對抗戰。

真要攻下阿麗卡塔星，至少需要幾個月，甚至幾年的時間。

林樓將軍知道這次戰役至關重要，不僅關係著阿爾帝國的生死存亡，也關係著人類的生死存亡，他紆尊降貴，主動申請去監管能源和物資補給，保證小角沒有後顧之憂，想怎麼打就怎麼打。

洛蘭關閉了螢幕，覺得自己還是不要浪費時間，直接看戰報就好。

她坐到辦公桌前，開始處理日常工作。

突然，紫宴門都沒有敲地闖進來。

洛蘭饒有興致地看著他，想不通有什麼事會讓他這麼失態。

紫宴走到她面前，嚴肅地說：「妳上次說，如果有人能成功地從楚墨那裡拿到實驗資料，妳會盡力補償他們。」

「我說過。」

「我現在需要妳的補償。」

洛蘭曲著手指，無意識地敲敲桌子，笑瞇瞇地說：「我會補償，但補償什麼，怎麼補償由我決定，不是由你決定。」

紫宴盯著洛蘭。

洛蘭說：「我已經決定了補償什麼，怎麼補償。」

她本來以為紫宴會追問一句「是什麼」，沒想到紫宴完全不關心，只是問：「可以更換嗎？」

「不行。」

「英仙洛蘭！」紫宴氣急敗壞地大叫。

洛蘭慵懶地後仰，靠到椅背上，雙腿交叉放在辦公桌上，「邵逸心祕書，有求於人時就應該有求人辦事的正確態度，你這態度算什麼？」

紫宴默默看了一會兒洛蘭，突然屈膝跪在洛蘭面前。

洛蘭心裡一驚，情緒複雜，面上卻不動聲色、平靜如常，譏笑地問：「喲！你這是求我嗎？」

紫宴雙手放在膝前，竟然結結實實給洛蘭磕了個頭，「我求妳救紫姍。」

洛蘭定定地看著紫宴，似乎完全不認識眼前這個雙膝跪在地上，謙卑地低垂著頭的男人。她腦海內閃過幾十年前他倜儻風流、揮灑隨意的樣子，站在權力頂端，翻雲覆雨、游刃有餘，不管是陰沉多疑的棕離，還是暴躁好鬥的百里蒼，都在他手下吃過虧。

洛蘭說：「紫姍怎麼了？她不是楚墨的未婚妻嗎？就算出事了，你也應該是求楚墨救她。」

「紫姍被楚墨抓起來了。」

洛蘭反應過來，「紫姍居然是你安插在楚墨身邊的間諜！」

「楚墨沒有像小角一樣智力衰退變成白痴，不可能任由紫姍欺騙。紫姍不是間諜，她只是被我利用了而已。」

洛蘭迅速想明白一切，沉默地看著紫宴。

當年，楚墨利用封林，禍水東引，等到封林被楚天清毒害異變後，他卻又表現得心如槁木、悲痛欲絕。

現在，紫宴也是這樣。

利用時毫不手軟，事後又悲痛難過。

洛蘭質問：「我怎麼救紫姍？那是奧丁聯邦，連你都無能為力，我能做什麼？」

紫宴面如死灰，低著頭不說話。

「楚墨還沒殺死紫姍嗎？」發生了這麼嚴重的國家機密外洩事件，不管在哪個星國，都應該是立即處死的重罪。

「最新收到的消息是紫姍被關在實驗室，做活體實驗。」

洛蘭沉默了一會兒，說：「如果是這種淒慘的境遇，你應該祈求她快點死亡，盡早解脫。」

紫宴抬起頭，臉色慘白地盯著洛蘭，「妳是英仙洛蘭！」

洛蘭無奈地攤手，說：「我只是英仙洛蘭，我不是神！抱歉，我救不了紫姍，但我一定會殺了楚墨。」

紫宴想要站起來，機械腿卻突然失控，身子一晃又跪了下去。

他索性直接把機械腿拔下，將機械腿倒過來，手握著腳掌，像是拄拐杖一般，緩緩站起，步履艱難地向外挪去。

洛蘭盯著他空蕩蕩的右腿，平靜無波地說：「你再繼續每天酗酒，心臟病會越來越嚴重，一定會暴斃。」

紫宴像是完全沒聽到一樣，離開了辦公室。

✷ ✷ ✷

洛蘭安靜地坐著。

腦海裡卻像是放電影一般冒出很多關於紫姍的畫面。

——悲傷的小姑娘穿著劃破的裙子衝進廁所，哭得稀里嘩啦，又因為裙子修好了無限驚喜，一迭聲地說：「謝謝、謝謝……」

——豆蔻年華的少女坐在檢查室裡，晃悠著兩條腿，天真地說：「我不是相信王子，我是相信您。」

——哭得梨花帶雨的女子自己都傷心難抑，卻還惦記著別人，固執地說：「我喜歡您只是因為您是您，和您是不是公主、是不是公爵夫人沒有絲毫關係。」

——穿著研究服的女子，一臉剛踏入社會的青澀，卻毫不猶豫地擋在警察面前，大聲呵斥：「你們不能這樣！」

……

洛蘭撐著額頭，閉上眼睛，腦海裡的畫面卻揮之不去。

過一會兒。

她按下通訊器，吩咐清初：「聯絡奧丁聯邦政府，就說我想要和執政官楚墨對話。」

前線打得你死我活，兩國首腦居然要私下對話？清初愣一愣，才說：「是！」

洛蘭又發訊息給封小莞，要她立即回來。

封小莞笑嘻嘻地問：「什麼事？」

「需要妳配合我做一個小實驗，哦，對了！回來時，順便帶一點迷幻藥和過敏藥。」

「收到。」

兩個小時後。

訊號接通，洛蘭和楚墨出現在彼此面前。

兩人幾十年沒有正面相見，都仔細地打量著對方。

洛蘭穿著長袖白襯衣、卡其色直筒長褲，渾身上下一件飾物都沒有，只手腕上戴著一個金色手錶形狀的個人終端機，不言不動，站在那裡就氣勢十足。

楚墨裡面是剪裁合身的煙灰色正裝，外面套著寬鬆的白色研究服，一身書卷氣，非常儒雅斯文。

洛蘭冷眼看著楚墨。

楚墨風度翩翩地問好：「多年未見，妳風采更勝往昔。」彷彿他們只是故友重逢，根本不是生死仇敵。

洛蘭笑了笑，說：「你也是虛偽更勝往昔。」

「不敢和陛下比，洛蘭公主、龍心閣下、神之右手、駱尋女士。」

洛蘭懶得再廢話，開門見山、直奔主題：「紫姍在你手裡？」

「是。」

「我要你立即停止用她做活體實驗，留她一命。」

楚墨好笑地看著洛蘭，優雅地抬抬手，示意她繼續痴人說夢。

洛蘭點擊面前的虛擬螢幕，一段即時監控影像開始播放。

空曠的房間裡，有一個一人多高的金屬籠。

籠子裡關著一個少女。女孩兒穿著髒兮兮的藍色病人服，頭埋在膝蓋上，身體瑟瑟發抖地蜷縮成一團。她赤著腳，露在褲子外面的腳踝上能看到隆起的腫塊。

楚墨挑挑眉，「妳在做活體實驗？她是異種？」

「現在只是普通的實驗體，但如果我們倆的談話不愉快，我就打算用她做活體實驗了。」

「請便！」楚墨完全不在意，想要關閉通訊訊號。

「她叫封小莞。」

楚墨已經抬起的手猛地一僵，緩緩放下，目光灼灼地盯著洛蘭。

洛蘭雙臂交叉，環抱在胸前，淡定地說：「你沒猜錯，她的母親是封林，父親是……」洛蘭刻意頓了頓，臉上露出惡魔般的微笑，「父親是楚墨。」

楚墨嗤笑：「英仙洛蘭，妳以為每個人都像妳嗎？人盡可夫？我和封林根本沒有發生過男女關係。」

洛蘭也嗤笑：「生孩子一定要性交嗎？我沒有低估你，但你好像低估了封林對你的感情，別忘記封林是基因學家，雖然是很差的基因學家，但操作人工受孕還是易如反掌的。」

楚墨回想當年，臉色微變，「我不信！」心底卻開始猶疑。

他當時已經知道父親的事。因為知道自己的路一定會和封林截然對立，想到母親知道父親的祕密實驗後百般痛苦，最後得了抑鬱症，自盡而亡，他不想封林重蹈母親的悲劇，拒絕了封林的示愛。

封林很痛苦，他也很痛苦。

當知道封林和左丘白在一起後，他有過一次酩酊大醉，明知道他們在約會，卻醉醺醺地跑去敲封林的門，醉倒在封林門前。

醒來後，人在封林家，躺在封林的沙發上。

封林卻不在，刻意迴避他，只留了一條訊息給他：「你愛我嗎？」

他怔怔坐了良久，忍受著剜心之痛一字字回覆：「不愛。妳不要多想，我只是喝醉了，走錯地方。」

……

洛蘭微笑著說：「封林懷孕的事並不是毫無跡象，你不妨好好回想一下當年的事。她先是和左丘白分手，後來又請長假離開阿麗卡塔。表面上是因情受傷，想要躲起來療傷，實際上是因為胎兒畸形，她要四處尋找神之右手救孩子。」

楚墨剛知道封林有孩子時，已經調查過此事，知道洛蘭說的都是真話，也相信封林的確有過一個孩子。

但是這麼多年都沒有孩子的消息，他以為孩子早已經死了。

葉玠和洛蘭不過是因為封林的身分，為了利用封林，才製造出孩子仍然活著的假象去騙封林。

洛蘭從容淡定地說：「在這個星際，你可是僅次於我的基因學家。不妨分析一下，你的基因和封林的基因結合，胎兒的病變機率有多高？再設想一下她會怎麼病變？」

楚墨眼神複雜地盯著籠子裡的女孩兒。

女孩兒恰好抬起頭，眼神呆滯迷離，五官卻很秀麗，看上去似曾相識，的確有點像封林。

洛蘭把一段舊影片傳給楚墨。

一個赤身裸體的小女孩兒坐在嬰兒床裡，捧著個蛋殼咔嚓咔嚓地啃著。

眉目宛然，活脫脫就是小封林，反倒長大後沒那麼像母親了。

洛蘭說：「十九年前，孩子從蛋裡孵化。我本來不知道你的基因，倒是從孩子的基因推測出你攜帶著頭足綱八腕目生物基因和刺絲胞動物門生物基因，孩子的病變受你的基因影響很大。你的基因太霸道，胎兒在孕育中對母體是毀滅式的掠奪。母系基因為了保住胎兒和母親的命，和父系基因對抗，才會變成體內蛋生。」

楚墨知道洛蘭說的是事實，冷冷地問：「妳想怎麼樣？用孩子來要挾我？」

「如果孩子就能要挾你，我何必還要和你打仗呢？」

「知道就好！」

「只是一個小小的交易，無關大局。我留封小莞一命，你留紫姍一命。」

楚墨盯著洛蘭。

洛蘭笑了笑，說：「紫姍對你已經沒有用，她生或死，都無關輕重，封小莞卻不管怎麼說都是你的孩子。這筆交易我們倆各取所需，都不吃虧。」

「如果讓我知道封小莞死了，我會把紫姍的人頭快遞給紫宴。」楚墨面無表情地說完，立即切斷了訊號。

洛蘭扶著辦公桌，緩緩坐到椅子裡，感覺自己的太陽穴突突直跳。

左丘白和楚墨是親兄弟，基因導致的胎兒病變肯定能說服楚墨，成為有力的證明。但是，她根本不知道封林有沒有機會盜取楚墨的精子，給自己人工受孕。

她只是賭，賭楚墨真心愛過封林，不管他多麼心機深沉、滴水不漏，也在封林面前鬆懈過、行差踏錯過。

如果封林壓根兒沒有機會接近楚墨，她賭輸了，不但保不住紫姍的命，反而會激怒楚墨，讓他立即虐殺紫姍。

幸好，她賭贏了！

洛蘭敢和楚墨賭，是因為她想起，當年封林剛死時，楚墨和左丘白知道封林有孩子的反應。兩人表情都很複雜，左丘白質問楚墨孩子是不是他的，楚墨回答「我倒是想」。

也許，她今天能騙過楚墨，不過是因為楚墨曾經真的希望自己和封林有一個孩子，讓他的思念和愧疚有所寄託。

可是，他竟然沒向她索要封小莞，是因為知道她不可能為了一個紫姍放棄封小莞，還是他另有打算？

Chapter 13

夕顏朝顏

夢裡有春風拂面，玫瑰盛開；有溫存依偎，交頸細語；有綿綿快樂，也有無盡悲傷。
他很想看清楚身邊的人究竟是誰，那張臉卻似近還遠，總是看不分明。

十一天後。
指揮官蕭郊率領阿爾帝國的艦隊攻破奧丁聯邦的第一重太空防衛網，進入奧丁星域。
十個月後。
指揮官蕭郊率領阿爾帝國的艦隊，步步為營、節節突破，接近小雙子星。
雖然目前的戰爭局勢對阿爾帝國有利，但所有人都知道小雙子星是奧丁聯邦的軍事要塞。
如果能攻破小雙子星，阿爾帝國就能以小雙子星為據點，建立軍事基地，實際占領奧丁星域。
到那時，阿爾帝國攻占阿麗卡塔星只是時間早晚的問題。
事關奧丁聯邦的生死，奧丁聯邦的軍隊一定會不惜生命、奮起反抗。

＊　＊　＊

大戰前夕。

小角躺在床上，想要休息，卻遲遲未能入睡。

他現在不僅是林榭號的艦長，還是本次戰役的指揮官，住在林榭號最好的艙房內。

臥室雖然依舊不寬敞，床卻大了一點，可以容納兩個人。床對面是一個觀景窗，躺在床上就能看到外面的璀璨星空。

他翻了個身。

腦海裡不受控制地浮現出他和洛蘭在窄小的床上擁抱親吻的畫面。

他又翻了個身。

畫面揮之不去，點點滴滴的親暱細節一一浮現出來。

小角猛地坐起來。

他去浴室沖了個冷水澡，一邊擦頭髮，一邊走到保鮮櫃前，打開櫃門，隨手拿起一瓶飲料，擰開瓶蓋。

剛入口就覺得不對，他急忙吐掉，舉起瓶子細看。

香檳黃的瓶子上面沒有標注，只畫著一個博物館裡才能見到的玉石枕頭，瓶底蓋著一枚古色古香的印章，裡面寫著「一枕黃粱」。

小角想起什麼，打開智腦螢幕，查看飲料酒水單。

3A級體能的特供飲料是朝顏夕顏，酒是一枕黃粱

4A級體能的特供飲料是夕顏朝顏，酒是南柯一夢。

小角打開保鮮櫃，拿起另一瓶酒。

青色的瓶身上畫著一棵鬱鬱蔥蔥的槐樹，瓶底有一枚古色古香印章，裡面寫著「南柯一夢」。

一枕黃粱、南柯一夢。

小角不知什麼意思，但不是枕頭就是夢，大概寓意著能讓人心情放鬆，精神麻痹，做個好夢。

保鮮櫃裡還有兩打藍色的罐裝飲料，一個上面印著一輪紅日，寫著朝顏夕顏，一個上面印著一彎月牙，寫著夕顏朝顏。

雖然這些功能性飲料和酒在戰艦上一直有提供，但3A級體能和4A級體能都太搶眼，小角不想引人注意，並沒有領取購買過，喝的一直是A級體能的飲料和酒。

他詢問智腦：「保鮮櫃裡的飲料和酒是哪裡來的？」

智腦回覆：「根據紀錄，女皇陛下的辦公室送來的，是女皇陛下的私人禮物，禮物各不相同，但每位艦長都有。」

小角盯著保鮮櫃裡放得整整齊齊的飲料和酒。

如果是女皇的私人禮物，軍艦上就不會有紀錄。看來洛蘭已經注意到他沒有喝過新的飲料和酒，藉著給所有艦長送慰問禮盒，送了一箱可以隨意取用的飲料和酒給他。

他一口氣喝完一瓶一枕黃粱，又拿起一瓶南柯一夢，坐在床邊，一邊慢慢地啜著，一邊眺望窗外的星空。

因為戰艦停泊在交戰區，時不時就會有炮彈的碎片帶著火焰從窗前墜落，像是一個光怪陸離的夢境。

一瓶南柯一夢喝完，小角平躺在床上，沉入了夢鄉。

夢裡有春風拂面，玫瑰盛開；有溫存依偎，交頸細語；有綿綿快樂，也有無盡悲傷。他很想看清楚身邊的人究竟是誰，那張臉卻似近還遠，總是看不分明。

＊　＊　＊

奧米尼斯星。

長安宮。

洛蘭站在眾眇門上，眺望著遠處，眉頭緊蹙，似乎正在思考什麼。

玄之又玄，眾眇之門。

葉玠曾經站在這裡眺望過無數次風景，是不是也像她今日一樣思考著異種和人類的未來？

葉玠曾經是基因最純粹的人類，後來卻攜帶異種基因，站在帝國頂端。他的觀點是持之以恆，還是悄然改變？

「我是……異種。」

葉玠的聲音在耳畔迴盪。

洛蘭禁不住閉上眼睛，細細追尋他的聲音。

這本應該是一句充滿痛苦和怨恨的話，但是，洛蘭感受到的只有釋然。

「我就是我！」

洛蘭的眉頭漸漸舒展開。

在剛開始時，葉玠肯定為基因的改變痛苦過，甚至自我厭棄地質問過自己「我究竟是誰」，但在幾十年的歲月中，他坦然地接受了自己身體內的異種基因。

他就是他，英仙葉玠！

突然，個人終端機響起訊息提示音。

洛蘭睜開眼睛查看，是智腦自動傳送的貨品統計訊息——

黃粱：-1，南柯：-1。

洛蘭禁不住笑著搖搖頭：真笨！居然現在才發現！

不過，小角為什麼突然需要喝酒求醉？

如果不是身體太疲憊，就是大腦太緊張，看來他並不像表面上看起來那麼鎮靜。

洛蘭盯著智腦自動傳送的訊息看了一會兒，做了決定。

她發訊息給艾米兒：「關於醫院和研究院的名字，就用『英仙葉玠』的名字命名。另外，我已經有擔任基因醫院的院長和基因研究院的院長的合適人選了。」

艾米兒發來一連串驚喜的表情，最後還發了一條甜膩膩的語音訊息：「英明神武的女皇陛下，我最愛妳了！」

洛蘭沒理會她。

她走到望遠鏡旁，點點控制面板，漫無目的地四處亂看。

綠樹掩映中，她和葉玠曾經的家安靜地矗立著，露臺上的朝顏花開得如火如荼，像是一幅色彩濃烈的水彩畫。

把鏡頭順時針轉動，再往遠處看，是林堅的家。

邵茄公主和林堅的母親正在花園裡喝下午茶，不知道邵茄公主說了什麼，林堅的母親笑得整個人往後仰，雙手誇張地揮舞著。

洛蘭立即按了下控制面板，把這一幕拍下來，傳給林堅。希望他在焦頭爛額地應付完左丘白後能會心一笑。

不一會兒。

林堅回覆：「謝謝。」

「不要只口頭感謝，我需要實際的報答行動。」

「我已經在為陛下鞠躬盡瘁了。」

「看來左丘白不好應付。」

「蕭郊在奧丁星域的戰役非常順利，八個多月就把戰線推進到小雙子星的外太空，左丘白現在像是瘋了一樣，想盡快把我幹掉後撤回奧丁星域。」

「我能為你做什麼？」

「您已經為我做了很多。別擔心，我不會讓左丘白離開。」

洛蘭想了想，說：「我叫小角加速進攻。」時間越久，左丘白越瘋狂，她擔心林堅撐不住。

「尊敬的陛下，蕭郊已經很快了！那是星際第一軍事強國奧丁聯邦，不是塊任人切割的豆腐！小雙子星的戰役很不好打，您別給他增加壓力！」

洛蘭想到小角喝的黃粱和南柯，沒有再吭聲。

林堅知道她不懂軍事，詳細地解釋：「這兩百多年來，小雙子星先是由辰垣管轄，後來由殷南昭管轄，再後來由辰砂管轄，這三個男人哪一個單拎出來都是最優秀的軍事家。小雙子星上的防衛是他們親手設計督造的，士兵是他們親手訓練的，就算他們已經不在了，但防衛依舊在，軍隊依舊在，這場仗是大硬仗！」

林堅一時糊塗，嘰哩呱啦說完，才意識到洛蘭也許對辰垣不熟，可應該對殷南昭有所瞭解，和辰砂更是做了十年假夫妻，不可能對小雙子星一無所知。

他訕訕地說：「那個……我還有工作要處理，陛下有時間的話就看看小雙子星的戰役吧！」

洛蘭的目光投向遠處，眺望著天際盡頭。

＊　＊　＊

無垠太空、繁星閃耀。

浩浩蕩蕩的阿爾帝國艦隊鬥志昂揚、嚴陣以待，已經做好進攻準備。只等著指揮官一聲令下，就千軍齊發。

林榭號戰艦。

指揮官蕭郊站在三百六十度全螢幕作戰星圖中央，目光審視了一圈，最後鎖定小雙子星。

當那顆黃色的星辰落入心湖，他的眼睛中似有漣漪蕩起，卻轉瞬就恢復平靜，毫不遲疑地下令：「進攻！」

所有戰艦火力全開，對小雙子星發動猛攻。

阿爾帝國和奧丁聯邦硬對硬地展開正面激戰。

小雙子星的防衛固若金湯，讓阿爾帝國的軍人們覺得前面橫亙著一堵看不見的銅牆鐵壁，一不小心就會撞得粉身碎骨。

但是，指揮官卻總能料敵先機，似乎永遠能看透奧丁聯邦的防禦變化，提前一步發出命令，永遠壓制著奧丁聯邦。

阿爾帝國的軍人越打越興奮，越打越士氣高漲。

在持續不斷的猛烈進攻下，小雙子星的防禦牆漸漸被撕開了一條裂縫。
指揮官沒有給奧丁聯邦修補裂縫的機會，指揮戰艦跟進。
在幾艘戰艦的火力掩護下，幾千架戰機穿過裂縫，進入小雙子星，以迅雷不及掩耳之勢將小雙子星的地面防禦導彈系統擊毀。
小雙子星的防禦牆從一條裂縫變成了一個大洞。
三艘阿爾帝國的戰艦接到指揮官的命令，立即展開突擊，全速衝向大洞。
奧丁聯邦意識到絕對不能讓阿爾帝國的戰艦通過，無數架戰機在戰艦的掩護下向阿爾帝國的戰艦發動進攻，想要把大洞封堵住。
勝敗在此一舉。
所有人的心都提到了嗓子眼。
小角卻依舊是一張沒有絲毫表情變化的面具臉，眼神平靜到冷漠。
一個個命令用沒有起伏的聲音說出，阿爾帝國的所有軍人卻奇異地感受到了心安。
似乎那個站在星圖中間的男人已經變成了傳說中攻無不克、戰無不勝的戰神。他的意志就是戰爭的結果！他就是戰爭！
三艘阿爾帝國的戰艦和奧丁聯邦的數艘戰艦正面對決。
無數的戰機盤旋疾馳，彼此攻擊。
眾所周知，阿爾帝國的單兵作戰能力遠遠不如奧丁聯邦，奧丁聯邦的戰機在戰場上經常會發揮反敗為勝的決定性作用。

這一次，依舊有無數人以為奧丁聯邦的戰機會力挽狂瀾，遏制住阿爾帝國的進攻。

沒想到，這次阿爾帝國戰機表現異常，居然將奧丁聯邦在戰機上的單兵作戰優勢完全壓制住。戰機是新式戰機，機身更加纖細，速度更加快，作戰方法也完全改變了。不是單兵作戰，而是每兩架戰機為一組迎戰，靠著訓練有素、緊密配合的高超飛行技巧，以二敵一，成功擊退了奧丁聯邦的戰機。

不僅奧丁聯邦的將領震驚到難以置信，很多阿爾帝國的將領也震驚到難以置信，完全沒想到個人體能處於劣勢的阿爾帝國，竟然有一天會在戰機作戰中壓著奧丁聯邦打。

在戰機的護衛下，三艘阿爾帝國的戰艦勢如破竹，突破大洞，形成一個三角形的安全區，掩護著其他戰艦跟隨前進，將突圍區一點點擴大。

一天一夜後，小雙子星的防禦牆被徹底打破，再不能形成緊密的火力網，阻擋阿爾帝國進犯。

指揮室內禁不住爆發出雷鳴般的激動歡呼聲。

大家都崇拜地看著蕭郊——從教官到指揮官，從訓練特種戰鬥兵到指揮戰役，他創造了一個又一個奇蹟。

蕭郊依舊平靜到冷漠，目不轉睛地盯著小雙子星，眼睛中隱隱流露出悲愴——

阿爾帝國的上百艘戰艦和奧丁聯邦的戰艦在高空交戰。

無數架阿爾帝國的戰機進入對流層，一顆顆能量彈射出，小雙子星上的一棟又一棟建築物轟然倒塌。

漫天火光，硝煙瀰漫。

幾百年來，無數異種捨棄生命，歷經幾代人，奮鬥了數百年的心血正在炮火的襲擊下一點點化為灰燼。

奧丁聯邦太空中的第一軍事要塞已經被徹底擊潰粉碎。

＊　＊　＊

奧米尼斯星。

議政廳。

全螢幕的影像，正在實況轉播小雙子星的戰役。

——阿爾帝國和奧丁聯邦的戰艦在高空交戰。

——阿爾帝國的戰機進入小雙子星的平流層，投下炮彈，實施無差別地面轟炸，把一棟棟建築物炸毀。

——硝煙瀰漫中，無數阿爾帝國的戰機在空中盤旋飛過，像是獵鷹巡視自己的領地般翱翔在奧丁聯邦的上空。

議政廳裡爆發出雷鳴般的喝采聲。

人們互相擁抱慶賀，甚至有不少老者喜極而泣，不敢相信自己有生之年竟然能看到阿爾帝國的戰機飛翔在奧丁聯邦的領空。

洛蘭坐在最前排，面無表情地盯著螢幕。

整個大廳裡都是激動喜悅、大笑大叫的人，不停地爆發一陣又一陣震耳欲聾的鼓掌和歡呼聲。

這場戰爭由她發動，她本應該是最高興的一個人，可是她現在沒有一絲喜悅，甚至覺得寒徹心扉地悲哀，就好像她不是面前這一切的始作俑者。

對阿爾帝國的人來說，那些建築物代表著奧丁聯邦的成就，它們的屹立象徵著阿爾帝國幾百年來的恥辱。

每倒塌一座，就如同一塊恥辱被洗刷掉，他們忍不住歡呼慶賀，可是洛蘭沒辦法把它們簡單地看成恥辱的象徵。

那些建築物，她曾經親眼見過，親身從它們旁邊經過。

突然，螢幕上出現一棟兩層高的樓房。

一架阿爾帝國的戰機從樓房頂上掠過，安靜矗立的樓房轟然爆炸，硝煙滾滾，騰空而起。

洛蘭的腦海中清晰地浮現出一幅畫面——

早上的陽光從落地玻璃窗射入會客廳，一室明亮。

封林和百里蒼在吵架，兩人唇槍舌劍，劍拔弩張，似乎馬上就要打起來。

楚墨優雅地坐在沙發上，無奈地撫額。

紫宴懶洋洋地歪靠在單人沙發裡，笑瞇瞇地看熱鬧。

棕離一臉陰沉，不耐煩地皺眉頭。

辰砂坐在角落裡，似乎置身事外，可電光石火間，兔起鶻落，等眾人看清楚時，他已經站在百里蒼面前，光劍插在百里蒼下體。

……

洛蘭閉了閉眼睛，又睜開，本來以為已經把過去擺脫了，卻沒想到螢幕上又出現一棟造型別緻的建築物。

猝不及防間，她像是突然被人迎面重重打了一拳，整個人都懵了。

屋子應該很久沒有人住了，花園裡的花無人打理，長得茂密繁盛，連路都被完全遮蔽住，只有一片花海，開得轟轟烈烈、如火如荼。

藍色的小花，清幽雅致；紅色的大花，濃艷熱烈。

整個花海像是一半海水，一半火焰，交匯在一起，肆意張揚地翻湧燃燒著。

一架阿爾帝國的戰機從上空掠過，投下炸彈，轟然一聲，房子倒塌，煙塵瀰漫中，所有的花被火光吞噬。

洛蘭突然胃部痙攣，連帶著五臟六腑都在抽痛。

她像是一條瀕死的魚般張著嘴，胸膛一起一伏，急劇地喘息著，卻依舊感覺到窒息般的疼痛瀰漫全身。

整個大廳裡的人都在失態地大叫大笑，不知道誰激動地尖叫了一聲「洛蘭陛下」，所有人都忍不住跟著激動地歡呼起來。對女皇所有的反對，所有的質疑，所有的詰難，都在耀眼的勝利面前變成了心悅誠服的擁戴和敬仰，他們用掌聲和歡呼聲表達著對女皇的敬愛，感謝她為阿爾帝國帶來的輝煌勝利。

「洛蘭陛下！洛蘭陛下……」

洛蘭艱難地站起，臉上掛著一個僵硬的笑，像是逃跑一樣跌跌撞撞地走出議政廳。

＊　＊　＊

洛蘭暈沉沉地回到官邸。

看到紫宴一個人坐在露臺上，腳邊倒著兩個空酒瓶，手裡還拿著一瓶酒。

阿爾帝國攻陷小雙子星的新聞已經傳開，洛蘭知道他現在心情肯定很差，沒有打招呼，徑直朝樓上走去。

紫宴挑釁的聲音突然響起：「尊貴的女皇陛下，妳的奴隸已為妳打下小雙子星，滿意了嗎？」

洛蘭身體難受，沒有理會紫宴。

紫宴突然情緒失控，站起來憤怒地大喝：「英仙洛蘭，我問妳滿意了嗎，回答我！」

洛蘭不得不停住腳步，看向紫宴。

紫宴一把拽下臉上的面具，發洩般地扔到地上。

他腳步踉蹌地走到大廳裡，仰頭看著樓梯上的洛蘭，「妳真是一個變態！居然叫辰砂去攻打小雙子星！叫他親手毀掉他曾經守護的一切，是不是讓妳很滿意？」

洛蘭的手下意識地用力按在胃部，防止自己因為疼痛失態。她冷冷地說：「不滿意！」

「妳還有什麼不滿的？」

「因為阿爾帝國還沒有打下阿麗卡塔星，把奧丁聯邦從星際中抹除。」

紫宴猛地抬手，把手裡的酒瓶狠狠砸向洛蘭的臉。

洛蘭眼睛眨都沒眨，身子微側就躲開了酒瓶。

砰一聲，酒瓶砸到牆上，酒液和玻璃碴飛濺得到處都是。

洛蘭淡定地看了眼自己衣服上濺到的紅色酒液，平靜地說：「所有費用從你的薪資裡扣除。」

她朝樓上走去。

紫宴的聲音在她身後響起：「妳為什麼是這樣一個人？難道人真的可以像智腦一樣，把親身經歷過的記憶刪除得一乾二淨？」

洛蘭沒理會他。

紫宴悲怒交加，聲音嘶啞地吼著問：「英仙洛蘭，妳真的不記得千旭，不記得封林，不記得辰砂，不記得妳在阿麗卡塔星生活了十多年嗎？妳真的把妳和殷南昭的感情都忘得一乾二淨了嗎？」

洛蘭頭都沒有回，冷淡地說：「你喝醉了！最好回房睡覺，免得明天懊惱今天的失態。」

紫宴慘笑，「英仙洛蘭，我只是少了一顆心，妳卻是壓根兒沒有心！妳是一個令人噁心憎惡的怪物！」

洛蘭一言不發，回到房間。

因為劇烈的胃痛，她覺得五臟六腑、四肢百骸都好像浸在冰水裡，整個人都在打冷顫，似乎馬上就要被凍得昏倒在地。

她踉踉蹌蹌，掙扎著走進浴室，連衣服都沒脫就站在蓮蓬頭下。

嘩嘩的熱水傾瀉而下，沖打在身上，卻沒有讓她覺得暖和。

她打著寒顫，一遍遍喃喃告訴自己：「我是英仙洛蘭！我是英仙洛蘭……」

她是英仙洛蘭，不是駱尋！

所有關於小雙子星的記憶都和她無關！

但是，她的身體完全不受控制，依舊抖個不停，眼前都是火光中的紅色和藍色迷思花。

落英繽紛，有人含笑而立。

……

洛蘭用手緊緊地捂住眼睛，身體靠著浴室牆壁，無力地軟倒在地上。

流水嘩嘩，千滴萬滴水珠，猶如點點斑斕光陰，無情地掠過肉身，帶著糾纏不清的過去和現在，匯出冥冥未來。

＊　＊　＊

阿麗卡塔軍事基地。
祕密實驗室。
空曠安靜。
大型實驗儀器在忙碌地運轉，發出嗡嗡的枯燥聲音，越發凸顯出實驗室的寂靜。
楚墨戴著實驗眼鏡，穿著白色的研究服，站在實驗檯前，盯著身周的虛擬螢幕。
上面正在播放小雙子星上的戰事——
猛烈的炮火中，小雙子星失去了晝夜，整個星球都被刺眼的火光籠罩。
所有士兵明明知道小雙子星已經淪陷，卻沒有一個人撤退逃跑。
他們視死如歸，駕駛戰機衝向敵人，卻在阿爾帝國雙人戰機的無情絞殺下，一架又一架墜毀。
奧丁聯邦最優秀、最英勇的戰士，曾經無數次捍衛了異種的家園，這一次卻沒有成功。
楚墨如同置身冰窖，全身冷颼颼。
這種雙人戰機的作戰方式完全就是針對奧丁聯邦的戰機設計的。
阿爾帝國那個隱身於暗處的指揮官非常瞭解奧丁聯邦的作戰方式，非常熟悉奧丁聯邦的戰機，非常清楚小雙子星的每一處軍事據點。

他指揮著阿爾帝國的軍隊，像一個巨型絞肉機，所過之處血肉飛濺，毫不留情地把小雙子星絞成碎末。

楚墨終於體會到了左丘白說的熟悉感，現在他也覺得熟悉了。

十幾歲時，他和那個年齡比他小的啞巴少年在星網中對戰時就是這種感覺。少年的進攻猶如光劍般犀利直接，幾乎沒有任何花招，對手可以清楚地看到少年的一招一式，可就是應對不了，只能被少年無情地碾壓。

這樣輕而易舉地摧毀小雙子星，林樓做不到，紫宴做不到，甚至左丘白也做不到，只有一個人能做到。

辰砂，他還活著！

但是，這真的是他嗎？

五十多年過去了，楚墨對他的記憶卻依舊停留在過去——

那個男人剛毅耿直、黑白分明，只要他認定的事，就絕不會妥協，也絕不會讓步。

正因為他是這樣的性格，楚墨才知道自己永遠不可能爭取到他的支持，只能狠心除掉他。

在新聞裡，看到他異變時，他的痛苦不亞於自斷雙臂。

左丘白雖然和他是血緣上的親兄弟，但他知道左丘白和他的血緣關係時，早已經成年，只是理智上的接受，感情上並不親近。

反倒是辰砂，他們從小一起長大，同桌吃飯、同床休息、一起學習、一起玩耍。兩個沒有母親的孩子彼此陪伴，親如兄弟。

他是真心實意地把辰砂當弟弟，也很清楚辰砂視他為兄，把他當自己的親人。如果辰砂不是拿他當兄長，全心全意地信任他，他根本不可能得手。

……

楚墨不知道這五十多年辰砂是如何熬過來的，又如何從野獸變回了人，但是他知道自己就是促成這一切的始作俑者。

辰砂本應該是一個誓死捍衛聯邦的戰士，現在卻變成了摧毀聯邦的凶手。

他是辰砂，又不再是辰砂！

這個指揮著阿爾帝國軍隊作戰的男人學會了隱忍不發、學會了欺騙誤導、學會了借刀殺人。

那個剛毅耿直、黑白分明的男人已經被他親手殺死了！

當年，楚天清利用辰垣的信任，殺死辰垣和安蓉；後來，楚墨利用辰砂的信任，使他異變成獸，除掉了他。

現在，辰砂死而復生，從墳墓裡爬出來找他復仇了！

楚墨悲笑莫名。

辰砂擊毀了阿麗卡塔星的屏障小雙子星，下一步就是進攻阿麗卡塔星，和他正面對決。

冥冥之中，一飲一啄，皆有前緣，可是他的因緣結果呢？

他捨棄了最愛的女人，捨棄了最親的兄弟，並不是因為一己私慾，只是想為異種爭取一條出路，但命運卻好像總是不肯幫他。

難道他錯了嗎？

不！不可能！

他已經反覆研究論證過，奧丁聯邦看似如日中天，實際卻是一座牢籠。這座牢籠越強大，異種走向滅亡的速度就越快。各式各樣層出不窮的基因病，爆發頻率越來越高的突發性異變，都在暗示異種的命運，奧丁聯邦即使能打敗所有人類星國，最終也會亡於自己的基因。

如果異種不想滅絕，就必須繼續進化！

✷ ✷ ✷

楚墨收斂心神、清除雜念，繼續專注地做實驗。

超A級的強大體能沒有用於廝殺搏鬥，而是用於實驗。眼更明、手更快。

他在和時間賽跑，必須快！快！快！

只差一點點，就可以成功！

螢幕裡依舊不停地傳來小雙子星的炮火聲。

在他身周，一架架戰機墜毀，一艘艘戰艦炸毀，他卻像是什麼都沒聽到一般。

一場戰爭的輸贏並不能決定異種的未來，決定異種未來的是異種自身的基因。

楚墨像是進入了另一個世界。

他的耳畔只有藥劑發生反應時的神奇聲音，他的眼裡只有元素相遇時的分子變化，他的腦裡全是方程式。

各種元素排列、組合、變化。

各種方程式拆解、重組。

……

一秒秒、一分分、一刻刻。

外面已經翻天覆地、驚濤駭浪，實驗室裡卻一片寂靜。

楚墨一直全神貫注地做實驗。

✵ ✵ ✵

七天的空中激戰。

阿爾帝國攻陷小雙子星。

一個月的地面作戰。

阿爾帝國占領小雙子星。

在所有將軍列席的會議上，奧丁星域戰場的指揮官蕭郊向元帥和女皇彙報戰況。

雖然大家早已知道戰況，但當蕭郊親口說出時，所有人依舊十分激動。會議室裡響起劈里啪啦的鼓掌聲。

林堅向小角祝賀：「這場戰役打得非常漂亮，不管是空中作戰，還是地面作戰，都是教科書級別的指揮。」

小角不卑不亢地說：「謝謝元帥的讚美。」

林樓將軍詢問：「不知諸位對下一步的作戰計畫有什麼想法？」

洛蘭毫不遲疑地說：「一鼓作氣，立即進攻阿麗卡塔星。」

「左丘白肯定想盡快撤回奧丁聯邦，支援阿麗卡塔，現在對我發動了總攻，我會盡力拖住他。」林堅的眼睛裡滿是紅血絲，顯然已經幾天沒有好好休息過。

大家都期待地看著蕭郊。

明明他的軍銜最低，在一堆將軍裡不值一提，根本沒有他發言的機會，但奧丁星域的戰役讓所有人看到了他的實力。尤其這一次的小雙子星戰役，立下大功的雙人戰機不但證明他敏銳的洞察力，還證明了他在訓練士兵上的卓越能力。

所有將軍都下意識地唯他馬首是瞻，等待著他做決定。

蕭郊言簡意賅地說：「大戰剛結束，軍隊很疲憊。我想休整後，再率軍進攻阿麗卡塔星。」

所有人都點頭，顯然沒有絲毫異議。

洛蘭看向林堅。

林堅肅容，堅定地說：「無論如何，就算豁出性命，我也會拖住左丘白，絕不讓他干擾奧丁星域的戰爭。」

在座的將軍想到林榭將軍，眼裡閃過哀戚。

如果林堅再有個意外，他們都沒有臉去見林榭將軍的夫人，但是，對軍人而言，一旦上了戰場，就只有國沒有家。

他們只是默默站起，對林堅敬軍禮。

林堅的身子晃了晃，估計是母艦又被炮彈擊中了。他對各位將軍回禮，目光梭巡一圈，最後落在蕭郊身上。

「必須攻下阿麗卡塔！」

不僅僅是因為阿爾帝國要打敗奧丁聯邦，還因為楚墨的基因實驗室就在阿麗卡塔星上，為了人類還能有明天，他會不惜生命拖住左丘白，也請蕭郊務必盡力。

蕭郊敬禮，「是！」

「諸位，再會！」林堅的身影在消失前，又晃了晃。

連會議室裡的人都聽到了炮火聲，可以想像那邊的戰爭現在有多麼激烈。
洛蘭說：「散會！」
所有人的全螢幕虛擬身影陸陸續續散去，最後只剩下小角和洛蘭。

＊＊＊

小角看著洛蘭，洛蘭也看著小角，似乎都有話說，卻又都沒有開口。
洛蘭看小角的樣子，忍不住故意沉默不語，想看看小角怎麼辦。
要麼開口說話，要麼關閉視訊，只能二選一吧！
沒想到小角竟然既不開口說話，也不關閉視訊，就是沉默地看著洛蘭，像是能看到地老天荒。
洛蘭促狹心起，想看看他能堅持多久。
五分鐘。
十分鐘。
十五分鐘。
……
洛蘭暗罵自己白痴，又不是沒和小角較勁過，上一次吃野莓吃得胃裡直冒酸水，竟然還不吸取教訓？
她主動認輸，說：「我有事找你，待會兒見。」
洛蘭切斷訊號，用自己的私人號碼連線小角。

軍艦上通訊受管制，即使是艦長，也沒有權力私自和外界聯繫，但小角是奧丁星域戰場的指揮官，有特別權限，可以使用自己的個人終端機直接聯絡女皇陛下，方便危急情況下彙報和請示。

嘟嘟的蜂鳴音剛響了幾下，小角就接通了視訊。

洛蘭看他已經離開辦公室，在自己的私人艙房。

「累嗎？」

「不累。」

「我看智腦紀錄，你喝了好幾次酒和功能性飲料，壓力很大？」

小角沉默地點了下頭。

洛蘭突然往前走了幾步，展臂虛抱住小角的身影。

小角身體發僵。

洛蘭問：「我第一次主動抱你，嚇著你了？」

小角搖搖頭，側頭在洛蘭臉頰上親了一下。

洛蘭低聲說：「有兩件事拜託你。」

「什麼事？」

「如果你攻陷阿麗卡塔，不要讓戰機轟炸阿麗卡塔。如果有將領想亂來，必須制止。阿麗卡塔星和小雙子星不一樣，上面有手無寸鐵的平民。我不想被人取綽號叫血腥女皇。」

「好。」

「楚墨手裡有一個叫紫姍的人質，邵逸心希望她活著。如果條件允許，把她救出來。」

「好。」

「除了說好你還會說什麼？」

「難道妳希望我說不好？」

「哎喲，會跟我頂嘴了！」洛蘭仰頭看著他，「有沒有想我？」

雪白的臉上，一雙眼睛猶如蕩漾的秋水，映著他的身影，小角猛地轉過頭。

洛蘭眼睛微瞇，研判地盯著他。

小角的目光落在房間某處，硬邦邦地說：「想過。」

洛蘭順著他的目光看過去，發現是一張床，霎時明白了小角的異樣，竟然有點羞窘，急忙移開目光，顧左右而言他，「我會再送一箱飲料過去給你，你注意身體。」

「好。」

又是一個好！洛蘭笑說：「曲雲星快要進入盛夏了。」

「嗯。」小角沒明白她的意思，虛應了一聲。

「我第一次到曲雲星時是盛夏，那時候你還是一隻髒兮兮的野獸。」

小角有些恍惚，腦海裡清晰地浮現出——

破舊髒亂的房子，野草叢生的院子，沒精打采的阿晟。

伴隨著枯燥高亢的蟬鳴聲，一個又一個漫長炎熱的夏季悄然過去。

時光平淡寂靜，似乎就要這樣終老死亡，一個冷若冰霜的女人突然出現，一切開始起變化。

……

洛蘭說：「快到我們認識的紀念月了，我準備了一份特殊的禮物。」

小角垂目看著她，似乎在問是什麼禮物。

洛蘭賣了個關子，揮揮手說：「我去工作了，再見！」

「再見。」

洛蘭切斷訊號，看著小角的身影消失在眼前。

✷　✷　✷

隨著阿爾帝國攻陷奧丁聯邦小雙子星的消息傳開，整個星際都沸騰了。

在英仙洛蘭宣戰之初，大部分人都以為這一次戰爭就像以前的無數次戰爭一樣，開始得轟轟烈烈，結束得無聲無息。

等一切過去後，阿爾帝國依舊是阿爾帝國，奧丁聯邦依舊是奧丁聯邦，最多不過是資源和利益重新劃分一下。

沒有人想到這一次的戰爭竟然會發展至此。

奧丁星域全線失守，阿爾帝國已經攻陷小雙子星，也許要不了多久阿麗卡塔也會淪陷，奧丁聯邦就徹底滅亡，不復存在了。

為了保住異種唯一的家園，全星際的異種從四面八方趕赴奧丁聯邦，自發地組成支援軍，保衛奧丁聯邦。

其中就有紅鳩他們的艾斯號。

清越解除了船長職務，以普通移民的身分，被紅鳩送到曲雲星——星際中唯一一個人類和異種和平共居的星球。

清越淚如雨下，但是，她知道這是唯一的選擇。

紅鳩他們不能捨棄自己曾經的故國家園，不能捨棄還在阿麗卡塔星上生活的同胞，她也不能背叛自己的基因，去幫助異種攻打人類。

所以，他們只能在這裡分開。

他留下她生，她目送著他奔赴死亡。

紅鳩笑著說：「別哭了，不是說情人分開時，應該讓對方記住笑臉，才能讓對方不擔心嗎？」

「呸！」清越哭得眼淚鼻涕全糊在臉上，「我就是要你記住我的哭臉，讓你死也不能心安！」

紅鳩眼眶泛紅，卻依舊笑得熱烈張揚，「好好好，我就記住妳哭得很醜的臉。」

清越越哭越凶，幾乎泣不成聲。

飛船的起飛時間到了。

紅鳩用力抱了下清越，硬著心腸轉過身，朝飛船大步走去。

「狄……」清越急切地伸出手想拉住他，卻終是什麼都沒做，反倒一手緊緊地捂住嘴，盡力不讓自己哭出聲音，目送著他的背影漸漸遠去。

艾米兒左手牽著一個男孩兒，右手牽著一個女孩兒，也站在送行的人群中。

五年多前，兩個孩子兩歲時，她發布消息為自己的孩子找體能老師。因為報酬優渥，福利豐厚，又不限基因，吸引了不少人來應聘。最後艾米兒聘用了體能A級、實戰經驗豐富的獵鷹。

她非常滿意教學結果，同樣滿意的還有獵鷹的身材，她就順便拐騙人家上床，變成她的情人。

獵鷹之前駕駛戰機作戰時受過重傷，已經不再適合太空作戰，現在卻堅持要和隊友們一起返回奧丁星域的戰場。

艾米兒撇撇嘴，一句挽留的話都沒說，乾脆俐落地送他離開。

獵鷹滿臉不捨地抱抱男孩兒，又抱抱女孩兒，「老師走了，你們都是大孩子了，要照顧……」

他本來想說「照顧你們媽媽」，但看艾米兒一臉百無聊賴地東張西望，很不耐煩沒完沒了的告別。

獵鷹訕笑，這個女人哪裡需要別人照顧？

「我走了。」他吻了下艾米兒的額頭，朝飛船走去。

「喂！」

獵鷹站住，回身看艾米兒。

艾米兒懶洋洋地說：「盡量活著回來。找一個像你『床技』這麼好的男人可不容易。」因為有孩子在，「床技」兩字，艾米兒只動嘴唇，沒有發聲。

獵鷹無奈，「說一句妳會等我，很難嗎？」

艾米兒笑著搖搖頭，「我不會等任何人。」

獵鷹也沒有生氣，笑著給了艾米兒一個飛吻，走向飛船。

艾米兒立即拉著兩個孩子離開。男孩兒小夕問：「我們要走了嗎？別人都還沒走。」

艾米兒還沒回答，女孩兒小朝說：「阿姨不喜歡目送別人的背影。」

艾米兒忍不住抱住小朝狠狠親了一口。太聰明、太可愛了！那個臭臉女人怎麼能生出這麼招人喜歡的孩子？

＊　＊　＊

艾米兒特意繞了幾步路，從清越身旁經過。

飛船的艙門已經合攏，什麼都看不到，清越卻依舊痴痴地看著飛船，不停地掉眼淚。

「清越？」

清越這才看到身邊站著一個高挑美艷的女人，右手拉著一個粉雕玉琢的女孩兒，左手拉著一個面容相似的男孩兒。

她覺得美艷女人很面熟，又發現她身旁有便衣保鏢，立即想起她是誰，驚詫得連悲傷都忘記了，「艾米兒總理？」

「是我。」艾米兒放開小朝，和清越握了下手，「妳應該剛剛失業，有沒有興趣為我工作？」

「為妳工作？」清越反應不過來。

「我的兩個孩子需要找一位人類基因的家庭老師，輔導功課。」

「為什麼是我？」清越不明白。

雖然曲雲星很落後，但艾米兒總理的孩子找家庭老師，比她優秀的人多得是，應該輪不到她。

「我的兩個孩子攜帶異種基因。」

清越下意識地看向兩個孩子。女孩衝她友好地笑了笑，男孩卻彆扭地轉過了臉。

艾米兒將一張寫著通訊號碼的卡片遞給她，「妳有一天時間考慮，如果願意接受這份工作，聯絡我。」說完牽著兩個孩子離開了。

清越捏緊卡片，看著飛船冉冉升空，離開風和日麗的曲雲星，奔赴硝煙瀰漫的奧丁聯邦。

✳ ✳ ✳

艾斯號趕到奧丁星域時，發現像他們這樣的志願支援軍不少。

奧丁聯邦有一個專門的團隊負責接待他們，一個軍官對他們表達了誠摯的感謝，但一時半會兒也不知道該怎麼用他們。

畢竟戰場上作戰講究協同配合，這些志願參戰的飛船或戰艦都沒有經過正規的軍事訓練，在戰場上很難和正規軍配合。

最後，艾斯號領了一個不痛不癢的巡邏任務。

紅鳩執行任務時，觀察到其中一艘支援軍戰艦雖然打著傭兵團的旗號，行事卻很有軍隊風格，完全不像是一般的傭兵團。

紅鳩查了一下對方。

獨角獸傭兵團，一個四流傭兵團，來自落後的偏遠星域。在他們駐紮的星域口碑挺好，但出了他們駐紮的星域就無人知曉，反正紅鳩從沒聽說過。

他決定打個招呼，認識一下，說不定將來可以協同作戰。

紅鳩向對方發出通話請求。

訊號接通時，他意外地愣了愣，對方也意外地愣了愣，都沒想到竟然是熟人。

宿一笑著打招呼：「你也來啦？」

紅鳩笑著回答：「是啊！」

上一次他們見面時，宿一還是指揮官辰砂的護衛長，負責辰砂的安全，紅鳩是執政官殷南昭的護衛兵，負責保護駱尋的安全。

之後，辰砂異變、殷南昭亡故。

紛亂中，他們為了保住性命，各奔東西，銷聲匿跡於茫茫星海。

幾十年後再重逢，他們一個是傭兵，一個是走私客，感覺滄海桑田、人事全非。

宿一問：「你那邊都有誰？」

「以前敢死隊的老隊員，護衛隊的好哥兒們，還有些安家的人。你那邊呢？」

「第一區的人，安家的人。」

兩人說完後，突然陷入沉默。

他們一個是殷南昭的人，一個是辰砂的人。當年殷南昭和辰砂死時，他們沒機會為各自的頭領並肩作戰，現在卻以這麼奇異的方式相會於奧丁聯邦，竟然要為仇人楚墨浴血廝殺。

命運真是冷酷荒謬！

紅鳩打起精神說：「有空時出來喝幾杯，敘敘舊。」

「好！」宿一爽快地答應了。

可彼此都知道他們只怕壓根兒沒機會坐下來喝酒聊天。

阿爾帝國這次戰役的指揮官異常強悍，只用七天就攻陷了小雙子星，本來應該冗長消耗的地面作戰也打得乾淨俐落，短短一個月就結束了。

現在阿爾帝國挾勝者之威，對阿麗卡塔星發動進攻，奧丁聯邦的勝算不大。

紅鳩和宿一都是抱著必死之心來奧丁參戰的。

如果不能力挽狂瀾，就戰死沙場，將一身熱血化作煙花祭奠奧丁聯邦——異種歷史上第一個自己的星國，很可能也是最後一個。

——散落星河的記憶：第四部【璀璨】上卷卷終

散落星河的記憶

第四部

璀璨 上

茶蘼坊47

作　　者　桐　華

總 編 輯　張瑩瑩
副總編輯　蔡麗真
責任編輯　蔡麗真
協力編輯　黃怡瑗
美術設計　洪素貞 (suzan1009@gmail.com)
封面設計　周家瑤
行銷企畫　林麗紅
印　　務　黃禮賢、李孟儒

社　　長　郭重興
發行人兼出版總監　曾大福
出　　版　野人文化股份有限公司
發　　行　遠足文化事業股份有限公司
地址：231 新北市新店區民權路 108-2 號 9 樓
電話：（02）2218-1417　傳真：（02）8667-1065
電子信箱：service@bookrep.com.tw
網址：www.bookrep.com.tw
郵撥帳號：19504465 遠足文化事業股份有限公司
客服專線：0800-221-029
法律顧問　華洋法律事務所　蘇文生律師
印　　製　成陽印刷股份有限公司
初　　版　2018 年 6 月

歡迎團體訂購，另有優惠，請洽業務部（02）22181417 分機 1124、1135

國家圖書館出版品預行編目 (CIP) 資料

散落星河的記憶 . 第四部 : 璀璨 / 桐華著 . -- 初版 . -- 新北市 : 野人文化出版 : 遠足文化發行 , 2018.06
冊 ;　公分 . -- (茶蘼坊 ; 47-48)
ISBN 978-986-384-286-6(全套 : 平裝)

857.7　　107008230

散落星河的記憶
第四部【璀璨】
線上讀者回函專用 QR CODE，您的寶貴意見，將是我們進步的最大動力。

野人

野人文化
讀者回函卡

書　名 ______________________________

姓　名 ______________　□女　□男　　年齡 ______

地　址 ______________________________

____

電　話 ______________　手機 ______________

Email ______________________________

□同意　□不同意　　收到野人文化新書電子報

學　歷　□國中(含以下)□高中職　□大專　□研究所以上

職　業　□生產/製造　□金融/商業　□傳播/廣告　□軍警/公務員

□教育/文化　□旅遊/運輸　□醫療/保健　□仲介/服務

□學生　□自由/家管　□其他

◆你從何處知道此書？

□書店：名稱 ______________　□網路：名稱 ______________

□量販店：名稱 ______________　□其他 ______________

◆你以何種方式購買本書？

□誠品書店　□誠品網路書店　□金石堂書店　□金石堂網路書店

□博客來網路書店　□其他 ______________

◆你的閱讀習慣：

□親子教養　□文學　□翻譯小說　□日文小說　□華文小說　□藝術設計

□人文社科　□自然科學　□商業理財　□宗教哲學　□心理勵志

□休閒生活（旅遊、瘦身、美容、園藝等）　□手工藝／DIY　□飲食／食譜

□健康養生　□兩性　□圖文書／漫畫　□其他 ______

◆你對本書的評價：（請填代號，1. 非常滿意　2. 滿意　3. 尚可　4. 待改進）

書名 ____ 封面設計 ____ 版面編排 ____ 印刷 ____ 內容 ____

整體評價 ____

◆你對本書的建議：

____

____

____

____

野人文化部落格 http://yeren.pixnet.net/blog

野人文化粉絲專頁 http://www.facebook.com/yerenpublish

廣 告 回 函
板橋郵政管理局登記證
板 橋 廣 字 第 143 號

郵資已付 免貼郵票

野人

23141
新北市新店區民權路108-2號9樓
野人文化股份有限公司 收

請沿線撕下對折寄回

野人

書號：0N003123